Bey-Bey Hamsterrad

Mias Weg in die Karibik

Roman

Heike Reiter

© 2025 Heike Reiter
ISBN: 978-3-8192-2678-6

Verlag: BoD · Books on Demand GmbH,
Überseering 33, 22297 Hamburg, bod@bod.de

Druck: Libri Plureos GmbH, Friedensallee 273,
22763 Hamburg

"Optimismus ist mit Dankbarkeit
verwurzelt." Michael J. Fox

*Für meinen wunderbaren Sohn, die
vielen alleinerziehenden Mütter und
natürlich für alle, die sich ein
neues Leben wünschen.*

Wir sind was wir denken.
Alles was wir sind entsteht aus unseren
Gedanken, Gefühlen und Träumen.
Mit unseren Gedanken, Gefühlen und
Träumen formen wir die Welt.

Autor unbekannt

FSC
www.fsc.org
MIX
Papier aus ver-
antwortungsvollen
Quellen
Paper from
responsible sources
FSC® C105338

Kapitel

1 Karibik-Feeling 7

2 Art Direktorin – Südfrankreich 13

3 Formel 1 – Cannes – Saint-Tropez 43

4 Ein Studio in Saint-Tropez 101

5 Saint-Martin – Lorenzo 227

1 *Karibik-Feeling*

Ein schriller Schrei zerriss die Stille des Morgens. Es war Montag, der 22.01.2007. Der wilde Hahn, der sich schon seit Wochen in dem hübschen Park der karibischen Residenz eingenistet hatte, krächzte direkt vor ihrer Terrasse. Mia stöhnte leise und ließ den Kopf zurück ins Kissen sinken. Der Wecker, den sie nicht besaß, war heute wieder besonders pünktlich.

Die Dämmerung lag noch zart über der Insel, und ein leichter Wind brachte die ersten Geräusche des Tages: das Rauschen der Blätter, das entfernte Murmeln der Wellen und vor allem das Gezwitscher der Vögel. Mia schloss erneut die Augen, doch an Schlaf war nicht mehr zu denken. Stattdessen trieben ihre Gedanken wie Wolken durch die frühe Morgenluft. Ihr Traum, so lebendig und doch so fern, hatte sie zurück in ein Gefühl gezogen, das sie hinter sich lassen wollte. Wie durch einen Schleier stellte sie fest, dass sie von Lorenzo geträumt hatte. Der Ventilator summte leise, und für einen Moment ließ sie sich einfach treiben, unfähig, die Bilder aus ihrem Kopf zu vertreiben. Es fühlte sich alles so real an, als sie ihn im Traum traf. Als er seine Hand auf ihre Schulter legte und von einer Reise erzählte, die er für sie gemeinsam geplant hatte.

Erst gegen zehn Uhr riss sie sich aus ihrer Trägheit. Sie schwang die Beine aus dem Bett und ging direkt zum Fenster. Die kleine Terrasse rief mit ihrer wunderschönen Aussicht. Mit einer Tasse warmem Limettenwasser trat sie hinaus, und die tropische Schönheit der Insel umhüllte sie wie ein vertrauter Mantel. Sie blickte auf die Lagune, auf der sich weiße Reiher in Scharen erhoben und elegant über das Wasser flogen. Der pastellfarbene blaue Himmel hob sich zart von den vielen erloschenen, grün bewachsenen Vulkanhügeln ab und spiegelte sich im Wasser. Dann blickte sie auf das weite Meer. Hier fühlte sie sich in Sicherheit – weit weg von irgendwelchen Kriegen, Unruhen, überhöhter Steuer, politischer Ungerechtigkeit und miserablen Rahmenbedingungen. Sie liebte die friedliche

Atmosphäre, die einem Paradies glich, und sie war Gott dankbar für ihre Chance, auf dieser kleinen Insel zu sein.

Im Park trotteten ein paar Esel gemächlich in Richtung Strand, ein Anblick, der sie immer wieder schmunzeln ließ. Auf der großen Buschpalme direkt vor ihrer Terrasse saßen die kleinen, bunten Sugarbirds, die plötzlich wild durcheinanderschnatterten.

„Na, was gibt's heute für Neuigkeiten, mein Kleiner?" Ein besonders mutiger Sugarbird war herangeflattert und hatte sich auf den Wäscheständer gesetzt. Sein gelbes Bäuchlein schimmerte intensiv im Morgenlicht. Der Vogel zwitscherte ärgerlich, als wäre es eine Beschwerde, dass sie ihn nicht sofort beachtet hatte. Sie stellte ihm eine kleine Schale Wasser hin und lachte leise, aber ihre Gedanken kehrten schnell zurück. Der Traum, oder vielmehr das, was er wachgerüttelt hatte, ließ sie nicht los. Vor zwei Jahren hatte sie diese Insel zu ihrem Zuhause gemacht, doch manche Erinnerungen, besonders der letzten Zeit, blieben hartnäckig, egal wie sehr sie sich bemühte, sie im Sand zu begraben. Wie sollte es weitergehen in ihrem Leben? Wie sollte sie sich entscheiden? Wieder einmal stellte sie alles in Frage.

Nach ihrer Morgenroutine – die hellblonden Haare, hoch, kaltes Wasser ins Gesicht, ein Blick in den Spiegel – zog sie ihren türkisfarbenen Bikini an. Die Bänder mit den kleinen Pompons wippten, als sie ihre französische Strohtasche schnappte und die Tür leise hinter sich ins Schloss zog.

Die Luft war bereits warm und voller Salz, als sie die kleine Treppe hinunterging, die direkt zum Orient Beach führte. Rankende Kriechpflanzen mit kleinen fliederfarbenen Kelchen und dunkelgrünen, mittelgroßen, breiten Blättern hatten sich hier am Rand des Strandes ausgebreitet und passten gut zu den tropischen Palmen, die mit ihren Palmblättern im Karibikwind hin und her schwankten. Es war noch keine Menschenseele am Strand. Das Meer war heute besonders lebendig, fast unruhig. Kraftvolle Wellen rollten an den Strand. Ihre Gischt sprühte wie feiner Sandregen in die Luft. Das Wasser leuchtete blau und türkis und es gab so unendlich viel Licht unten am Strand, dass Mia blinzeln musste, um die aufkommenden Tränen aufzuhalten.

"Ich werde mich niemals sattsehen an diesen wunderschönen Blautönen und diesem hellen Licht", flüsterte sie.

Es war ein besonders traumhafter Morgen auf Saint Martin und sie schaute immer noch völlig fasziniert und hingerissen auf das weite Meer. Sie blieb stehen, zog die Flip-Flops aus und spürte, wie der warme Sand ihre Füße umhüllte. Doch heute war es nicht nur das Blau, das sie beschäftigte. Ihre komplizierte Beziehung und ihr kleines Business ließen ihren Gedanken keine Ruhe.

Ihre Füße trugen sie näher ans Wasser, während die Sonne langsam höher stieg. Dann ging sie ganz langsam am Strand entlang. Der Tag versprach, wunderschön zu werden. Trotzdem in Mia regte sich ein Gefühl, das sie seit langer Zeit nicht mehr gespürt hatte ... eine leise Vorahnung, dass sich etwas verändern würde.

Es war an einem Montag im Jahr 2002, als sie das große Firmengebäude in Pforzheim verließ, nachdem sie den neuen Arbeitsvertrag unterschrieben hatte. Sie trat beschwingt hinaus in die frische Frühlingsluft. Der freundliche Personalchef hatte ihr so begeistert von Ägypten erzählt, dass sie eigentlich eher gut auf eine Reise zu den Pyramiden vorbereitet war als auf ihr neues Team von acht Grafik-Designern. Sie lächelte siegessicher vor sich hin und dachte als Art–Direktorin wird sich jetzt endlich mein Leben finanziell positiv verändern.

Die vierzehn mühevollen Jahre zuvor in Werbeagenturen waren zeit- und kraftraubend gewesen. Ihr Privatleben existierte kaum. Und wenn, bestand es aus Hausarbeit, Kindererziehung oder Papierkram. Wie oft konnte sie nicht am Leben teilnehmen, da sie all ihre Kraft für ihre vielen Aufgaben benötigte. Sie verzichtete lieber auf Treffen mit Freundinnen, um zum Tanzen zu gehen, da sie ihren Schlaf dringend brauchte. Ebenso war ihre Art der Ernährung aufwändiger, was bereits beim Einkaufen anfing und auch die Zubereitung der Mahlzeiten betraf. Fertiggerichte kamen nur selten auf den Teller. Sie hatte gewisse Ansprüche, die auch ihrem Sohn zugutekamen. Diese arbeitsintensiven Zeiten, wollte sie nun einfach vergessen und die neue Arbeitsstelle genießen, um all die Früchte zu ernten, die sie zuvor über Jahre gesät hatte.

Während sie in der Stadt die Kaufhäuser und Boutiquen checkte, träumte sie von exklusiven Designer–Outfits, die sie sich gleich heute oder dann mit dem ersten Gehalt demnächst zulegen würde. Nach etwa einer Stunde stellte sie die große, schicke Tüte neben sich ab, während sie sich auf einen komfortablen Stuhl niederließ. Sie war im netten Café ihrer Lieblingsbuchhandlung im ersten Stock gelandet.

Bei einer Tasse Tee und Kuchen betrachtete sie noch einmal höchst zufrieden ihren Einkauf. Sie hatte einen schicken hellgraublauen Anzug aus besten Materialien gekauft. Eigentlich war er etwas zu konservativ für ihren Geschmack, aber für den ersten Arbeitstag im neuen Unter-nehmen war er ideal. In Gedanken stellte sie sich ihren ersten Arbeitstag vor. Es wird wohl kaum mehr passieren, als eine erste Begrüßung mit all den Kollegen und die Besichtigung, bzw. Einnahme und Installation ihres Arbeitsplatzes. Dann fiel ihr Blick durch ein riesiges Fenster auf die Fußgängerzone, die schmucklosen Nachkriegshäuser, auf ein paar Bücherregale, dann driftete sie fernab in ihre innere Welt.

Die Zukunft sah sie nun klarer und klarer vor sich, bis ins Detail manifestiert. Ein schickes Cabriolet wollte sie sich leisten, um ihre alte, beigefarbene Opel-Gurke, die morgens nicht immer sofort ansprang, nun endlich auf den Schrottplatz zu schmei-ßen. Probleme mit ihrem Auto hasste sie am allermeisten. Ach, ein Chauffeur wäre ihr am liebsten gewesen, da der sich ja um die Technik hätte kümmern müssen. Sie sehnte sich zudem nach einem großen Haus am Meer mit einem riesigen, parkähnlichen Garten drumherum. Am liebsten in Südfrankreich. Ein Haus, in dem internationale Künstler willkommen sind.

Durch die große, helle, lichtdurchflutete Eingangs-halle sieht man bis in den Salon, in dem ein großer

Steinway-Flügel aus Kirschbaumholz vor übergroßen Fenstern bereitsteht. Antike und moderne
Möbel sind zu gemütlichen Ecken arrangiert, mit
hübschen, farblich passenden Kissen. Zum In–sich–
gehen, Meditieren, Le-sen, Ausruhen… harmonisch
platziert und an den hohen Wänden hängen große,
wunderschöne, moderne Gemälde in sanften Farben
mit teils gegenständlicher und abstrakter Malerei.
Eine ausgefallene Dekoration an Skulpturen aus
aller Welt, von ihr selbst auf ihren Reisen
gesammelt, und geschmackvolle Tischlampen
runden das helle, freundliche Interieur ab. Und
natürlich hat sie Zeit, viel Zeit, um in Musik zu
schwelgen, zu singen, zu tanzen … In ihrer Fantasie
war das Leben ein Fest.

Meine Güte, dachte sie erstaunt und auch etwas erschrocken, da hatten sich eventuell zu großartige
Träume und ausgefallene Wünsche angesammelt
über die Jahre hinweg, die es nun umzusetzen galt.
Horizont erweiternde Reisen in die ganze Welt
wollte sie erleben und interessanten, intelligenten
und einfach umwerfenden Menschen begegnen, die
sie positiv inspirierten. Ihre Wünsche führten sie in
eine ganz andere neue Welt. In ihrem bisherigen
Leben fühlte sie sich dagegen oft sehr gelangweilt,

missverstanden, und das Leben auf dem Land schien ihr eher derb, rustikal, nicht feinsinnig genug.

Sie grübelte weiter und kam zu dem Resümee, dass sie bis jetzt immer die Wünsche anderer erfüllt hatte. Dazu litt sie immer unter der Schnelligkeit dieses Arbeitslebens. Der Tag, der ja nur aus Aufgaben bestand, war so schnell vorüber, dass ihr zwei Wochen wie eine vorkamen. Sie stand morgens auf, kümmerte sich noch im Halbschlaf um die Wäsche, und zack, lag sie schon wieder abends im Bett. Wenn sie sich fragte, was eigentlich geschehen war, so ging es um irgendwelche Anzeigen, Broschüren, Plakate für irgendwelche langweiligen Maschinenbaufirmen, dann die Hausarbeit, Kochen, Aufräumen … ein paar Gespräche mit Jean-Luc und fertig war der Tag. Sie bewunderte deshalb die Gegenbewegung zu immer schneller und noch mehr. Sie träumte von der bewussten Verlangsamung dieser hektischen Lebensweise, die ihr unnatürlich, aufoktroyiert und ungesund vorkam.

Zwischendurch betrachtete sie einen Mann, der sich an einen Nachbartisch gesetzt hatte. Jedoch nur ganz kurz, denn er schien ihr nicht besonders interessant zu sein. Auch bei Männern hatte sie ihre ganz besonderen Wünsche. Gebildet, intelligent, gefühlvoll, charmant, groß und weltoffen sollte er sein. Ihre erste Ehe war eine Katastrophe gewesen, in die sie völlig naiv hineingerasselt war. Somit war sie jetzt vor allem sehr vorsichtig, wem sie ihr Herz schenkte.

Sie driftete erneut fernab in ihre Gedankenwelt, während sie die letzten Stückchen vom einem Käsekuchen mit ihrer Kuchengabel aufpikste. Denn da gab es auch noch ganz normale Wünsche, wie sie jedes Mädchen vom Lande hatte. Das war in dem Dorf, in dem sie aufgewachsen war, so üblich. Der ganz normale Lauf der Dinge. Vielleicht sind das auch vorgegebene Strukturen, wie alles sein sollte, dachte sie und nahm diese übliche Denkweise nicht ganz so ernst. Trotzdem träumte sie von dem vorgegebenen, liebevollen Superhelden, dem Prinzen, der ihr zur Seite stand, sie liebte, so wie sie war, und ihren Sohn voll und ganz akzeptierte und ihn in sein Herz schließen würde. Sie wünschte sich einfach eine glückliche Familie, wie viele junge Frauen in ihrem Alter, wenn auch die Frauen damit oft völlig überlastet waren, oder?

Sie zählte inzwischen bereits neununddreißig Jahre, aber das schien ihr nicht das Problem zu sein. Mit viel Glück würde sie noch ein Töchterchen bekommen. Ein Umzug in ein nettes braves Häuschen mit Garten wäre dann das Tüpfelchen auf dem i gewesen. Das Tüpfelchen wollte aber nicht kommen, kein passender Mann und auch keine Tochter. Klar gab es einige Männer aus dem Dorf, die sie trotz Kind umwarben.

Einer davon schickte ihr eine Einladung mit dem Text: „Hallo Mia, du bist doch auch so eine Festsau.“ … „Festsau?“ „Wie bitte?“, wobei sie in die höhere Tonlage ihrer Stimme rutschte, „Was ist denn eine Festsau“, fragte sie ihre Mutter, völlig entsetzt. Aber sie lachte nur und Mia konnte sich dann den Rest irgendwie denken. Es muss sich wohl um eine Frau handeln, die viel Bier trinken kann und dann lustige Sprüche macht und wer weiß noch was? Dieser Kandidat war somit ausgeschieden. Und überhaupt, dieser typisch deutsche Lifestyle passte einfach nicht zu ihr. Sie fuhr bestens gelaunt nach Hause und feierte mit Jean-Luc den neuen Arbeitsvertrag mit einer leckeren Pizza und Gurkensalat.

„Mum, dann bekomme ich aber jetzt endlich den neuen Computer“, sagte Jean-Luc dezent energisch mit einem leichten Grinsen im Gesicht. Mia räumte gerade den Tisch ab und wischte mit einem

Schwamm die Krümel beiseite. Sie lächelte.

„Wenn du schön brav bist, wird das klappen."

Er war ein Naturtalent, was den Computer anbelangte, und ein gemeinsamer Kurs in Programmiersprache und einige Bücher machten ihn zum gefragten Berater in ihrem ganzen Bekanntenkreis. Sie konnte ihm diesen Wunsch nicht abschlagen. Außerdem war sie glücklich, ihm jetzt mehr bieten zu können. Er sollte alles haben, was er für seine Zukunft braucht.

„So, jetzt aber husch ins Bettchen, es ist schon spät!" „Gute Nacht, Mum." ... „Gute Nacht, mein Spätzchen."

Als sie hundemüde in ihr Bett unter dem großen Dachfenster fiel, dachte sie noch ein wenig über ihre Eltern nach und schweifte etwas ab bis hin zu ihrer Kindheit, während sie nach oben über sich in den immer dunkler werdenden Abendhimmel blickte.

Sie war die Tochter einer extrem pflichtbewussten, reiselustigen und Kultur liebenden Schwäbin aus Stuttgart. Ihr Vater war ein abenteuerlustiger, der Technik verfallener und alles in Frage stellender Friese aus Wilhelmshaven – also eine interessante

Nord-Süd-Mischung, dachte sie zufrieden. Trotzdem überkam sie manchmal der Gedanke, ob sie nicht bei der Geburt aus Versehen vertauscht worden war. Sie passte nicht in diese Familie und die Tatsache, dass beide Elternteile Kriegskinder waren, machte das Zusammenleben nicht einfacher.

Sie wurde erzogen wie viele andere Kinder auch in den sechziger, siebziger Jahren. Du bist nichts, du kannst nichts, keinen Haushalt führen, keine Ordnung halten, dumm war sie angeblich und vertrauenswürdig war sie aus all diesen Gründen auch nicht. Keine besonders guten Noten in der Schule, speziell im Fach Mathematik, und eine gewisse Schüchternheit waren damals im Teenager Alter das Resultat. Sie kämpfte sich durch und ertrug ihr Leben mehr, als dass sie es lebte. Sie war so sehr gehemmt und fühlte sich sehr nutzlos, ohne besonderen Wert. Sie lebte in dieser Familie eingebettet mit noch zwei weiteren Geschwistern, doch irgendwie erträumte sie sich ihre eigene Welt, in der ihre Tagträume und Wünsche zu großen Bäumen wuchsen mit wuchtigen Kronen.

Sie war überdurchschnittlich kreativ und ihre Eltern

unterstützten sie darin großzügig, denn es gefiel ihnen sehr, wenn Mia bereits im dritten Lebensjahr drei alte, mollige Omas zeichnete, mit der passenden Kleidung und einer exakten Faltenbildung im Gesicht.

In ihrer Fantasiewelt machte sie ihr eigenes Radio an, obwohl sie kein Radio besaß. Es spielte einfach in ihrem Kopf. Es spielte einfühlsame Musik, besonders, wenn ihre Seele zu sehr leiden musste oder einfach nur so zur Beruhigung. Sie war tatsächlich hochsensibel, konnte aber als Kind ihre Andersartigkeit nicht richtig einordnen.

Sie entschwand gerne in ihr Inneres, denn nur in sich selbst konnte sie sich in Sicherheit ausleben. Und sie zog sich daher oft zurück, besonders in den Unterrichtsstunden in der Schule. Sie kitzelte lieber ihre Notizblöcke mit Zeichnungen voll, als dem langweiligen Unterricht zu folgen.

Die Lehrer beklagten sich bei ihrer Mutter darüber, aber es half nichts. Auch einen Eintrag ins Klassenbuch gab es sogar einmal. Ihr Erdkundelehrer, Herr Fritsche war an diesem Montag unglaublich verärgert gewesen. Er war schon stinksauer ins Klassenzimmer gekommen und forderte jetzt alle in der Klasse auf, mit einem totfinsteren Gesicht und barscher Stimme, sofort das Erdkundebuch aufzuschlagen. Nichtsahnend suchte Mia die Seite auf und dachte: *so mal seh'n, was jetzt kommt* – sie schaute tatsächlich einmal sehr aufmerksam nach vorn zum Lehrer.

„Du!" Herr Fritsche streckte seinen knochigen Zeigefinger in die Mitte des Klassenzimmers. Eigentlich ungefähr in die Richtung, in der sie in der dritten Reihe saß.

„Du, ja, Du!" Alle in der Klasse schauten verdutzt und dachten: *wen meint er denn?* Auch Mia zeigte auf sich und flüsterte bestürzt „Äh ich?" „Ja, du!"

Und er schlug das Erdkundebuch auf das Lehrerpult in einer Intensität, dass es nur so krachte. Jetzt war es mucksmäuschenstill in der Klasse und alle schauten betroffen auf Herrn Fritsche und Mia. Sie wusste überhaupt nicht, was sie angestellt hatte, und sie schaute später völlig perplex auf den

Text, den Herr Fritsche ins Klassenbuch eingetragen hatte – Mia grinst im Unterricht. Sie hat doch ausnahms-weise aufgepasst, sogar mit einem dezenten, wohl-wollenden Lächeln…? Womöglich hatte sie die Augenbrauen hochgezogen und amüsiert den arm-en Lehrer betrachtet, den die Jungs von der zehnten Klasse angeblich schon einmal aus dem Fenster baumeln ließen. Was mit dem armen Lehrer los war, erfuhr niemand. Unterm Strich war es für sie also vorteilhafter, mit gesenktem Kopf in ihr Heft zu kritzeln.

Besser war sie als Influencerin an ihrer Schule, denn sie hatte oft Ideen, ihre Kleidung und Frisur außer-halb der Norm zu tragen. Nach einigen Tagen hatte sie die anderen Mädchen angesteckt und es war der neuste Schrei, mit geflochtenen Zöpfchen zur Schule zu gehen.

Für Mia sollte es eine Revolution im Schulwesen ge-ben, aber damals konnte sie die Lage noch nicht richtig überschauen. Sie nahm es einfach hin. Sie wurde zum braven, dummen, fleißigen Schaf erzo-gen. Die Talente jedes Schülers sollten doch inten-siver gefördert werden, der Unterricht positiv aufregend sein, damit die Kinder mit allen Sinnen aktiv an diesem einmaligen Erlebnis beteiligt sein können. Auch sollte jeder Schüler selbst unterrichten, sobald er etwas begriffen hat. Ach ja, wie schön wäre das Leben als Schüler sein. Zum Glück kann man es sich, einmal erwachsen, endlich entsprechend einrichten.

Sie blinzelte müde und sah die ersten Sterne über. sich. Sie freute sich so, ihren Eltern von ihrer neuen Arbeitsstelle zu berichten. Und es gab noch viel vorher zu erledigen. Das stand aber alles auf einer Liste und belastete sie jetzt, kurz vor dem Schlafen, überhaupt nicht. Den großen Wagen am Firmament betrachtend fielen ihr auch schon die Augen zu.

Am ersten des nächsten Monats, an einem Montag, machte sie sich hübsch im Badezimmer, denn heute war ihr erster Arbeitstag. Mit prüfendem Blick und etwas Raffinesse wollte sie gut aussehen, damit sie sich sicher genug fühlen würde. Ihre Nase war ihr immer etwas zu groß geraten. In etwa die Größe der Nase der Nofretete. Ihre Pupillen waren blau mit einem dunklen Rand und ihr Mund schien ihr persönlich etwas klein, jedoch war er halt klassisch und kein übergroßer Knutschmund. Im Großen und Ganzen war sie nicht hässlich, aber auch keine übermäßige Schönheit. Zum Schluss war sie dann doch zufrieden und ihr neuer Anzug sah richtig schick aus. Jean-Luc war bereits zur Schule mit dem Bus gefahren und sie ging nun mutig zu ihrem Auto, drehte den Zündschlüssel um und – wie magisch war das denn – ihr Auto, genannt „Fiffi", sprang sofort an.

„Uiii, danke Fiffi!" Beschwingt und bestens gelaunt, mit einer kleinen Prise Unsicherheit, fuhr sie los. Selbstbewusstsein war wichtig, denn der erste Eindruck ist bekanntlich entscheidend. Tatsächlich verließ sie sich ein wenig auf ihre schauspielerischen Fähigkeiten. Nach aufregenden vier Wochen kam der erste Ge-haltszettel. Sie hatte sich bereits ein bisschen in der Firma eingelebt und konnte sich bis auf einige Punkte durchaus vorstellen, eine Weile dort zu blei-ben. Der Abteilungsleiter der Damenmode war ihr sehr sympathisch, und auch ihr Chef, Herr Muck und all die Männer in ihrem Team mit denen sie in Zukunft zusammenarbeiten durfte.

Ein etwas älterer Grafikdesigner war ihr gegenüber besonders freundlich und es war pures Vergnügen, mit ihm zusammenzuarbeiten. Er besaß ein subtiles Gespür für Farben und Formen, so dass seine Entwürfe immer besonders schön waren. Nach dem ersten Monat bekam sie den Brief mit dem Gehalt auf ihren Arbeitstisch gelegt, und zuhause angekommen, öffnete Mia aufgeregt und äußerst erwartungsvoll den Umschlag.

Ein innerer Schrei, der eher in ein Flüstern überging, entwich aus ihrem offenen Mund.

„Waaas … das gibt's doch nicht!" … „Das ist jetzt nicht wahr!", stöhnte sie, und ihr war tatsächlich zum Heulen zumute. Sie setzte sich völlig ermattet auf den Stuhl an ihren Esstisch. Die Arme fielen nach unten. Der Brief fiel ihr aus der Hand und landete auf dem Boden. Von dem wunderhübschen Betrag war ihr nach den enormen Steuerabzügen für die Krankenkasse, die Rente und so weiter nur ein karger Rest übrig geblieben. Soviel Mathematik verstand sie schon, um zu erahnen, dass sie so niemals ihre Träume erreichen würde. Ihr freudiges Lächeln verstarb und ihre Mundwinkel fielen abrupt nach unten. Ihr Blick senkte sich und sie betrachtete traurig den grauen, schlichten Linoleumboden unter ihren Füßen mit dem Gehaltszettel. Ein neues Auto konnte und musste Mia nun schweren Herzens sofort vergessen. Sie träumte doch seit einigen Jahren von einem kleinen silbernen Cabriolet. All die Mühe für ein kleines bisschen mehr an Einnahmen …

Die Ernüchterung war unglaublich groß. Dazu kam noch die leicht angestaubte, sehr konservative Firma, in der sie jetzt arbeitete. Wie aus Großmutters Zeiten, ohne Schick und Pep, und in dieser sollte sie nun täglich, außer an den Wochenenden, für ein karges Nettogehalt ihre Arbeit verrichten. Ab und zu sogar bis acht Uhr abends, denn sie hatte ja eine leitende Position und sie dachte damals, Überstunden gehören dazu. Fakt war, sie saß in einem Großraumbüro und brauchte für manche Arbeiten ihre Ruhe. Sie war leider erneut in einer Firma gelandet, zu der sie eigentlich überhaupt nicht passte. Sie wollte mehr in ihrem Leben erreichen.

In Gedanken plante sie eine Revolution in diesem Betrieb, die weit über ihre eigentliche Arbeit der

Umstrukturierung der Grafik-Abteilung hinausreichte. Leider fand sie kaum Mitstreiter und sie hatte große Zweifel über ihre momentane Arbeit und auch über ihre zukünftige Lebensplanung. Von einer passionierten Selbstverwirklichung war sie weit entfernt, wenn sie ehrlich zu sich selber war. Sie wusste, es ist Zeit für einen Rückzug, um sich Gedanken über ihr Leben zu machen. Nach der bestandenen Probezeit wollte sie unbedingt Urlaub nehmen, denn ihr Leben sollte wieder aufregend werden und sie aus dem überlangen Winterschlaf wecken, in dem sie sich leider befand.

Die große Langeweile, die aus nicht selbstbestimmter Arbeit und ein bisschen Geld zum Überleben bestand, ging Gott sei Dank langsam dem Ende zu. Sie fühlte es deutlich: Es ging nicht mehr weiter wie zuvor. Mitten in wichtigen Meetings sendete ihr Körper beunruhigende Signale. Ihr Herz raste und machte sie regelrecht handlungsunfähig. Wer weiß, wie lange sie ihr ödes Leben aus reinem Pflichtgefühl weitergelebt hätte, wenn nicht ihr Herz ihr klipp und klar gesagt hätte: Stopp, so geht es nicht weiter! Sie konsultierte ihren Hausarzt, der sie wie immer mit einem freundlichen:

„Hallo Mia, wie geht es Ihnen?" begrüßte. Es tat ihr immer gut, mit ihm zu reden, denn er hatte das Herz auf dem richtigen Fleck und war mit Leib und Seele Landarzt. Sie erzählte ihm von ihrer neuen Arbeit und ihrer inneren Anspannung. Er verschrieb ihr Betablocker, um den Herzschlag zu verlangsamen. Sie nahm allerdings bereits Schilddrüsenhormone, die den Herzschlag erhöhen. Also eigentlich war das nicht das Richtige, aber damals war es einfach üblich, Betablocker zu verschreiben. Brav nahm sie die Tabletten und am Abend war sie schon ungewöhnlich ruhig und unglaublich müde.

Sie wirken, dachte sie und freute sich auf den wohlverdienten und wichtigen, kostbaren Schlaf, den sie so dringend nötig hatte. Aber nach ein paar Stunden wachte sie plötzlich auf und fühlte sich wie gelähmt und schlecht. Sie blickte im Badezimmer kurz in den Spiegel. Sie war so weiß wie ihr Bettlaken. So farblos war ihr Gesicht noch nie gewesen. Sie erschrak zu Tode, zudem packte sie Schwindel… . Ihr Herz wurde so langsam, dass kaum mehr Blut durch ihren Körper floss und sie wohl mit Todespanik aufgewacht war. Damals wusste sie leider nicht, dass einfache Weißdornblätter als Tee ihr viel besser geholfen hätten und dazu noch ohne irgendwelche Nebenwirkungen. Ebenso sind Lorbeerblätter zum Beispiel im Eintopf sehr gut für den Blutkreislauf und dann gibt es noch Traubenkernextrakt. Die Natur heilt alles, wenn man denn will.

Der größte Anteil ihres gestressten Zustands lag aber auch in ihrer schlechten seelischen Verfassung. Immer wieder hörte sie in sich hinein. Was will ich und was kann ich tun? Mit was verdiene ich meinen Lebensunterhalt und den meines Sohnes? Er war damals bereits sechzehn Jahre alt und sie einundvierzig. Als alleinerziehende Mama war es höchste Zeit, noch ein bisschen vom Leben abzubekommen, bevor sie alt und verzweifelt und vor allem total versauert in diesem schwäbischen Landkreis sterben würde. Nach nun fünfzehn Jahren Siechtum als Sklave, in der Werbebranche war sie mehr als bereit für das Leben, nach dem sie sich so lange gesehnt hatte. Wie oft hatte sie sich während der Arbeit vorgestellt, irgendwo im Süden mit mehr Freizeit und Lebensfreude ein neues Leben aufzubauen. Besonders wenn sie bis acht Uhr abends in der Agentur auf einem Stuhl saß und ihre Figur mit Süßigkeiten gegen Stress ruinierte.

Um sechs Uhr in der Früh sah sie noch vor der Arbeit Serien im TV an, die im Süden spielten, in Saint-Tropez. Ein Ort, der sie faszinierte und magisch anzog und von dem sie glaubte, dort all das zu finden, was sie sich wünschte. Einen Mann mit einer großen Jacht, einer Villa am Hang mit Blick auf das Meer und noch vieles mehr. Mia hatte sich immer Wunschlisten gemacht, und wenn die einzelnen Wünsche in Erfüllung gegangen waren, kam ein Haken dahinter. Sie fand es total wichtig und vor allem half es ihr sehr, Wünsche zu defi-nieren und sie herbeizusehnen, sie zu manifestieren. Manch eine Liste war natürlich für den Papierkorb, aber wenn ein Wunsch nicht in Erfüllung ging, dann hatte das Schicksal oder der liebe Gott das mit voller Absicht getan, nur um sie zu schützen.

In ihrem Innern vertraute sie darauf, dass alles so kommen würde, wie Gott oder das Universum es für sie vorgesehen hatte.

Am nächsten Morgen bat sie um einen Gesprächstermin bei ihrem Chef. Ihr Herz pochte ordentlich, aber die dringende Notwendigkeit gab ihr den Mut, ihren Chef um diesen kleinen Urlaub zu bitten. Sie wollte ganz alleine nach Südfrankreich fahren, um dort auszuspannen. Außerdem hoffte sie, irgendetwas dort zu finden. Irgendeinen Anhaltspunkt, wie sie ihr Leben verändern könnte. Immer der Sehnsucht des Herzens folgen und der inneren Stimme vor allem, so lautete ihre Lebenseinstellung.

Falls Sie, liebe Leserin, lieber Leser, diese Stimme nicht hören können, dann lauschen Sie so lange, bis Sie sie hören. Sie ist leise und kann eigentlich nur in Ruhe gehört werden. Es ist nichts anderes als Gottes Stimme. Der heilige Geist oder der Gott in uns, denn wir sind alle eins mit Gott.

Zögerlich, aber doch gefestigt, klopfte sie an die Türe ihres Chefs und trat ein. Er saß hinter einem enorm großen, beeindruckenden Schreibtisch.
„Hallo Frau Seiter, Sie wollten etwas mit mir besprechen?"
„Hallo, Herr Muck" „Hm, ja, nach der abgeschlossenen Probezeit hätte ich gerne einen kleinen Urlaub." So, jetzt war es ausgesprochen, und sie schaute fragend in das Gesicht ihres Chefs. Er schien etwas überrascht zu sein.

„Wie wäre es denn in der Sommerzeit?… jetzt haben wir Mai?" Mia dachte kurz nach und antwortete: „Ja, dann fahren alle in den Urlaub. Jetzt wäre es für mich besser, um entspannt reisen zu können. Im Moment läuft alles perfekt und ich könnte die Abteilung für vierzehn Tage alleine lassen. Erst dann starten wir mit dem neuen Design."

Herr Muck räusperte sich und nickte ein bisschen mit dem Kopf hin und her, schaute in seinen Kalender.

„Hm, ja, also gut, aber in vierzehn Tagen sind sie wieder da!" Hurra, rief sie innerlich und strahlte ihren Chef an. Der lächelte zwinkernd zurück.

„Danke!" Es war wie ein Wunder und sie fühlte sich sofort so leicht, als sie das Büro ihres Chefs verlassen hatte.

Am liebsten wäre sie vor Freude übermütig den Gang entlang gehüpft und aus dem nächsten Fenster losgeflogen, wie ein Vogel aus dem Käfig. Freiheit für vierzehn Tage. Das bedeutete, tun und lassen was sie wollte. Das war zweifellos das wertvollste und schönste Geschenk seit langer Zeit. Und raus aus dem Bau, in dem sie arbeitete und der für sie wieder einmal eher einem Gefängnis glich.

Mit Selbstverwirklichung hatte diese Arbeit nichts zu tun und das war es, was sie sich sehnlichst wünschte und was sie anstreben wollte und musste.

Nachdem sie ihren Sohn gut versorgt wusste, und in Windeseile ihren Koffer gepackt hatte, fuhr sie mit ihrer alten Karre so schnell es ging vom kleinen Dorf in Süddeutschland bis ins französische Vienne. Das ist eine nette französische Kleinstadt kurz hinter Lyon an der Seine.

Das Landschaftsbild war bereits nicht mehr das gewohnte. Anstatt der langweiligen Autobahn mit immer denselben Bäumen und Sträuchern rechts und links eröffnete sich jetzt vor ihr ein weites Tal, welches sich nach Süden zog. Rechts der Straße floss die recht breite Seine entlang, über die eine wunderschöne Brücke in den anderen Stadtteil führte. Südlich am Horizont tauchten markante, felsige Berge auf und mit wunderschönen Platanen gesäumte Straßen. Sie liebte es, durch diese Alleen zu fahren, und entschloss sich, links der Seine zu bleiben, um die Altstadt aufzusuchen.

Sie stöberte ein wenig in einem Schuhladen herum und betrachtete die hübschen alten Gebäude im malerischen französischen Stil, den sie so gern mochte, und gönnte sich dann in einem kleinen Bistro eine kleine Teepause. Einen kurzen Moment dachte sie an ihr Auto – ihr „Fiffi" hatte bis jetzt wunderbar funktioniert, ohne jegliche Probleme. Noch vor der Abfahrt hatte sie vorsorglich den Ölstand kontrolliert, was sie ungemein beruhigte, und die Reise dazu, lösten in ihr enorme Glücksgefühle aus. Sie fühlte sich so frei und leicht beschwingt.

Eine Mutter mit ihrem Sohn war auch in dem kleinen Bistro zum Mittagessen, was sie sofort an ihren Sohn denken ließ, und ein paar Männer, die Zeitungen lasen, mit einem Bier vor sich. Sie dachte erneut an Jean-Luc und nahm dann eine der herumliegenden Zeitungen und las ihr französisches Horoskop. Sie glaubte nicht unbedingt an Horoskope, aber es machte ihr Spaß als kleine Vokabelübung.

Die Atmosphäre in dem kleinen Bistro war ungezwungen und leger, und sie fühlte, wie sie sich nach der Autofahrt zu entspannen begann. Das Fenster, an dem sie saß, war weit geöffnet und die Sonne schien ein bisschen herein.

Der Gastwirt stellte ihr die bestellte große, dampfende Teekanne und eine Teetasse auf den kleinen, runden Bistrotisch mit Verveine-Tee, Gebäck und

Zucker. Verveine- Tee, das ist Eisenkraut-Tee und sehr gut für Frauen mit Eisenmangel und in Frankreich eine recht gängige Teesorte. Die Wettervorhersage in der Tageszeitung war exzellent für die kommenden Tage. Es war Mai und das ist einer der schönsten Monate, um an die Côte d'Azur zu fahren. Mia schlürfte ein bisschen geräuschlos an dem noch zu heißen Tee und rief ihren Sohn an.

Ein dezent schlechtes Gewissen hatte ihre Gedanken beschlichen, aber sie hatte seit Jahren keinen Urlaub für sich gehabt und sie wusste, er würde ohne sie sehr gut zurechtkommen. Im Gegenteil, es würde eine Zeit für ihn sein, in der er etwas mehr im Haushalt machen musste als sonst, und das könnte ihm überhaupt nicht schaden, dachte sie.

„Hallo Jean-Luc, alles ok bei dir?" "Alles okay, Mum", antwortete er und klang, als ob wirklich alles in bester Ordnung war. Seine Stimme hörte sich sicher und zufrieden an. Sie atmete erleichtert durch. Jean-Luc berichtete von der Schule und dass er bereits das Essen warm gemacht und gegessen hatte, welches sie für ihn vorbereitet hatte. Sie nahm noch einen kräftigen Schluck Tee und gab ihm dann ein paar praktische Ideen für sein Abendessen und

die Aufforderung, auch die Küche ordentlich zu verlassen. Mia wusste, dass seine Cousins und ihre Schwester nicht weit entfernt wohnten. Und wie wenn es Gedankenübertragung gewesen wäre ...
„Mum, es hat geklingelt. Ich muss Schluss machen. Meine Cousins kommen."

Beruhigt und dankbar, dass alles so gut ohne sie lief, rief sie auch noch in ihrer Abteilung in der Firma an. Einer ihrer Mitarbeiter war am Telefon und meinte lachend: "Alles klar, Frau Seiter". Nun war sie restlos zufrieden und fühlte sich gleich nochmals besser mit dem Gedanken, dass ihre Abteilung auch ohne sie fleißig arbeitete. Sie bezahlte ihren Tee, der köstlich und überhaupt nicht kostspielig war.

„Au revoir", „Merci", verabschiedete sich Mia mit einem dankbaren Lächeln und verließ diesen gemütlichen Ort mit dem Gedanken, dass sie dort wieder einmal, vielleicht auf ihrer Rückfahrt, eine Pause machen würde.

Sie nahm dieselbe Route über Bormes-les-Mimosas, die auch ihr Vater früher gefahren war, als die Familie ihren Sommerurlaub in Südfrankreich verbrachte. Aus dieser Zeit kam die große Sehnsucht nach diesem speziellen Ort, wo alles anders und besser schien als zuhause. Sie konnte es kaum erwarten, anzukommen.

Die fast unbändige Reiselust hatte sie von beiden Eltern geerbt. Das war klar, denn ihre Eltern reisten mit ihren drei Kindern so oft es ging ins geliebte Südfrankreich, wann immer es zeitlich und finanziell möglich war. Und vor allem gab es dort das wunderbare Mittelmeer, das sie immer vermisste, wenn sie nicht gerade dort war.

Mias Sommerferien waren die schönsten, die sich ein junges Mädchen vorstellen konnte. Sie war frei dort und nur dort, denn zuhause in Deutschland war alles viel strenger. Ihre Eltern wurden jedes Mal sofort vom „laisser-faire"-Stil der Franzosen wie magisch umgepolt und sie und auch ihre Geschwister konnten dann endlich einmal tun und lassen, was sie wollten. Nach endlosen Kurven kam sie freudig über die D41 in Bormes les Mimosas an.

Es war schon immer ihr Traum gewesen, einmal in dem kleinen Hotel "Belle Vue" zu übernachten, und simsalabim – ihr lang ersehnter Traum wurde tatsächlich wahr. Sie bekam ein großes, hübsches Zimmer mit vielen dunklen, antiken Möbeln und sonnengelben, glatten Wänden. Darüber hinaus eine umwerfende Traumaussicht vom Balkon über den ganzen Berghang hinunter bis hin zum etwas weiter entfernten Meer.

Ein paar Palmen wedelten sanft raschelnd im Wind links vor ihrer Balkontüre und rechts streckten sich dunkelgrüne, mittelgroße Zypressen aus dem Garten dem Abendhimmel entgegen. Der alte Schrank knarrte in der Nacht etwas zu viel und machte ihr ein bisschen Angst. Irgendwer war da vermutlich noch außer ihr in diesem Zimmer oder die alten Möbel knarrten extrem durch die wärmeren Temperaturen im Mai. Erfüllt und erwar-tungsvoll reiste sie sofort nach dem petit déjeuner ab. Ein äußerst knuspriges Croissant mit einer leckeren heißen Schokolade hatte sie sich jedoch noch ge-gönnt und fuhr jetzt die Serpentinen bergab der sonnigen Küste entgegen, die nur ein paar Kilometer weiter unten am Meer im Sonnenlicht einladend glitzerte. Die Aussicht vom Balkon ihres Zimmers war auch am Morgen noch einmal wunderschön gewesen, und während sie im Auto nach La Favier fuhr, blickte sie noch einmal in Gedanken vom Balkon aus ins Tal. Überall Palmen, Zypressen, Oleander, das Azurblau des Himmels, romantische Häuser im provenzalischen Stil und am Horizont das Meer. Ein unvergesslicher Moment!

„Wie schön!", seufzte sie wohlig, und wie viel schöner noch muss es sein, wenn ich hier zuhause wäre, dachte sie. In Port Grimaud nahe Saint-Tropez mietete sie sich dann ganz spontan ein Ferien-Appartement von Monsieur Luftmann, der äußerst freundlich zu ihr war.

Das Studio war schlicht, jedoch geräumig, mit einer Mezzanine. Die Bettwäsche fehlte, was sie nicht gerade toll fand. Da es bereits spät war, improvisierte sie ihr Lager mit einem frisch gewaschenen Strandtuch und einem Handtuch, das sie zum Glück eingepackt hatte.

Nachdem sie super und ausreichend lange geschlafen hatte, setzte sie sich mit ein paar französischen Frühstücks-Leckereien und einer großen Tasse Kaffee bewaffnet auf den kleinen Balkon und studierte in aller Ruhe mit dem wohligen Genuss, hier stört mich überhaupt niemand, die „Gala", ein elegantes Klatschblatt für Frauen. Inzwischen war es Anfang Juni geworden und die Temperaturen stiegen. Mia spürte die ersten Sonnenstrahlen, die den Balkon erreichten, bis tief in ihren Körper an diesem, für sie so kostbaren Morgen.

Ihr Blick blieb an einem interessanten Artikel hängen, den sie regelrecht verschlang, zusammen mit dem Croissant. Morgen fand der Große Preis von Monaco statt, das legendäre Formel-1-Rennen. Mia war plötzlich zutiefst begeistert von der Idee, einmal im Leben dabei zu sein.

Zwei sehr bekannte deutsche Schauspielerinnen und noch viele andere VIPs würden sich am 26. Mai in Monaco versammeln, um das Leben zu genießen mit Sport und Partys. Einmal in ihrem Leben in diese Glitzerwelt eintauchen, das stand auf Mias Liste.

Sie überflog aufgeregt den Artikel, der sogar Informationen für Insider barg, und überlegte sich blitzschnell, was sie anziehen wollte. Ausgerüstet mit einem langen, dunkelblauen Kleid und dazu die passenden, schicken, teuren Designerschuhe von Charles Jourdan, setzte sie sich in einem sportlich eleganten, cremeweißen Outfit, am Spiegel überprüft und für gut befunden, in ihre alte Karre.

„Bitte, lieber Fiffi, lass mich jetzt nicht im Stich", sagte sie bestimmend zu ihrem Auto, als sie ihre Tasche ins Auto legte. Sie hatte an alles gedacht, sogar ihr rosafarbenes Fahrrad lag hinten im Kofferraum. Es war inzwischen kurz vor Mittag. Sie fuhr in einem Affenzahn über die Landstraße in Richtung Autobahn, auf der ihr alter Fiffi alles hergeben musste, was ging. Ach, wie wünschte sie sich, in einem Ferrari zu sitzen, denn das Schild am Rande der kurvigen Landstraße zeigte noch fünfundneunzig Kilometer bis nach Monaco.

Wunderschöne alte Kiefern säumten die Straße. Sie öffnete das Fahrerfenster und es strömte der wunderbare, unverwechselbare Duft dieser mediterranen Bäume herein, gemischt mit wilden Kräutern. Allein dieser unverwechselbare Geruch in der Luft, der sie an glückliche Zeiten erinnerte, machte sie so gut gelaunt wie schon lange nicht mehr. Dazu die

Vorfreude auf einen spontanen Tag in Monaco. Endlich! Sie düste durch den Autobahntunnel hinter Nizza und da sah sie schon die ersten Häuser. Schnell erkannte sie bestürzt, wie voll die Stadt war, und betete um einen Parkplatz. Mitten drin, total zentral, sah sie tatsächlich eine Lücke. Wie durch ein Wunder war sie zu ihrer Über-raschung groß genug für ihren „Fiffi", den sie perfekt zwischen zwei Luxuslimousinen einparkte.

Überglücklich und etwas schlapp von der schnellen, hochkonzentrierten Fahrt, atmete sie zuerst einmal ganz ruhig durch den Mund aus: „Puuuuuh" und dann wieder durch die Nase ein … und um sich von der ersten Hürde noch kurz zu erholen, verweilte sie einen letzten Moment im Auto. So, was jetzt, schoss es ihr durch den Kopf? Sie brauchte zuerst einmal einen Überblick.

Los ging es mit dem Fahrrad, mit dem sie sämtliche wichtige Punkte checkte. Es klappte ganz gut, denn die Straßen waren nicht zu belebt, denn die Formel-1-Fans waren noch beim Rennen und es ging um das wichtige Ende des Rennens. Da tauchte eine riesige Leinwand auf, die das Rennen zeigte, für

Leute ohne Platz auf den Tribünen. Die Motoren der Rennwagen dröhnten extrem laut und machten einen Höllenlärm wie Millionen von wütenden Hornissen. Regelrecht brüllend fragte sie einen anderen Radfahrer, wo denn der Eingang wäre oder die berühmten Boxengassen. Er wusste auch nicht mehr als sie, aber ein Reporter würde ihr mehr sagen können, dachte Mia analytisch und stellte ihr Fahrrad einfach vor einem kleinen Bistro in einer Nische der Hauswand ab.

Inzwischen gab es viele Menschen auf der Straße, und da sah sie einen Reporter und ging ihm einfach spontan hinterher. Er war einfach zu erkennen mit seiner Kamera um den Hals. Auf einer anderen Leinwand sah sie ganz kurz im Vorbeigehen die Rennfahrer auf der Tribüne stehen. Die Siegerehrung war bereits im Gange oder schon komplett abgeschlossen?

„Hallo, wo geht es denn zum Eingang, also zu den Boxengassen?" Leicht außer Atem antwortete er und ging schnell weiter. Mia hatte Mühe ihm zu folgen.

„Da ist der Eingang, kommen Sie einfach mit." Sie eilte hinterher und kam exakt zeitgleich mit ihm an. Sie schaute gemeinsam mit dem Reporter in das kleine Kontrollhäuschen und der Kontrolleur ließ sie einfach ohne zu fragen mit dem Journalisten passieren.

Schwupps war sie drinnen und die Tribünenplätze waren bereits leer und verlassen. Sie war zu spät … Sie schaute sich dezent um. Ja, und wo war jetzt der Reporter? Er hatte sich plötzlich in Luft aufgelöst.

Ein paar Meter weiter sah sie Reifen, einen Rennwagen und Techniker drumherum. Sie blickten auf von ihrer Arbeit und sahen Mia vorbeischlendern. Sie ging einfach völlig normal ohne Eile auf der kleinen Straße entlang und spürte deutlich ihre Blicke im Rücken. Das war eine Boxengasse, dachte sie begeistert! Sie fühlte intuitiv, das ist der richtigen Weg, und ging einfach weiter. Uii, das war ziemlich aufregend, schoss es ihr durch den Kopf, und sie fühlte sich so prickelnd lebendig. Etwas weiter vorn sah sie einen Bereich mit einem roten Bus. Das ist der Bus von der weltbekannten italienischen Automarke Ferrari. Und da die Box von dem weltbekannten Autohersteller Mercedes. Der moderne, graue, schicke, doppelstöckige, praktische Würfelbau von etwa zwanzig Meter Breite war hier extra errichtet worden. Ein Mann stand davor, der anscheinend für die Sicherheit sorgte.

Mia ging weiter und dann stand sie vor einer hüfthohen, unscheinbaren Drehtür. Sie versperrte ihr leider, jetzt kurz vor dem Ziel, den Weg. Links sah sie jede Menge Fans hinter Zäunen. Durch Berühren mit der richtigen Karte oder dem passenden Ticket würde sie wohl aufgehen. Sie schaute sich die Türe gerade etwas genauer an, da schubste und presste sie plötzlich, recht unhöflich, ein großer, schlanker Mann von hinten durch die Drehtüre. Seine Kamera und etliche Taschen mit Ausrüstung flogen ihm hinterher.
Er hastete unglaublich schnell zu einem rechtwinklig abgeschirmten, eingegrenzten Interviewbereich, und Mia rannte ihm aufgeregt hinterher. Na ja, sie rannte nicht, denn das wäre eventuell etwas auffällig gewesen. Sie folgte ihm in etwas schnellerem Tempo. Zwischen ein paar Reportern blieb sie stehen. *Wow*, dachte sie und sah jetzt den berühmtesten deutschen Rennfahrer Michael Hufmacher und den schottischen Rennfahrer Davido

Callheard in eigentlich unmittelbarer Nähe vor sich stehen. Ihr blieb fast die Luft weg. Tausend Kameras und Mikrofone waren auf diese erfolgreichen Rennfahrer gerichtet.

Der Brite hatte das Rennen gewonnen und der deutsche Held war ausnahmsweise Zweiter geworden. Sie antworteten professionell auf die Fragen der Reporter, doch Mia konnte kaum alles aufnehmen. Sie betrachtete die ihr unwirklich vorkommende Szene äußerst interessiert und konnte kaum glauben, dass sie hier direkt dabei war. Die kolossale Anstrengung stand den beiden Rennfahrern noch deutlich ins Gesicht geschrieben, denn ihr Teint war leicht rosig bis rot und ihre verschwitzten Haare klebten etwas auf ihrer Stirn und an den Schläfen. Das ist nun wirklich mein absolutes Highlight, dachte Mia. Sie hörte andächtig zu, als Michael Hufmacher über das Rennen sprach und wie und warum er den Sieg dieses Mal an den Schotten verloren hatte.

Nachdem all die Fragen beantwortet waren, verschwanden beide Formel-Eins-Fahrer im Nu. Mia verweilte noch einen kurzen Augenblick sehr beeindruckt nahe der Interviewabsperrung und fragte sich: Wie soll es nun weitergehen? Wie komme ich aus dieser abgesperrten Zone eigentlich wieder heraus?

Weiter hinten sah sie immer noch Menschenmassen hinter dem Zaun stehen … Auf ihrem Weg zurück zur Drehtür sah sie die Box und etliche Leute, die dort ein und aus gingen. Da sie plötzlich furchtbaren Durst hatte, ging sie die Metalltreppen einfach rasch hoch und der Türsteher machte keinen Mucks, als er sie sah. Viel zu groß war hier die Freude über den unerwarteten Sieg, und alle strahlten und lachten wie helle kleine Sonnen.

Drinnen suchte sie eine Ecke auf und schaute sich zuerst einmal um. Ja, sie musste sich irgendwie zurechtfinden, ohne komisch aufzufallen. Um innere Ruhe ringend, verschaffte sie sich den nötigen Überblick. Aha, dort hinten gab es Getränke. Sie ging an die Bar und fragte nach einem Wasser mit Saft. Eine lächelnde, nette junge Frau bot ihr frisch gepressten Orangensaft mit Wasser an. Unglaublich, wie gut das tat, dieses kühle, frische Getränk. Sie hatte überhaupt nicht bemerkt, wie durstig sie eigentlich war, vor lauter Aufregung. Sie bestellte gleich noch eins für ihre ausgetrocknete Kehle und fragte anschließend nach der Rechnung.

„Das geht aufs Haus", sagte die hübsche Barfrau und lächelte sie freundlich an. „Oh, Dankeschön!" Überrascht und dankbar stellte sie das leere Glas zurück auf den Tresen. Jetzt war es Zeit für einen kleinen Rückzug.

Sie fragte die Frau erneut freundlichst, wo denn die Toiletten sind, und da gab es angeblich eine fast unsichtbare, verschiebbare Seitenwand, rechts von der Bar. Als sie davorstand, ließ sich die Schiebetür ganz einfach zur Seite schieben. Sie schloss sie vorsorglich hinter sich und sah mehrere Räume mit Türen, jedoch keine mit den bekannten Symbolen für eine Damen- oder Herrentoilette … Sie versuchte, eine der Türen zu öffnen, nämlich die, die sich genau vor ihr befand, und trat in ein Badezimmer.

Drinnen sah sie benutzte Handtücher, Herrenparfüm und einige Kleidungsstücke, eine Dusche, die noch nass war, an den Wänden. Sie atmete flach vor lauter Aufregung, denn es war zu neunundneunzig Prozent sicher, dass sie sich im privaten Badezimmer von diesem schottischen Rennfahrer befand. Was, wenn er jetzt herein kommt?

Er kam zum Glück nicht und sie war ziemlich froh, dass sie sich etwas frisch machen konnte. Sogar mit seinem Deodorant, wohl einem Werbegeschenk von Nivea, denn es standen von der gleichen Marke sämtliche Produkte auf dem Waschtisch herum. Die ganze unvorhersehbare Entwicklung hatte sie nun doch ein bisschen ins Schwitzen gebracht. Sie schaute sich im Spiegel an und vermisste ihre innere Ruhe. Sie war nervös, aber irgendwie total positiv, angenehm nervös. Sie fand das alles so herrlich aufregend und prickelnd dass sie nicht sofort diese Mercedes-Box verlassen wollte.

Als sie sich wieder im Bereich der Bar befand, erkannte sie sofort den damaligen, bekannten Manager von Mercedes und den Motorsport-Chef Mauk im vertraulichen Gespräch miteinander und bemerkte zu ihrem Entsetzen, wie der CEO-Manager sie tatsächlich mit einem fragenden Blick durch dünne Augenschlitze scharf musterte.

Verdammt, wer ist denn diese kleine blonde Frau?, grübelte er sichtlich genervt.

Die deutsche bekannte Schauspielerin Fronie Serres huschte vorbei und hintendrein ihr damaliger Ehemann mit den blonden Löckchen. Sie gingen hoch in die erste Etage. Es wurde unten immer voller und der finnische ehemalige bekannte Rennfahrer erzählte nahe der Bar irgendetwas über Monaco und Shoppen gehen in einer kleinen Runde gleich neben Mia, und sie tat einfach so, als ob sie zu dieser Gruppe dazugehörte. Seine Frau war auch dabei und zeigte ihre brandneu erworbene Handtasche herum. Mia fand ihn etwas arrogant, aber vielleicht war er nur introvertiert und etwas scheu?

Ein alter, sehr bekannter, sympathischer französischer Rennfahrer aus den 60er Jahren kam nun in die Box mit einem etwa zehnjährigen, hübschen Jungen, der mit stolzem Lächeln an seiner Seite ging. Ein französisches Fernsehteam folgte und filmte beide zusammen. Der CEO von Mercedes war plötzlich nicht mehr zu sehen und Mia entspannte sich zunehmend.

Sie beobachtete die Szenerie um sich herum und mitten im Trubel stand ein dunkelhaariger, mittelgroßer Mann mit einem Bart und telefonierte. Als er fertig war, kamen sie irgendwie ins Gespräch. Mia wollte gerne wissen, ob es noch eine Party irgendwo am Abend gab. Und tatsächlich: Er wusste Bescheid, dass im Monte-Carlo Sporting Club im großen „Saal der Sterne", in dem auch der berühmte monegassische Rot-Kreuz-Ball im Juli stattfinden würde, an diesem Abend eine Sieger-Gala zu Ehren des Formel-1-Siegers Davido Callheard mit Dinner, Musik und Tanz stattfinden würde.

Er wirkte auf Mia, als ob er über alles Bescheid wusste, was in Monaco los war. Tatsächlich kannte er sogar Adelbert von Monaco und diese Tatsache machte ihn für Mia äußerst interessant. Zwar sah er ein bisschen verwahrlost aus – also, sein Bart war etwas zu lang und seine dunklen Haare auch, aber er wirkte sehr freundlich, gebildet und mit besten Manieren ausgestattet. Ein anderes nettes, hübsches Pärchen daneben erzählte von der angesagten Nobeldiskothek im Erdgeschoss unter dem Salle des Étoiles, wo dann bis in die Morgenstunden gefeiert werden konnte.

Als Mia so von einem zum anderen blickte, bemerkte sie schlagartig, dass eigentlich jeder ein Ticket mit Band um den Hals trug, außer der CEO und ein wohl sehr wichtiger Mann, der mit einem Helikopter etwas später kam, und natürlich sie, Mia. Kein Wunder, blickte der CEO schon wieder äußerst skeptisch und grübelnd zu ihr herüber. Nun wurde es Mia zu heiß und etwas zu sehr spannend, und sie beschloss, wieder für eine Weile hinter die unsichtbare Schiebetür zu verschwinden.

Später erfuhr sie, dass es in der heutigen Zeit unmöglich ist, in diese Bereiche einfach so durch Zufall hineinzugelangen. Selbst der bekannte Rennfahrer Lewis Bamilton, der durch einen Unfall einmal diese gut bewachte Zone verließ, hatte unglaubliche Probleme, um wieder hineinzugelangen. Er hatte kein Ticket um den Hals und nichts, was ihn ausweisen konnte. Der Kontrolleur blieb eisern. Erst als Lewis energisch wurde und ihm entgegenschleuderte:
„Aber ich bin doch der Fahrer von dem Rennwagen, der einen Unfall hatte ...“, dämmerte es bei dem Kontrolleur. Mia klopfte dieses Mal dezent an die erste Türe, und als sie nichts hörte, öffnete sie

die Türe ein klitzekleines bisschen. Ihr Blick fiel auf den britischen Rennfahrer Davido Callheard, der auf einem Stuhl saß, mit einem Teller Pasta auf dem Schoß.

Draußen drängten sich Fans von außen am Zaun entlang. Die blonde deutsche, bekannte Schauspielerin, die etwas frische Luft schnappen wollte, steuerte auf den Zaun zu, um ihrer Freundin Hallo zu sagen. Mia brauchte auch etwas frische Luft. Sie erfuhr von ihr, dass es nicht einmal für sie möglich war, ihre Freundin hereinzuholen … Da erblickte Mia zwei schwarz gekleidete Polizisten mit zwei großen, dunkelbraunen, gefährlich aussehenden Rottweiler-Hunden, die in ihre Richtung gingen. Sie entschied sich für den sofortigen Rückzug. Als sie noch vor wenigen Minuten den britischen Rennfahrer sah, blickte dieser sie erstaunt an und der berühmte Finne, Mukke Hikkensen saß daneben auf einem kleinen, schmalen Bett. Er sah völlig zurecht genervt aus.

„Oh", entfuhr es ihr, „I am so sorry, I thought there is an interview with you", stammelte sie ihre etwas vorbereitete Notlüge, und natürlich war sie völlig erstaunt über ihren spektakulären Fund. Davido saß einfach in einer kurzen Sporthose da, ein Handtuch lässig über die Schultern gelegt. Sein Körper war an vielen Stellen mit roten Druckstellen versehen. Die armen Fahrer saßen wohl ziemlich eingequetscht in ihren schnellen Rennwagen, dachte sie.

„Congratulations on your victory." Er lächelte sie überaus freundlich an und schien überhaupt nicht durch sie gestört zu sein. „Thank you", antwortete er, und Mia schloss besonders behutsam die Türe, verdrehte die Augen und dachte:

Oh je, was habe ich denn jetzt wieder angestellt? Das war eine Spur zu dreist! Schnellstens verschwand sie, vorbei am Türsteher, nach draußen, denn nun hatte sie doch ein schlechtes Gefühl wegen ihrer unglaublichen Neugier und kam sich definitiv zu frech vor. Jedoch hatte sie gerade eine paar der aufregendsten Minuten ihres Lebens verbracht.

Sie beschloss den schnellsten Rückzug, der möglich war, und quetschte sich durch die Drehtür. Diese klappte prompt hinter ihr zu. Doch der Weg war immer noch nicht frei zu den Leuten hinter dem Zaun. Sie befand sich immer noch in einem abgegrenzten Bereich. So ging sie einfach den etwas längeren Weg entlang der Rennbahn zurück, den sie gekommen war, vorbei an der Boxengasse, völlig versunken in ihre Erlebnisse. Irgendwie sollte es wohl so sein …

Im Café de Paris bestellte sie sich eine Kleinigkeit zum Essen und einen leckeren Tee, wunderschön serviert. Der gutaussehende Ober war unglaublich zuvorkommend und gab ihr dadurch ein gutes Gefühl, willkommen zu sein. In Gedanken plante sie den weiteren Verlauf dieses Tages. In ihrer Tasche hatte sie bereits alles dabei, um sich umzuziehen und sich besonders schick zu machen für diesen Abend.

Im übergroßen Toilettenraum waren zwei riesige, goldene Wandspiegel angebracht, die ideal waren, um ihr langes, dunkelblaues Abendkleid mit kritischem Blick zu überprüfen. Der leicht glänzende Stoff saß wie angegossen um ihre schlanke Figur und der Beinschlitz gab dem sehr konservativen Look den notwendigen Pep.

Ihr blondes Haar fiel perfekt in sanften Wellen bis über die Schultern herunter. Ein elegantes, nicht zu aufdringliches Make-up betonte ihr Gesicht. Sie gab sich Mühe und vergaß auch nicht, die Augenbrauen perfekt in Form zu bringen. Ihre Augen strahlten sowieso bereits intensiv von ihren einmaligen Erlebnissen, und das unterstrich sie noch mit etwas Kajal und Wimperntusche. Zum Schluss sorgte etwas ägyptischer Puder für einen Look wie frisch vom Strand, und mit etwas Gloss für die Lippen vollendete sie ihre Malstunde.

Zu ihrem großen Glück war sie total alleine. Das Café war fast leer gewesen. Somit ideal, um zu entspannen und sich in aller Ruhe auf den Abend vorzubereiten. Fast wie zuhause, jedoch war hier alles so überaus ansprechend, geschmackvoll und sauber in diesem Café gleich neben dem legendären Spielcasino von Monaco.

Fertig gerichtet beschloss sie, einen kurzen Abstecher in das Spielcasino zu machen. Es war total leer um diese Uhrzeit und wirkte nicht besonders einladend auf sie. Bestimmt war es später am Abends hier viel schöner und die Atmosphäre aufregender und mondäner mit erleuchteten Kronleuchtern und Damen in exklusiver Abendgarderobe. In gemütlichem Tempo verließ sie das Spielcasino, welches im wunderschönen Belle-Époque-Stil der zwanziger Jahre erbaut war, der ihr so gut gefiel, und betrachtete von der Treppe aus den großen Platz davor. Das Hotel de Paris links mit den vielen Luxuskarossen davor, das Café de Paris auf der rechten Seite und der wunderschöne Springbrunnen in der Mitte, ergaben eine elegante, mondäne Aussicht. Eine langbeinige, brünette Schönheit posierte lässig an einen anthrazitfarbenen Maserati gelehnt für Fotos.

Vereinzelte Seemöwen flogen über den Platz und ihr Schrei war durchdringend hell und langgezogen. Mia schaute ihnen nach und kam dabei wieder in ihre Balance. Sie blickte in das wohltuende Blau des Himmels und auf die wenigen Schönwetterwolken, die dem Bild die vollendeten weißen Tupfer gaben. Sie war bereit für das nächste Abenteuer.

Ein Blick auf die Uhr und sie begann sich in Richtung Sporting Club auf den Weg zu machen. Auch

andere gingen zu Fuß in festlicher Abendrobe zum
Galaabend. Sogar auf einer Vespa sah sie einen top
eleganten jungen Mann vorbeidüsen. Eine kleine
ansteigende Allee führte zu dem erstaunlich modernen Bau, den sie etwas zwischen Bäumen und Ge-
büsch erahnen konnte. Davor waren noch Tiefgara-
gen. Da Mia keine Einladung hatte, dachte sie, es
wäre vielleicht geschickter, über die Tiefgarage ins
Gebäude zu kommen. Sie lenkte ihre Schritte auf
die Tiefgarage, in der gleich vorne links ein knallro-
ter Ferrari stand. Im Auto konnte sie den Fahrer auf
seinem Sitz sehen und die Beifahrerin ebenfalls auf
seinem Sitz über ihm. Was war hier los? Dieses Paar
hatte wohl die Leidenschaft überfallen und ehe Mia
weiter ins Innere der Garage gehen konnte, stellte
sich ihr ein anderer Mann breitbeinig in den Weg
vor den Ferrari und brüllte irrsinnig laut:

„Don't go in!" „Stopp!" Er zeigte streng und bestimmt auf einen schmalen Weg nach oben. Den
sollte sie gehen. Und da ihr nichts anderes übrig
blieb, folgte sie ziemlich erschrocken dieser brüsken
Anweisung und kam direkt auf einen größeren
Platz vor dem Sporting Club. Von hier aus sah sie
viele große, geöffnete Portale mit uniformierten Be-

diensteten davor. Fieberhaft überlegte sie, durch welches der Portale sie am besten gehen sollte, während sie sich langsam, aber doch unsicher dem Eingang näherte. Ihr Atem wurde mit jedem Schritt flacher und es war schwierig für sie, ihre Aufregung zu verbergen. Da kam plötzlich eine Gruppe uniformierter Frauen schnellen Schrittes links an ihr vorbei. Sie sahen aus wie Stewardessen, und um nicht weiter aufzufallen, schloss sie sich ihnen einfach an. Sie ging im Eiltempo mit ihnen bis zum Gebäude, die Treppe hinauf, durch die rechte Türe, durch einen längeren Gang und schließlich in einen großen Saal.

„Wow", flüsterte sie. Niemand hatte sie aufgehalten. Sie stand tatsächlich etwas verloren in dem berühmten Salle des Étoiles und musste sich erst einmal an das gedämpfte Licht gewöhnen. Überall saßen bereits Gäste an großen, üppig geschmückten Tischen in festlicher Garderobe. Eine große Bühne und die Tanzfläche waren genau vor dem mittig stehenden Tisch des Prinzen platziert. Sie ließ ihren Blick suchend umherschweifen und stellte entsetzt fest, dass sämtliche Tische bereits belegt waren. *Was soll ich denn jetzt tun?*, überlegte sie fieberhaft.

Der Prinz fehlte ... obwohl die deutsche, dunkelhaarige Schauspielerin Amelie Kampsus, die laut dem Klatschblatt an diesem Abend seine Begleitung war, bereits am Prinzen-Tisch ganz alleine Platz genommen hatte. Mia beschloss, sich etwas frischzumachen, um in Ruhe zu überlegen, was sie denn jetzt tun sollte. In dem Moment, als sie den Saal verließ, kam gerade der Prinz, gesäumt von etwa fünf Männern, den Gang entlang. Genau an der engsten Stelle des Ganges passierte es dann. Mia, stolperte mit ihren hohen Schuhen und fiel, wie durch ein Wunder, direkt in die Arme des Prinzen, der einen sportlichen Hechtsprung in ihre Richtung gewagt hatte, um sie aufzufangen.

Sie hatte ihn zwar schon einmal gesehen, in Deutschland, aber das war nun schon sehr spannend und extrem nah dazu. Würde er nicht sofort bemerken, dass sie nicht auf der Gästeliste stand? Zum Glück hat er es nicht bemerkt, dachte sie, als er sie freundlich fragte:

„Alles in Ordnung?" Er lächelte sie an und Mia wusste einen Moment nicht mehr, ob sie nun träumte oder ob das wirklich passiert war. Sie nahm seinen Geruch wahr, ein dezentes Herrenparfum, und blickte direkt in seine hellen Augen. Ein überaus erstauntes

„Merci" kam Mia über die Lippen, als er sie geschwind wieder behutsam auf den Boden stellte. Sie konnte dem Prinzen und seinen Männern nur noch hinterherblicken. Noch immer vor lauter Aufregung aufgelöst und etwas unter Schock folgte sie dem Gang zu den Eingangsportalen und entdeckte rechterhand die Toiletten. Als sie eintrat, war auch dieser Ort total überfüllt. An jedem der unzähligen Spiegel und Waschbecken tummelten sich festlich gekleidete, wunderschöne Frauen jeden Alters in den unterschiedlichsten, farbenfrohen Roben, die alle vornehm durcheinander plapperten. Es hörte sich tatsächlich an wie aufgeregtes Gackern in einem Hühnerstall.

Mia steuerte auf eine letzte Toilette zu, die zum Glück frei war, und schloss mit einem tiefen Seufzer die Türe. Endlich ein paar Minuten Ruhe und Entspannung. Sie hielt beide Hände auf ihre Brust und ihr Décolleté und versuchte, ihr Herz zu beruhigen, welches noch heftig klopfte. Selbst in diesem kleinen Toilettenraum gab es einen Spiegel, und sie blickte in ihre etwas aufgerissenen und immer noch erstaunten Augen. Wie war sie in den Armen des Prinzen gelandet ...? Und wie war sie überhaupt hereingekommen? Hatte ihr nicht ein Mädchen in der Mercedes-Box erzählt, es sei sehr schwierig, ohne Einladung zum Galaabend zu gehen? Es war doch unglaublich einfach gewesen. Man geht zügig hinein ... Niemand kontrollierte irgendetwas. Sie presste weiterhin eine Hand auf ihre Brust und atmete tief durch und fühlte sich so lebendig und glücklich wie lange nicht mehr. Mit dieser kleinen Pause tankte sie neuen Mut und beschloss, den Saal noch einmal zu besuchen. Weiter nach hinten zu gehen und auch die Seitentische ganz links genauer zu betrachten – es musste doch irgendwo noch einen Platz geben?

Das Dinner war vorüber, und so würde eine Person mehr oder weniger nicht allzu sehr auffallen, oder? Ohne sich ihre Unsicherheit anmerken zu lassen, trat sie erneut in den Salle des Étoiles ein. Weit hinten erblickte sie Michael Hufmacher mit seiner Ehefrau und seinen Bruder, ebenfalls Rennfahrer, mit dessen Frau. Adelbert saß nun neben der deutschen

Schauspielerin Amelie Kampsus, mit der er zu dieser Zeit angeblich ein Techtelmechtel hatte. Ganz hinten links sah sie einen runden Tisch für etwa sechs Personen. An diesem Tisch saßen nur zwei Personen, eine Frau und ein Mann, vermutlich Amerikaner, dachte Mia, und dann nahm sie all ihren restlichen Mut zusammen und fragte überaus freundlich:

„Good evening, excuse me please, would it be possible to join you at this table?" " Die Amerikaner nickten freundlich: „Yes"… und ihre weiteren Worte gingen in der nun erklingenden lauten Ouvertüre unter. Mit einem überaus glücklichen Lächeln im Gesicht sah Mia, wie sich just in diesem Moment der Vorhang öffnete.

Die Bühnenshow begann. Genau im richtigen Augenblick saß sie nun auf einem Stuhl! Sie schickte ein inniges Dankesgebet zum Himmel. Wie faszinierend ihr Leben sein konnte, wenn sie frei war und weit weg von ihrem eigentlichen Zuhause. Sie war überwältigt von ihrem Glück und dankte dem Himmel ein zweites Mal für diesen Platz. Die Frau am Tisch war eine bekannte Größe aus der internationalen Musikbranche und der Mann neben ihr war recht schlicht und kaum dem Anlass entsprechend gekleidet. Wahrscheinlich war er irgendein Geschäftsmann aus den USA und vermutlich wurden die Karten für den Galaabend in allerletzter Minute gekauft. Mia beschloss, zu diesem Thema besser zu schweigen, und konzentrierte sich lieber auf die Akrobaten auf der Bühne.

Nach der Show wurde der Sieger des Großen Preises von Monaco vom Prinzen persönlich auf die Bühne gerufen. Der sympathische Davido Callheard flitzte mit einem Schottenrock bekleidet unter tosendem Applaus recht flott auf die Bühne. Von Müdigkeit nach der sportlichen Höchstleistung war keine Spur zu erahnen, denn er sprang in einem einzigen gößeren Sprung auf die Bühne. Prinz Adelbert schüttelte ihm lachend und wohlwollend die Hand. Alle Gäste standen nun auf im ganzen Saal und applaudierten kräftig weiter, um diesen sympathischen Sieger zu ehren. Es war umwerfend, dazu die Musik intensiv laut.

Die britische Hymne, die Mia so gerne mochte, erfüllte jetzt den ganzen Saal. Aber das war noch nicht alles. Plötzlich öffnete sich zu ihrer großen Überraschung ganz langsam das Dach über ihnen. Davon hatte sie nirgends etwas gelesen und die Wirkung war enorm. Ein Haus mit einem offenen Dach hatte Mia noch nie zuvor erlebt und sie war sehr beeindruckt von dieser Technik. Sie sah staunend die ersten Sterne leuchten, und es folgten immer mehr Sterne und mehr freie Sicht direkt in den Himmel, bis fast das halbe Dach weg war.

Ein gigantischer Knall ertönte. Mia sah sich erschrocken um, jedoch schien das ganze Spektakel völlig normal für alle anderen Gäste. Zeitgleich gingen die Verdunkelungen der großen Fenster auf und ließen nun den Blick auf die sensationelle Kulisse von Monte Carlo zu. Eine erste riesige Rakete entlud sich, pfeifend und knallend, ihrer leuchtenden, goldenen Glitzerpartikel. Dann eine zweite und dann immer mehr. Da sie in der hintersten Reihe saß, erblickte sie nicht nur den Himmel, sondern durch die riesigen hohen Fenster auch den Hafen, den Palast und das Meer. Alles war strahlend erleuchtet und noch spektakulärer als sonst durch das imposante Feuerwerk. So ein unglaubliches Highlight hatte sie nie zuvor erlebt und es machte diesen besonderen Tag nach all den anderen Höhepunkten unvergesslich.

Adelbert tanzte den Eröffnungstanz mit der hübschen Schauspielerin, und dann tanzten auch einige andere Paare. Mia ging mutig in Richtung Tanzfläche und sprach ein paar Worte Smalltalk mit einer blonden, eleganten Französin, die Frau eines Ministers war, wie sich später herausstellte. Im selben Augenblick bemerkte sie die Augen des Prinzen auf sich gerichtet. Sie blickte auf und er grüßte sie mit einem seriösen Nicken, das in ein Lächeln überging. Ihre Alarmglocken läuteten Sturm und sie befahl sich, wenn irgend möglich, entspannt zu bleiben. Er würde jetzt doch nicht bemerken, dass sie überhaupt keine Einladungskarte erhalten hatte. Sie war sozusagen ein blinder Passagier … Falls er sie nun zum Tanz auffordern würde, wäre sie einer Ohmacht nahe. Das war sicher. Er hatte kurz einen rätselhaften Ausdruck im Gesicht gehabt, als sie ebenfalls ein Nicken angedeutet hatte, das jedoch eher ein Augenaufschlag gewesen war. Dann kam er plötzlich lächelnd auf sie zu und fragte sie:

„Wollen Sie tanzen?" Mia war erneut völlig

verwundert und brachte nichts mehr fertig als zu nicken. Nur wenige Minuten verbrachte sie erneut in den Armen von Adelbert und lauschte den Klängen des Orchesters, das den Song „Everybody loves somebody sometimes" spielte. Sie spürte wie die Aufregung ihr ins Gesicht stieg. Wie ein Tanz auf einer Wolke – Adelbert führte sie routiniert und schien völlig in seiner Balance. Sie spürte die Blicke einiger anderer Gäste und auch Amelie Kampus schaute erstaunt in ihre Richtung. Dann verabschiedete er sich grinsend.

„Ich muss leider gehen … das Protokoll."
Er drehte sich um und ging mit Amelie aus dem Saal. Zum Glück wollte er nicht wissen wer sie war. Sie bat innerlich um Vergebung ihrer Dreistigkeit den ganzen Tag über und besonders jetzt im Reich des Prinzen von diesem schönen kleinen Land. Nur einmal im Leben wollte sie dabei sein bei einem Formel-1-Rennen mit all der Glitzerwelt drumherum … Der liebe Gott möge ihr vergeben.

Man konnte ganz leicht erkennen, dass der Prinz aufgebrochen war, denn plötzlich verließen alle schlagartig den Saal und Mia war fast alleine … Von ihrer Begegnung mit dem Prinzen war sie immer noch wie elektrisiert und ging nun ganz langsam aus dem Saal. Am Ausgang sah sie auf Tischen viele Fotos zum Mitnehmen. Hier konnte sie manche Gäste besser zuordnen, denn es stand immer der Name mit dabei. Sie nahm zwei Fotos vom Prinzen mit und sah etwas weiter hinten die geheime Treppe, die nach unten führte in den berühmten Nachtclub „Jimmy*z".

Nachdem sie sich etwas frischgemacht hatte, ging sie langsam die geheime Wendeltreppe hinunter. Zuvor hatte sie es bereits durch den Fronteingang versucht, der jedoch von vielen Besuchern bereits total verstopft war, und ihre Tischnachbarn waren auch in dem Getümmel total blockiert gewesen.

Sie setzte behutsam einen Schritt nach dem anderen in ihrem langen Kleid die Wendeltreppe hinunter und fragte sich, ob der Prinz wohl auch hier runtergegangen war. Und auch vor diesem geheimen Eingang gab es bereits eine kleine Schlange. Sie erkannte den in die Jahre gekommenen bekannten italienischen Schauspieler und Buchautor Massimo Harcia zusammen mit der bekannten deutschen Jetset-Baronin von Feuerstetter, die in Monaco lebte, daneben. Unvergesslich war für Mia die Dokumentation im Fernsehen gewesen, wie man sich einen Millionär angelt in Monaco, mit der Baronin als Spezialistin. Sie plauderte aus dem Nähkästchen und gab gezielte Anweisungen an all die Frauen vor den Bildschirmen, die so gerne Prinzessin, Gräfin oder Fürstin von Monaco oder von sonst einem Reich werden wollten. Es waren etwa sechs Personen, die noch vor Mia warteten. Der Türsteher öffnete kurz die Tür, die rhythmische Linienführung eines peppigen Musikstückes drang nach draußen, und der immer noch gut aussehende italienische Gentleman Massimo sagte:

„Bitte sechs Personen." Mia rief freundlich: „Bitte sieben"! Und schwupps war sie erneut drinnen. Dieses Mal im absoluten Jet-Set-Treff von Monaco. Sie sah die deutsche, hübsche, dunkelhaarige Schauspielerin, vermisste aber den Prinzen neben ihr. Offensichtlich lief es nicht so gut mit ihrer angeblichen Beziehung, oder Adelbert war einfach viel zu viel beschäftigt mit all den Gästen. Gegenüber dem Rondell saß die sehr adrette

Baronin von Feuertstetter mit dem berühmten Playboy aus Italien, und unweit neben sich sah sie den berühmten Juwelenhändler von Monaco. Sie beschloss, genau in diesem Rondell zu bleiben, denn das war so schön aufregend.

Ab und zu machte sie eine Runde. Auf einem der Rundgänge sah sie Davido, der gerade in den Club kam und sie freundlich grüßte, als er sie sah. Hinter ihm folgte sofort seine damalige Freundin mit warnendem, mürrischem Gesichtsausdruck. Sie war ja angeblich, laut den Medien, so schrecklich eifersüchtig auf jede andere Frau, die sich ihm näherte. Etwas weiter hinten in einem ruhigeren Bereich saßen die deutschen berühmten Rennfahrerbrüder mit ihren Frauen.

Als sie wieder nahe dem Prinzen auf ihrem Platz saß, sah sie ein wunderschönes Paar, ganz in Weiß gekleidet, bis auf den Mann. Er trug eine Jeans zum weißen Hemd. Sie wirkten beide so völlig anders im Vergleich zu den anderen Gästen. In ihrem dezenten Understatement-Hippie-Look strahlten sie eine enorme Lässigkeit aus. Mia war ganz fasziniert von ihrem Anblick.

Plötzlich kam Adelbert und begrüßte sie direkt vor ihrer Nase. Sie saß etwas tiefer und es war ihre Chance, jetzt einfach aufzustehen, um direkt neben dem Prinzen das Paar zu begrüßen. Zu gerne hätte sie gewusst, wer das war. Und da stand sie einfach auf, lächelte und nickte zur Begrüßung etwas mit dem Kopf. Die Frau sah in unmittelbarer Nähe wirklich hinreißend aus. Sie sprach etwas mit Adelbert, was Mia jedoch nicht verstehen konnte, da die Worte in der plötzlich lauter werdenden Musik untergingen. Als Adelbert sich dann leicht zu Mia neigte, sagte er:

„Und das ist …" Mias Herz hörte kurz auf zu schlagen. Ihr Mund öffnete sich vor Erstaunen. „Ah, Mia, ich heiße Mia."

Alle lächelten ihr freundlicherweise zu und die kurze, aufregende Begegnung war zu Ende. Er hatte sie tatsächlich vorgestellt. Wie gerne hätte sie jetzt ein bisschen mit dem Prinzen geplaudert. Das war sie gewesen, die einmalige Gelegenheit … Mia seufzte wohlig, schüttelte den Kopf über sich selbst, während sie über das ganze Gesicht strahlte. Es war nur ein klitzekleiner Moment gewesen. Ein kleines

Zeitfenster der Begegnung.

Jetzt war er wieder zurück auf seinem Platz, mit der Schauspielerin im Gespräch, die sich extra für diesen Abend die Haare zu einer Banane aus den fünfziger Jahren hochgesteckt hatte, so wie einst die berühmte Mutter des Prinzen.

Mia ging noch auf eine Runde und lernte einen jüngeren Mann kennen, den sie jedoch als nicht interessant genug abstempelte, und betrat im Anschluss danach die Damentoiletten. Wie bereits zuvor oben neben dem Sternen-Saal war auch diese ziemlich voll. Da saßen etliche Frauen auf bereitgestellten Sesseln im Gespräch lässig beieinander, und dazu noch sehr bekannte Frauen, über die man sonst nur in der Klatschpresse nachlesen konnte, mit wem sie gerade knutschen.

Etwas später wollte sie der Juwelenhändler auf einen Drink einladen, aber sie lehnte lachend ab. Das schien ihr zu gefährlich und Alkohol wollte sie lieber keinen trinken, denn sie wäre doch im Nu beschwipst gewesen und wer weiß, was dann noch alles passiert wäre. Sie wollte doch einen kühlen Kopf bewahren. Als Adelbert sich zurückzog, schwand Mias Interesse für den Nachtclub ziemlich schnell. Er hatte ihr noch nett zugezwinkert, eine kleine, gefaltete Karte zugesteckt und weg war er.

Der aufregende Superabend war viel zu schnell verflogen und es war spät in der Nacht, als Mia sich alleine zu Fuß auf den Weg machte zu ihrem Auto. Leider konnte sie Albert nicht näher kennenlernen, aber sie hatte seine Karte. Eine Visitenkarte, geschmückt mit einem Wappen. Sein Name stand darauf und seine Adresse.

Unterwegs sah sie plötzlich einen Mann, der auch zu Fuß unterwegs war, wie sie und den sie sogar bereits beim Autorennen gesehen hatte. Ja, sie erinnerte sich sogar, mit ihm gesprochen zu haben. Er erkannte sie und schon waren sie in ein interessantes Gespräch vertieft über den vergangenen Tag, auf dem ganzen Weg zur Innenstadt.

Er hatte ein Appartement in einem der Hochhäuser und da es bereits sehr spät war, lud er sie ein, bei ihm zu übernachten. Mia war sehr, sehr müde und eine Rückfahrt nach Saint-Tropez wäre sehr, sehr anstrengend geworden. Trotzdem konnte sie doch nicht einfach mit diesem fremden Mann mitgehen …! Er erzählte ihr von seinem Leben, von seiner wohlhabenden Ehefrau, von der er getrennt lebte, den Kindern und seinem Küchenladen gleich um die Ecke. Er verkaufte Kücheneinrichtungen. Die gesamte Planung bis zum perfekten Einbau. Nach und nach spürte sie, er war nicht gefährlich. Er war einfach nur nett und kannte sogar Adelbert.

Sie blieb die paar restlichen Stunden in seinem Apartment bis zum nächsten Morgen und hatte tatsächlich ganz gut geschlafen in einem seiner langen, weißen Nachthemden aus Baumwolle. Er hatte sogar eine Zahnbürste für sie und zuerst schlief sie auch ganz gut, bis er sich dann plötzlich doch immer mehr auf ihre Seite des Bettes konzentrierte und auf sie und ganz raffiniert ihr viel näher kam als geplant. Zum petit déjeuner gingen sie ins Café de Paris und danach musste er sich leider ganz plötzlich verabschieden. Er hatte einen Anruf bekommen und musste sich dringend um sein Business kümmern.

Ihr aufregender, einzigartiger Monaco-Aufenthalt war zu Ende und nur mit großem Glück gab es keinen Strafzettel an ihrem alten Auto. Sie sah ihn schon von weitem. Der alte, beige Opel Kadett stand da zwischen zwei Luxuswägen und wartete geduldig auf sie – ohne Strafzettel! Das Glück war also immer noch an ihrer Seite und sie könnte sich wirklich daran gewöhnen, dachte sie, als sie mit einem verschmitzten Lächeln in ihr Auto stieg.

„Was für ein Erlebnis", murmelte sie vor sich hin, als sie auf dem Fahrersitz saß. Große Demut machte sich breit in ihr und sie war Gott so dankbar, der ihr all das gab, was sie sich wünschte. So lebendig hatte sie sich lange nicht mehr gefühlt und keine kleinste Sekunde Langeweile kam da auf. Sie konnte den Prinzen leider nicht näher kennenlernen, aber dafür immerhin einen Geschäftsmann, der ihn kannte und in Monaco lebte. Was für ein Erlebnis. Was für ein schönes Leben. „La vie est belle", das Leben ist schön, las sie auf einem großen Plakat für Parfüm auf der Fahrt raus aus Monaco in Richtung Nice und Cannes.

Wie wäre denn ein Spaziergang durch Cannes,

überlegte sie, und diese unersättliche Abenteuerlust ging schon wieder mit ihr durch. Sie wusste, es waren gerade die berühmten Filmfestspiele in Cannes, und sie träumte davon, ein paar Stars auf dem roten Teppich zu sehen und vielleicht die Preisverleihung mitzuerleben. Neugierig näherte sie sich der großen Treppe vor dem Palais des Festivals et des Congrès. Einige Security-Männer versperrten die Treppe hoch zum Eingang. Vor der Treppe wartete eine größere Menschentraube und Mia stand nun mitten drin. Zwei Männer in Uniform verteilten irgendwelche Karten. Mia war sofort ganz aufgeregt, denn es waren eindeutig Eintrittskarten für den Siegerfilm, der mit der Goldenen Palme ausgezeichnet wurde. Sie streckte ihre Arme dem einen Mann in Uniform entgegen und bat lächelnd um eine Karte.

„One ticket for me, please", und Mias Glückssträhne hielt an. Sie bekam das heiß begehrte Ticket für den Abend. Ihr Herz hüpfte vor Freude. Sie hatte Monaco noch nicht ganz verdaut, da kam schon die nächste Überraschung.

Von weitem sah sie den berühmten roten Teppich, der direkt zum Eingang des Palais des Festivals führte. Plötzlich entstand eine gewisse Hektik um sie herum und ein Raunen ging durch die Menge. Irgendein Star war im Anmarsch. Der berühmte, etwas füllige Filmregisseur Michael Moor kam im Smoking mit Fliege, begleitet von Freunden, vorbei und ging dann langsam die Treppe hoch. Mia knipste begeistert ein paar Fotos von ihm sowie die unzähligen Reporter ringsherum. Es klickte und blitzte, und da war er auch schon wieder verschwunden.

Cannes ist ja genauso aufregend wie Monaco, dachte sie lächelnd, und da sie noch ein paar Stunden Zeit hatte bis zum Abend und Lust auf eine Shoppingtour durch die Läden und Kaufhäuser von Cannes, schlenderte sie gut gelaunt los. Im Kaufhaus Monoprix hing es dann, elegant präsentiert für die nächste Sommersaison und sogar erschwinglich. Ein vanillefarbenes, hübsches, langes Kleid, welches ihr sofort ins Auge gefallen war. Sie probierte es spontan an. Es passte perfekt. Sie sah mädchenhaft und romantisch darin aus. Ihre langen, lockigen, blonden Haare fielen über den kühlen, angenehmen Leinenstoff und die einheitliche Farbkombination gab ihrem Erscheinungsbild die notwendige Eleganz. Der tiefe, runde Ausschnitt brachte ihr Dekolleté vorteilhaft zur Geltung und sorgte für den nötigen Pep. Sie behielt es gleich an und ging beschwingt zum Palais des Festivals et des Congrès.

Erneut versuchte Mia zusammen mit einem der Reporter, früher in den Saal zu gelangen. Die Preisverleihung hatte längst begonnen, und jede Sekunde zählte. Ihre Karte war leider nur für den anschließenden Siegerfilm bestimmt und somit fast nutzlos. Während die Reporter mit ihren speziellen Presseausweisen zu kämpfen schienen, entschloss sich Mia, aufs Ganze zu gehen – wie so oft ohne Plan. Ihr Herz raste, als sie um das riesige Gebäude schlich. Der Hintereingang wirkte unbewacht.

„Jetzt oder nie", murmelte sie und ging den breiten Gang entlang. Kaum war sie ein paar Schritte im inneren Bereich, hielt sie ein Sicherheitsmann auf. „Mademoiselle, arrête!" „Vous ne pouvez pas entrer ici!" Der breitschultrige Mann mit einem wachsamen Blick trat ihr bestimmend in den Weg. Mia setzte ein schuldbewusstes Lächeln auf und griff sich an den Bauch.

„Oh, entschuldigen Sie … Mir ist schlecht geworden … Mein Verlobter ist drin, er hat die Karten!“
Der Mann runzelte die Stirn und rief über die Schulter nach einem Kollegen. Sekunden später erschien
ein deutsch sprechender Wachmann mit einem starkem französischen Akzent.

„Was ist das Problem?“, fragte er sachlich. Mia
schnappte die Gelegenheit beim Schopf.

„Es tut mir wirklich leid, aber ich … Ich muss unbedingt zu ihm!“ „Er wird sich Sorgen machen!“
Die Lüge glitt ihr mühelos von den Lippen, doch ihr
Puls hämmerte in ihren Ohren. Zu ihrem Erstaunen
nickte der Wachmann schließlich.

„Na gut, aber ich bringe Sie persönlich zurück zu
Ihrem Platz.“ Mia nickte und folgte dem Wachmann. Der Gang zum Saal zog sich wie eine
Ewigkeit hin. Er sprach freundlich über seine Zeit in
Berlin, aber Mia hörte kaum zu. Ihre Gedanken
kreisten nur darum, wie sie sich aus der nächsten
Situation herauswinden würde. Als sie den Saal
erreichten, verabschiedete er sich mit einem netten

Lächeln. Mia bedankte sich und ging durch die Türe in den dunklen Saal. Sie entschied sich für einen noch freien Platz auf der Tribüne. Gerade als sie sich endlich hinsetzen wollte, endete die Veran-staltung.

Die Moderatorin sprach die letzten Worte und ver-schwand von der Bühne. Die Besucher erhoben sich nach und nach und bewegten sich langsam zum Ausgang. Mia blieb sitzen, um nicht aufzufallen, und beobachtete das Spektakel von oben. Ihr Timing war alles andere als perfekt gewesen, doch sie genoss die Atmosphäre um sich herum.

Am Ausgang führte der Weg die Gäste über den roten Teppich. Mia ging mit den anderen elegant gekleideten Damen und Herren bis nach draußen. Rechts von ihr standen Zuschauer hinter einem Zaun, dicht gedrängt, um jeden Moment zu verfolgen. Blitzlichter flackerten, Rufe schallten durch die Nacht. Sie spürte die neugierigen Blicke auf sich und hielt den Atem an. Plötzlich war ihr bewusst: *Ich gehe über einen roten Teppich!*

„Wow", flüsterte sie und strich unwillkürlich ihr

Kleid glatt. Der Moment war magisch und surreal zugleich. Sie wusste, dass sie hier nicht hingehörte, aber für einen kurzen Augenblick konnte sie ein bisschen erahnen, wie es sich anfühlt, berühmt zu sein.

Weiter vorne warteten Limousinen, Fahrer hielten geduldig die Türen auf. Ihr Herz schlug schneller. *Oh je, auf mich wartet doch keine Limousine?* Als der Zaun endete, bog sie in letzter Sekunde scharf nach rechts ab und verschwand direkt in der Menschenmenge. Ihr Herz hüpfte vor Freude und Aufregung, während ihr Magen sich gleichzeitig unangenehm zusammenzog. Sie hatte plötzlich Hunger – mehr, als ihr bewusst gewesen war.

In einem kleinen asiatischen Restaurant fand sie Zuflucht. Das Chop Suey mit Eierreis war einfach, aber genau das, was sie brauchte. Sie kaute langsam und ließ die Ereignisse des Tages Revue passieren. Der rote Teppich, der Saal, die Sicherheitsleute – alles fühlte sich wie ein Film an.

Endlich war es Zeit für den Siegerfilm „Der Pianist" von Roman Polanski. Der Saal war voll, und Mia ergatterte einen Platz in der hinteren Reihe. Adrien Brody verkörperte den Pianisten mit einer Intensität, die sie fesselte. Die grausame Realität des Films, verstärkt durch die riesige Leinwand und die ergreifende Klaviermusik, traf sie unvorbereitet. Jede Szene zog sie tiefer in die Geschichte hinein. Um sie herum herrschte absolute Stille, doch in ihrem Inneren tobte ein Sturm. Adrien Brody spielte den Pianisten und er spielte diesen wahnsinnig gut.

Die Dramatik im Film war schrecklich und Mia war mit ihrer heiteren Laune überhaupt nicht auf solch eine schlimme Realität der Vergangenheit gefasst. Sie rutschte immer tiefer und tiefer in ihren Sessel hinein. Neben ihr, vor und hinter ihr, nichts als Franzosen und Französinnen. Weit und breit war sie die einzige Deutsche. Auf der Leinwand ging es eigentlich nur um Deutsche. Um deutsche Nazis, die sich ohne jegliches Gefühl kalt und grausam verhielten und sich völlig ihrer verrückten Ideologie unterwarfen. Es war die Hölle für sie! Mia schämte sich so sehr... und weinte ab und zu, da der Film so entsetzlich realistisch und so furchtbar traurig war.

Am liebsten wäre sie auf der Stelle Französin geworden und im Herzen war sie das sowieso schon lange Zeit. Es fehlte nur noch der französische Pass.

Sie wollte weglaufen, doch die Bilder hielten sie fest. Wie konnten Menschen so sein? Als die Lichter im Saal angingen, blieben ihre Augen feucht. Mia wusste, dass sie diesen Film nie vergessen würde. Ein Teil von ihr wollte nie wieder zurückblicken, doch ein anderer Teil war entschlossen, sich zu erinnern. Sie stand auf, zog ihre Jacke enger um sich und trat hinaus in die kühle Nachtluft.

Der Duft von Meer und Lavendel schien wie eine unsichtbare Decke über Cannes zu liegen. Die glamourösen Erlebnisse glitzerten noch in ihr, doch in ihrem Herzen herrschte jetzt eine ungewohnte Stille.

Nach ein paar Tagen fuhr sie völlig erhellt, glücklich und irgendwie verändert mit einer vagen Idee im Kopf zurück nach Deutschland. Sie musste vorerst leider zurück, denn am liebsten wäre sie sofort in dieser, ihrer Herzensgegend, geblieben. In Saint-Tropez hatte sie einen kleinen Laden in B-Lage gesehen, der zu vermieten war, und das inspirierte sie so sehr, dass sie in Zukunft über einen Ortswechsel von Deutschland nach Frankreich nachdenken und recherchieren wollte. Hier in Saint-Tropez wollte sie ihr Leben in Zukunft verbringen! Dort, wo sie sich so lebendig fühlte. Vielleicht wäre eine kleine Galerie mit noch anderen schönen Angeboten genau das Richtige.

In einer kleinen Boutique in Sainte-Maxime wollte sie sich noch ein Souvenir kaufen, das sie an das Meer erinnern sollte. Ein paar Glöckchen klingelten, als sie den Laden betrat. Der Duft von frisch poliertem Holz und zartem Parfüm empfing sie. Eine lange Theke mit Glasvitrinen lud zum Betrachten der vielen hübschen Schmuckstücke ein.

„Bonjour, je peux vous aider?", fragte die Verkäuferin, eine überaus sympathische, kurzhaarige Französin, mit einem Lächeln, das ihre Augen erreichte.

„Ich wollte irgendetwas zur Erinnerung in Blau … Hm, einen Ring und dazu … passende Ohrringe."

„Ouuui, j'ai une très jolie bague en argent. Voulez-vous l'essayer? " Die Verkäuferin hielt ihr einen zarten Silberring mit einem wunderbar blau schimmernden Stein hin. Mia streifte ihn über ihren Ringfinger – er passte wie angegossen.

„Der ist wirklich hübsch", sagte Mia leise, während sie den Ring in einem hereinfallenden Sonnenstrahl fasziniert von allen Seiten betrachtete. Der Stein erinnerte sie an das Meer.

„Oh, ich glaube, der gehört zu Ihnen", meinte die Verkäuferin mit einem gewinnenden Lächeln. „Das Blau passt zu Ihren Augen, nicht wahr?"

„Ja, vielleicht …", murmelte Mia. Aber ihre Gedanken waren schon woanders. Sie sah sich selbst, wie sie in einem Laden wie diesem stand, Kunden bediente und jeden Tag die Atmosphäre von Saint-Tropez atmete. Sie hielt sich die dazu passenden Ohrringe vor einem Spiegel an die Ohren und war entzückt.

„Je les prends!", rief sie, was so viel heißt wie: Die

nehme ich. Ihre Augen leuchteten. Sie bezahlte und nahm ihre Schmuckstücke, hübsch eingepackt, entgegen. Sie war so liebevoll und zuvorkommend bedient worden, dass sie völlig glücklich und zufrieden den kleinen, geschmackvollen Laden verließ. Die Glöckchen klingelten ein zweites Mal, als sie die Türe hinter sich schloß, und Mia dachte: Warum eröffne ich nicht auch so ein kleines, nettes, bezauberndes Schmuckgeschäft? Es war ein Schlüsselerlebnis, nur das mit dem Schmuck war noch nicht ganz klar. Sie wollte doch eigentlich malen und Saint-Tropez, die wunderschöne Provence und das Meer zum Thema machen.

Als Mia die Straße entlangging, überkam sie ein stechender Schmerz in der Brust. Warum fühlte sich das Verlassen dieses Ortes wie ein Abschied von einem Traum an? Sie blieb stehen, blickte über die Gasse zurück zu der kleinen Boutique. Ein Teil von ihr wollte umkehren, die liebe Ladenbesitzerin nochmals sprechen, etwas Konkretes planen. Aber ihre Füße trugen sie weiter. Ein Windhauch vom Meer streichelte ihre Wangen – war es eine Einladung, hierzubleiben?

Auf der Fahrt nach Hause spürte sie mit jedem Kilometer, wie es in ihrem Hals enger wurde, als steckte ein Kloß fest. Sie dachte an das schlechte Wetter zuhause und an graue Regentage. Schlecht gelaunte Menschen, die nur Arbeiten gewohnt waren und das Leben auf ihre Rentenzeit verschoben hatten.

„Um Himmels willen, das sieht hier aber schwer nach Arbeit aus", rief sie und schlug die Arme über dem Kopf zusammen. Der erste Blick nach ihrer Rückkehr in die Küche fiel nicht gut aus. Sie fuhr sich mit den Fingern über die Stirn und dann über den Kopf und stöhnte. Zum Glück war Jean-Luc noch bei seinen Cousins, sonst hätte er ihre Enttäuschung über die Küche ertragen müssen. Sofort machte sie sich über die übervolle Spüle her und den Herd, auf dem benutzte Töpfe mit Resten von Pasta standen. Nach etwa einer Stunde Arbeit hörte sie Schritte im Treppenhaus. Sie hatte die Hände immer noch in der Spüle mit etwas Schaum vom Spülmittel, als die Wohnungstüre von außen aufgeschlossen wurde. Und da war er, ihr allerbestes Goldspätzchen. Die schmutzige Küche war natürlich Geschichte!

„Hallo, mein Spätzle", und schon fielen sie sich in die Arme.

„Hallo Mum." Mia drückte ihren Sohn fest. „Na, wie ist es dir denn ergangen?", fragte sie ihn ernst, aber auch strahlend und glücklich. Mit zwei großen Tassen Tee setzten sie sich an den großen runden Kirschbaumtisch.
„Mir geht es gut, ich war jeden Tag mit meinen Cousins zusammen. Das weißt du ja." ... „Wir haben Videogames gespielt."

„Wart ihr auch mal draußen unterwegs?", fragte Mia besorgt und pustete über den heißen Tee.

„Mum, es waren Ferien", erwiderte er etwas gereizt, streckte sich und fügte hinzu: „Ja, klar, auf dem Fußballplatz … Jannis spielt jetzt zweimal die Woche in einer Mannschaft … Wir gehen alle mit, schauen zu … und feuern ihn an."

Jean-Luc sah prima aus, stellte sie zufrieden fest und nahm noch einen Schluck Tee. Ihr Sohn hatte die Zeit ihrer Abwesenheit bestens überstanden.

„Und wie hat es mit dem Essen geklappt?" „Wir haben meistens hier alle zusammen gekocht.", berichtete er munter weiter und dann schaute er sie etwas gequält an … „Mum, ich habe Hunger!"

„Ja, klar, wie immer", lachte Mia. „Was hältst du davon, wenn wir jetzt zum Chinesen essen gehen?" Jean-Luc nickte zustimmend und war froh, dass seine Mutter nicht noch über sein Zimmer sprach. Dort herrschte nämlich ein für ihn leicht überschaubares Tohuwabohu.

Eine völlig andere Mia betrat nach ihrem fantastischen Urlaub ihre Grafikabteilung. Die neu erworbenen, blau funkelnden Ohrringe schwangen lustig hin und her und leuchteten irgendwie zu hell für diesen Ort, in dem eher die Farben Grau und Beige vorherrschten. Das kalte Licht der Neonröhren ließ die blauen Steine stumpf wirken. Die großen Fenster mit langen, nicht mehr weißen Gardinen ließen keine Einschätzung des Wetters von drinnen zu.

Um sie herum summte der Drucker monoton, und der Geruch von abgestandenem Kaffee hing schwer in der Luft. Sie starrte auf den Bildschirm vor sich, auf den endlosen Katalog, der auf ihre Bearbeitung wartete. Ihr Chef hatte ihr dazu noch eine seiner Arbeiten übertragen, denn er wusste, er kann ihr die Überprüfung der Proofs vor dem Druck überlassen. Sie fühlte sich geschmeichelt und auch gestärkt, einfach mehr Verantwortung zu übernehmen. Aber wie konnte es sein, dass sie hier saß, immer mehr arbeitete und keine erstrebenswerte Zukunft vor sich sah? Ihr Herz litt und sie wünschte sich so sehr, in Saint-Tropez zu sein.

Nach wie vor verließ sie morgens das Haus und kehrte erst abends zurück. Da organisierte sie eine Frau, die mittags für Jean-Luc kochen sollte. Das Resultat war jedoch übel. Es gab Nudeln mit brauner Päckchen-Fertig-Sauce. Das war es nicht, was sie für ihren Sohn wollte. Sie begriff, dass es auch viel Arbeit ist, jemand zu beauftragen, und dazu meldete sich auf ihre Annonce hin nur diese einzige Frau, die nicht wirklich offen war für eine gesunde Ernährung. Mia war so enttäuscht und versuchte, dieser Frau aus dem Nachbardorf zu erklären, was sie unter einem guten Mittagessen verstand … aber es wurde nicht wirklich besser und eine Alternative gab es auch nicht. Sie lebten ja völlig abgeschieden in der Pampa in einer Siedlung außerhalb vom Dorf. Somit blieb doch wieder alles an ihr hängen.

Die kostbaren Gespräche mit ihrem Sohn wurden wieder weniger. Mia hatte auch für andere soziale Kontakte keine Zeit. Sie war abends müde und froh, wenn die Küche nach dem Kochen wieder sauber war. Und am Wochenende ließ sie sich einfach gehen, schlamperte ein wenig in den Tag hinein und genoss es, einfach nichts zu tun. Ja, ein Spaziergang in der Natur, das war schon drin und auch nötig. Das war es aber definitiv nicht, das Leben, welches sie sich für sich und ihren Sohn vorgestellt hatte.

Ein paar Monate vergingen und Mia fragte sich, wohin denn ihre einstigen Pläne entschwunden waren. Sie fiel wieder in dasselbe Loch wie vorher, doch bewahrte sie sich ihr Vorhaben im Hinterkopf. Als der Sommer dann vorüber war und der Herbst nahte, dämmerte es ihr, dass es allerhöchste Zeit wurde für die Umsetzung ihrer Pläne.

In ihrem Job begann sie, das ganze System in der

Grafikabteilung in Frage zu stellen. Die Abläufe waren nicht fließend, das Computersystem für die Katalog-Seitengestaltung ihrer Meinung nach viel zu aufwendig, veraltet und besonders unflexibel. Auch begann sie immer mehr selbst zu entscheiden und vergaß, sich mit ihrem Chef abzusprechen. Die Wahrheit war eigentlich, dass sie ihm sogar bewusst aus dem Weg ging. Ihre innere Haltung der Firma gegenüber war das Problem. Dabei entstanden dann kleinere Unstimmigkeiten. Sie schenkte ihrem Chef nicht mehr die gewohnte Aufmerksamkeit und Mia konnte nicht diplomtisch genug verhandeln, um für ihre Position zu kämpfen, da sie diese Position ja überhaupt nicht mehr wollte. Sie fühlte sich wie gelähmt. Sie hatte keine Energie mehr für diesen Weg. Es glich einem Burn-out. Und da kam es zum Aus.

Mit einem entsetzlichen Gefühl des Versagens verließ sie dieses Unternehmen, aber dazu kam das Gefühl der unbegrenzten Freiheit und all ihre neuen Zukunftspläne, die sie von innen heraus durchstrahlten und ganz einfach ihre Ängste und ihre Traurigkeit hinwegwischten. Versagt hatte sie eigentlich nur im Durchhalten ihres anerzogenen

Pflichtbewusstseins, und das hatte nun für Mia nicht mehr die hohe Bedeutung wie zuvor. Ja, natürlich, die Disziplin war für sie weiterhin wichtig und sie wusste, sie hatte genug davon, um ihrer neuen Arbeit mit Respekt und gutem Willen entgegenzutreten. Der nette Personalchef versuchte sie noch zu überreden, sich noch einmal mit ihrem Chef auszusprechen.

„Frau Seiter, reden Sie mit ihm", bat er sie energisch, aber Mia verstand, dass diese Situation auswegslos war und sie nun zu ihren eigenen, viel wichtigeren Zielen aufbrechen würde.

„Ja, aber morgen." „Heute geht es nicht mehr?" „Nein". Sie schüttelte den Kopf, fühlte sich unglaublich schwach und hatte für ein weiteres Gespräch mit ihrem Chef einfach keine Kraft mehr. Sie schenkte dem Personalchef ein letztes, schwaches Lächeln, schnappte sich ihre Handtasche und steuerte Richtung Ausgang.

Die Sonne persönlich lachte ihr hell entgegen, als sie das Firmengebäude verließ, tief durchatmete und die Straße entlangging zu ihrem geparkten „Fifi". Mia kam das alles so unwirklich vor. Sie war im Hier und Jetzt und erlebte diese wunderbare Veränderung unglaublich intensiv. Die leichten Kopfschmerzen, die sie noch im Firmengebäude gehabt hatte, waren plötzlich weg. Sie atmete erleichtert auf. Natürlich war sie auch ziemlich ängstlich. Die Kündigung hing ihr noch im Magen und ihr war mulmig zumute. Wird das auch alles klappen? Ist das ein Fehler oder gar ein unüberschaubares Risiko? Zum Glück spürte sie intuitiv, dass sie genau auf dem richtigen Weg war, und erst viel später wurde ihr klar, dass dieses schmerzliche Erlebnis absolut notwendig war für ihren Weg in die eigene Selbständigkeit. Es war der erste Schritt in ihr neues Leben.

Die Aussprache am folgenden Tag war dann doch ein guter Abschluss gewesen, da sie nicht verstehen konnte, warum er ihr gekündigt hatte. Sie hatte doch immer im Sinne der Firma alles entschieden? Sie war traurig und eigentlich hatte SIE geplant, zu kündigen. Jetzt war ihr Chef ihr zuvorgekommen. Herr Muck empfing sie äußerst freundlich und Mia fand den Mut, ihre Fragen an ihn auszusprechen.

Herr Muck räusperte sich, und da floß seine Entrüstung mit seinen Worten aus ihm heraus.

„Sie können den Laden hier doch nicht einfach übernehmen!" Tatsächlich hatte sie ein paar Entscheidungen getroffen, als ihr Chef für einige Tage verreist war.

„Ach, das hatte ich auch nicht vor", antwortete Mia erstaunt. „Es tut mir sehr leid, wenn es sich für Sie so angefühlt hat, Herr Muck." Das Gespräch verlief dann so positiv, dass er ihr den Posten wieder zurückgeben wollte. Mia klammerte sich innerlich an ihre Zukunftspläne, um in diesem Moment nicht schwach zu werden. Drückte mit ihren Händen fest die Armlehne des Stuhls und sprach:

„Eine Fortsetzung meiner Arbeit kommt für mich nicht in Frage." … „Ich werde mich selbstständig machen." Damit hatte Herr Muck überhaupt nicht gerechnet. Erstaunen lag in seinen Augen, als er sie ansah. Mia stand auf und streckte ihm ihre Hand entgegen, die er kräftig drückte.

„Überlegen Sie es sich noch einmal in Ruhe."
„Tschüss, Herr Muck", sagte sie und zwinkerte ihm
entschieden zu. „Tschüss Frau Seiter."

Vorerst war sie einfach nur arbeitslos gemeldet. Da
sich das Land gerade in einer Rezession befand, gab
es zu dieser Zeit keinen sonderlichen Bedarf an Grafik-Designern . Das war natürlich perfekt für ihre
eigenen Pläne. Sie malte weitere Bilder für ihren zu-
künftigen kleinen Laden. Großformatige Meeresbilder. Außerdem begann sie, die Wohnung auszu-
misten. Endlich hatte sie Zeit und konnte zuhause
sein bei ihrem Sohn. Gut kochen, einkaufen und
sogar spazieren gehen. Es war sozusagen eine Verschnaufpause, bevor die nächste Hürde kam. Natürlich dachte sie ab und zu an ihren alten Posten und
an das Angebot von Herrn Muck, aber für sie gab es
kein Zurück.

4 *Ein Studio in Saint-Tropez*

Inzwischen war es bereits September und diese etwas ruhigere Zeit empfand sie als besonders schön im Süden am Mittelmeer. Um ihrem neu erdachten Leben näherzukommen, war sie noch einmal nach Südfrankreich gefahren. Sie wollte alles Nötige vorbereiten für ihre erste Sommersaison im folgenden Jahr. Jean-Luc musste wieder eine kleine Weile alleine zurechtkommen, aber dieses Mal mit eindeutig mehr Erfahrung im Haushalt. Mia war so stolz auf ihn.

Der große Massentourismus war vorbei und alle, die noch da waren, entspannten sich, so oft es ging, in der immer noch recht warmen Sonne. „Savoir vivre": einfach leben und genießen. Eben diese französische Leichtigkeit umhüllte sie erneut wie ein weicher, lockerer Wattebausch. Sie atmete die klare, sauerstoffreiche Seeluft ein, als sie hundemüde von der langen Fahrt, jedoch glücklich am Campingplatz gleich hinter dem berühmten Pampelonne Strand mit ihrem „Fiffi" ankam. Sie entschied, die paar Tage einfach in einem Wohnwagen zu wohnen, fast direkt am Meer. Eine große, wunderschöne Kiefer spendete Schatten und es gab mehrere Lorbeerbüsche, rund um den Wohnwagen gruppiert. Wenn es leise war, konnte sie es an ihrem Platz hören, das Rauschen des Meeres. Sie war einfach überwältigt vor Glück. Was brauche ich mehr, dachte sie?

Am späten Nachmittag, nachdem sie sich ein bisschen erholt hatte, rannte sie in einem einfachen Sommerkleid vor an den fast leeren Strand. Sie ließ ihren Blick an der kilometerlangen Bucht entlanggleiten. Der Horizont war nicht scharf abgezeichnet, eher ein bisschen diesig. Die Sonne blinzelte ihr aber durch eine sehr dünne Wolkendecke entgegen. Ein paar Möwen flogen nahe übers Wasser. Das Meer war eher ruhig und die vereinzelt etwas größeren Wellen endeten sanft in weiten Bögen, verziert mit einer schmalen Schaumlinie, um ihre Füße herum. Sie stand da eine ganze Weile, bis ihre Füße leicht im Sand versunken waren. Dieser wohltuende Moment gab ihr neue Kraft und ließ ihre

Gedanken fließen. Ein wenig in sich gekehrt, aber völlig entspannt, ging Mia den kleinen Naturpfad zurück zu ihrer vorübergehenden Bleibe. Nachdem sie das Bett für die Nacht frisch bezogen hatte und ihren Ansprüchen entsprechend den Wohnwagen gesäubert und sogar etwas umgestaltet hatte, gab sie sich endlich ihrer Müdigkeit hin. Sie fiel in einen tiefen, langen Schlaf.

Am nächsten Morgen zog es sie sofort nach Saint-Tropez. Zuerst erkundete sie die Künstler am Hafen. Sie liebte es, den Malern beim Malen oder Diskutieren zuzusehen und die unterschiedlichen Malstile intensiv zu betrachten. Besonders bewundernswert fand sie einen großen, gut aussehenden, grauhaarigen Maler, der große Leinwände mit Elefanten und Löwen bemalte, des Weiteren einen kleineren, rundlichen Mann mit einer klitzekleinen Brille im Gesicht, der Saint-Tropez ganz modern und mit wenigen Strichen, minimalistisch, auf kleinen Formaten darstellte.

Auch faszinierte sie besonders ein recht alter Mann mit einem lustigen Hütchen auf dem Kopf über dem vom Meer und der Sonne verwitterten Gesicht.

Seine immer noch blonden Haare schauten struppig unter der schmalen Hutkrempe hervor und er malte unermüdlich den Kirchturm mit den Häusern und den Schiffchen davor. Sie fand heraus, dass er zusätzlich eine Galerie im Zentrum von Saint-Tropez besaß. Sie seufzte wohlig bei dem Anblick der werdenden Malerei direkt vor ihren Augen und der imposanten Jachten dahinter und der vielen kleinen Fischerboote. Genauso wie all diese Maler und Malerinnen – ja, es gab auch einige Frauen – wollte sie auch einen Stand am Hafen haben. Aber da war noch die zweite Idee mit der kleinen Boutique.

Mia nahm wieder einmal all ihren Mut zusammen, überwand ihre Schüchternheit und bat um Hilfe. Das fiel ihr immer wieder furchtbar schwer, da sie gelernt hatte, weitgehend alleine ohne Hilfe zurechtzukommen. Dennoch fragte sie mehrere Maler und Malerinnen mit ihrem noch sehr schwachen, dürftigen Französisch, wo sie sich denn anmelden muss für einen Stand am Hafen.

„Qui loue un stand au port?", stammelte sie, holprig die Worte hervor. Sie wurde meistens leicht schräg angesehen und, da sie von den Franzosen und

Französinnen nicht ausreichend verstanden wurde, zum nächsten Stand geschickt. Es lag wohl an ihrer miserablen Aussprache der Silben, der Betonung, Akzentuierung, am Rhythmus … oder der Satz war komplett falsch. Fakt war: Sie kam mit ihrem Schulfranzösisch nicht durch und Englisch verstanden die meisten nur sehr dürftig. Nach einigem Hin und Her schickten sie Mia zu einem Stand etwas weiter nach hinten.

„Is this the stand of Elke?", fragte Mia freundlich, während sie sich die Hand etwas vor das Gesicht hielt, um vor der Sonne besser geschützt zu sein.
„Yes …", antwortete der dunkelhaarige Franzose freundlich und schaute sie fragend an.

„I would like to talk to her." „She is not here, but you can call her", antwortet er mit einem stark französischen Akzent und strich sich am Kinn einen Krümel aus dem Gesicht. Dann schob er den Rest seines belegten Baguettes in den Mund. Er musterte sie etwas genauer aus dunkelbraunen Knopf-Augen und zog einen kleinen Zettel aus der Hosentasche.

„Here is her telephone number." „Call her!" „She will be happy to talk in German language." Er arbeitete für sie, denn ihr ging es angeblich überhaupt nicht gut. Um zu erfahren, warum, musste Mia sich jedoch gedulden, denn ihr Gespräch wurde leider von seiner Arbeit als Verkäufer unterbrochen. Immer mehr interessierte Touristen kamen näher und betrachteten die hübschen kleinformatigen Malereien mit den typischen Landschaften der wunderschönen Provence. Zudem spazierten jetzt weitere kleine Touristen-Schwärme, die vom großen Parkplatz kamen, über den malerischen Weg am Hafen entlang. Sie betrachteten zum Teil tatsächlich aufmerksam die auf Staffeleien und Tischchen liebevoll platzierten Exponate.

Mia war sehr dankbar und überaus beschwingt über diese eine Telefonnummer und die überaus interessanten Stunden am Hafen. Sie sah sich selbst bereits dort stehen, mit einem Tischchen und einem Sonnenschirm und ihren eigenen Bildern. Sie könnte vielleicht auch vor Ort malen, wie manch andere auch, und damit Publikum anziehen. Bei genauerer Überlegung fand sie es jedoch sehr herausfordernd, zwischen konzentrierter Arbeit am Bild und dem

Verkauf abzuwechseln. Nach einigen holprigen Anläufen gelang es Mia in der folgenden Woche, einen exklusiven Termin mit dieser bekannten Künstlerin auszumachen.

Sie hieß Elke und sie trafen sich am alten Fischerhafen, dem „Vieux Port", in einem kleinen Restaurant zum Aperitif. Sie war etwa Ende fünfzig, ein etwas zerzauster, unordentlicher kurzer Bob umrahmte ihr sorgenvolles, hübsches Gesicht. Ihre dennoch lebhaften, neugierigen, blauen Augen blieben an Mia hängen, die nun geradewegs auf sie zusteuerte.

„Hallo, ich bin Mia." „Ich freue mich sehr, dass Sie sich die Zeit genommen haben für ein Gespräch." Elke saß an einem der roten Tischchen nahe den Fischerbooten und dem alten grauen Turm. Mia rückte den roten Stuhl zurecht und setzte sich ihr gegenüber.

„Hallo, sag einfach du zu mir." „Wir duzen uns hier alle", erwiderte sie freundlich und erzählte ihr von der recht netten, familiären Atmosphäre in Saint-Tropez.

„Ich bin schon seit Monaten nicht mehr ausgegangen", erzählte sie mit einem dezent klagenden
Ton weiter und schaute des Öfteren etwas unbe-
haglich nach links und rechts. Irgendwie schien es,
als wollte sie nicht gesehen werden.

„Was möchtest du denn gerne trinken?", fragte Mia
lieb. „Einen Kir", sagte Elke, und Mia bestellte zwei
Kir. Das ist ein Mischgetränk aus Weißwein und
Crème de Cassis, einem Likör von schwarzen
Johannisbeeren, ein typisch französisches Getränk.
Der Kellner stellte die bauchigen Gläser mit dem
roten Kir auf das Tischchen. Ein paar Eiswürfel
darin schimmerten hübsch im Licht der Nachmittagssonne, und langsam begann Elke etwas aufzu-
tauen.

Mia war super motiviert und überglücklich, eine
Künstlerin vom Hafen aus Saint-Tropez näher
kennen zu lernen, und sah sie freudig an.
„Leider spreche ich noch nicht so gut Französisch
und es fällt mir daher sehr schwer, Informationen
über die Verkaufsstände der Maler zu bekommen.
Kannst Du mir da weiterhelfen?" Es entstand eine
kurze Pause und nach einem kurzen Räuspern rede-

te Mia leise weiter: „Mein Traum war es immer, hier in Saint-Tropez zu leben und Bilder am Hafen zu verkaufen …“

„Hm“, machte Elke mit leicht hochgezogenen Augenbrauen. Sie wischte sich eine blonde Haarsträhne aus dem Gesicht und sprach weiter.

„Ja, das wollten schon viele und kaum jemand weiß, wie hart das sein kann.“ „Ich spreche aus Erfahrung, denn ich war die erste Malerin, die Bilder am Hafen verkauft hat, damals in den sechziger Jahren, in der Zeit, als Brigitte Bardot und Gunter Sachs verliebt durch die Straßen zogen.“

Elke nahm sie mit in ihr aufregendes Leben und erzählte und erzählte. Mia hörte aufmerksam zu und war sofort fasziniert von ihrem Leben, das ihr unglaublich lebhaft, bunt und so glamourös vorkam. Zugleich klang es nach einem typisch französischen Bohème-Leben. La Bohème – eine wunderbare Lebensart, die sie bis jetzt noch nicht erlebt hatte. Charles Aznavour kam ihr in den Sinn. Er hatte dazu ein Lied gesungen über das scheinbare In-den-Tag-hinein-Leben, Kreieren, Lieben und Leiden.

Elke hatte sich damals einfach an den Hafen gestellt und ein paar Bilder auf den Gehweg vor die Jachten gelegt. Ein paar typische Landschaftsbilder mit Aquarellfarben, und der Chefarzt vom Krankenhaus hat sie noch am selben Tag alle aufgekauft. So fing das an mit den Malern am Hafen in Saint-Tropez und ist auch heute noch eine der größten Touristenattraktionen.

Mia wusste nun, dass sie sich für den Standplatz an die Mairie, also an das Bürgermeisteramt, wenden musste. Um versichert zu sein, wäre eine Aufnahme in die Künstlerkasse Maison d'Artiste von Frankreich notwendig. Tatsächlich dachte sie bereits seit längerer Zeit über eine Aufnahme in die deutsche Künstlersozialkasse nach. Die Aufnahme in die französische Maison d'Artiste stellte sie sich sehr schwer vor, da sie der französischen Sprache nicht mächtig war und Grafikdesign studiert hatte und keine Malerei. Elke sah darin jedoch kein großes Problem. Mia war sehr zufrieden über all diese Informationen und dazu hatte sie eine ganz besondere Frau kennengelernt.

Elke hatte Kunst in Paris studiert. Sie begann nun mehr und mehr, sich zu öffnen, nachdem Mia sie fragte, warum sie denn hier in Saint-Tropez lebte. Elke schien sich gerne zu erinnern an ihr früheres Leben und blühte zunehmend auf. Mia lauschte andächtig und nippte ab und zu an ihrem Kir, der wunderbar spritzig schmeckte, bis hin zu den letzten Tröpfchen. Sie beschlossen noch einen kleinen Spaziergang in die hintere kleine Bucht "La Ponche" zu machen, wo ganze Häuser damals jahrelang unbewohnt waren, denn die wohlhabenden Besitzer wollten die Häuser nur behalten, sich aber nicht darum kümmern, klagte sie.

Dann begann Elke vom letzten Sommer zu erzählen. Von ihrem Haus im Hinterland Richtung Grimaud. Sie schaute nun aus, als ob sie gleich in Tränen ausbrechen würde, und erzählte von der schlimmsten Nacht ihres Lebens.

„Ich nehme immer noch Antidepressiva und trotzdem ist es nach wie vor ein Alptraum", begann sie. „Es passierte an einem Nachmittag und ging bis in die Nacht." Sie wurden alle in der Region aufgefordert ihre Häuser schnellstens zu verlassen, da im

Hinterland ein Feuer ausgebrochen war, das nun Kurs auf ihr Haus und das ihres Sohnes nahm. Sie hatte keine Zeit, um irgendetwas mitzunehmen.

Die Feuerwehr war strikt und ließ Elke nicht mehr zu ihrem Haus durch. Ihr Sohn blieb so lange es ging bei seinem Haus auf dem Hügel und missachtete die Vorschrift der Feuerwehr, so lange es irgendwie möglich war. Leider konnte er sein Haus nicht verlassen, um auch das etwas weiter unten liegende Haus seiner Mutter vor dem Feuer zu bewahren.

Er kämpfte mühselig bis zum Schluss und entkam gerade noch den Flammen. Er stürzte nach unten den Berg hinunter und rannte auf seine Mutter zu, die da stand und nicht wusste, wie ihr geschah. Sie schloss ihren Sohn in die Arme und weinte. Sein Gesicht war teils mit Asche bedeckt und er zitterte nun am ganzen Körper, trotz der Hitze, vor lauter Erschöpfung. Sie sahen nach oben und hofften inbrünstig auf die Errettung ihrer Häuser. Sie standen dort bis in die Nacht hinein und konnten nichts tun als beten. Ein Feuerwehrmann kam dann zu Ihnen mit einem bedauernden Blick und erzählte

Ihnen von dem stundenlangen Versuch, das Feuer zu löschen, aber Elkes Haus brannte fast komplett ab, mit all ihren wertvollen Erinnerungen, teils wunderschönen Gemälden ihres verstorbenen Mannes. Das Haus ihres Sohnes war gerettet.

Für Mia war klar: Ein Haus hier im Hinterland kann sehr gefährlich sein, denn immer wieder brachen Feuer aus in den heißen Monaten des Jahres. *Also mein Traumhaus sollte nicht allzu weit weg vom Meer sein, zur Sicherheit,* dachte sie. Elke war nach dieser Katastrophe schwer traumatisiert und quälte sich von einem Tag zum nächsten. Ihr fröhliches Leben hatte einen Riss bekommen. Sie war froh, Mia von ihrem Leben vor dem Drama erzählen zu können. Eigentlich wollte sie Elke nur um diese Informationen befragen, die sie so dringend benötigte. Und nun wurde sie zum geduldigen Zuhörer, aber es fiel ihr nicht schwer, denn sie nahm sich die Zeit, um sie besser kennen zu lernen.

Elke kam aus einer angesehenen Familie. Ihr Vater war einst Bürgermeister der Stadt Köln. Ihre Mutter war ein bisschen wie eine Diva mit zwei Dalmatinerhunden und bildschön. Sie und ihre Schwester wurden früh ins katholische Internat gesteckt, und dann lachte Elke spitzbübisch, als Mia ihr von ihren Streichen im Internat erzählte. Wie sie den strengen katholischen Schwestern entkam, wenn sie mit ihren Freundinnen zu lange in der Stadt ausgegangen war oder eine Zigarette rauchte im Garten. Damals war nichts erlaubt, aber Elke machte irgendwie alles möglich, was lustig war und Spaß machte. Mia, die nie in einem Internat gewesen war, hörte interessiert zu. Sie war erneut begeistert von Elkes Welt, die so anders war als die ihre. Frecher und viel lebendiger … Sie durfte all das, was Mia sich immer gewünscht hatte und was von ihren Eltern aus Sicherheitsgründen oder mangelnden Finanzen abgelehnt worden war. Nach der Schule ging Elke nach Paris, um dort Kunst zu studieren an der École nationale supérieure des beaux-arts de Paris. Was für ein Traum! Und der Traum ging weiter, denn dort lernte sie ihren Mann kennen und lieben. Einen Franzosen aus einer vornehmen Familie.

„Er fiel mir sofort auf", erzählte sie lebhaft. „Er war ein etwas in sich gekehrter, ernsthafter Charakter und leidenschaftlich den schönen Künsten verfallen." Es dauerte nicht lange, dann war er auch der bildhübschen Elke verfallen und verliebte sich in sie. Nachdem beide das Studium abgeschlossen hatten und ihre Bilder in Ausstellungen im Pariser Salon hingen, eröffneten sie eine Galerie in Versailles. Als sie nach längerer Durststrecke ein paar Bilder auf einen Schlag an einen reichen Amerikaner verkauften, beschlossen sie, ihr Leben zu verändern, um ihre Zukunft an der Côte d'Azur zu verbringen. Und zwar in Saint-Tropez!

Sie waren jung verheiratet, als Sie in einem Morgan Plus 8 ihre außergewöhnliche Reise auf den Landstraßen über Lyon, Avignon und Orange nach Saint-Tropez starteten. Wenn sie Hunger hatten, stoppten sie an einer Wiese und machten ein Pick-nick auf einer Decke mit Käse, Baguette und Wein. Elke liebte den französischen Lebensstil sehr und sie freute sich riesig auf ihr neues Domizil, Saint-Tropez.

Elke erzählte weiter über die wunderschönen Landschaften, die Pastellfarben, das ganz spezielle Licht und die vielen speziellen Gerüche der vielen wilden Gewürze und die der Bäume. Sie nahm alles tief in sich auf und wollte nie wieder weg von dort, wie so viele kreative Menschen, Maler, Schriftsteller und

Musiker. Sie alle liebten diese Gegend und Mia erging es nicht anders. Sie kannte den Var, so heißt die Gegend rund um Saint-Tropez, schon seit ihrer Kindheit. Sie fühlte sich sofort tief verbunden mit Elke, denn sie wollte genauso leben und arbeiten wie sie. Ihr Rendezvous dauerte länger als zwei Stunden und trotzdem hatten sie sich noch so viel zu erzählen.

Mia begleitete sie in die Rue Saint Jean, wo Elke im Dachgeschoss ihre Zweitwohnung in einem der alten Häuser hatte. Die Verabschiedung fiel ungewöhnlich herzlich aus, und so ging sie total beschwingt und auch aufgewühlt von all den Neuigkeiten aus einer anderen Welt auf den uralten, abgelaufenen, glatten Pflastersteinen durch die zauberhaften Straßen von Saint-Tropez. Sie schaute sich jeden noch so kleinsten Winkel genau an.

Besonders Schaufenster mit Exponaten moderner Kunst und Gemälden von klassischen Impressionisten wie Henry Sie, dazwischen Pop Art mit einem großen Porträt von Brigitte Bardot, fesselten ihre neugierigen und nimmersatten Augen. Dann die vielen Modegeschäfte mit den neuesten

Kreationen der exklusivsten Modedesigner. Sie alle waren hier versammelt auf relativ kleiner Fläche, und es war ein Genuss, ihre Kreationen in den top dekorierten Schaufenstern und Vitrinen zu betrachten. Besonders Roberto Cavalli, Louis Vuitton, Chanel und Dolce & Gabbana fielen ihr ins Auge.

Anschließend kam natürlich auch noch der Hafen mit den großen, schicken Yachten. Den musste sie nun komplett überqueren, um zu ihrem Auto zu gelangen. Nach dem Café de Paris kam aber noch der Eissalon „Barbarac" mit den hohen, lecker aufgetürmten und üppig dekorierten, cremigen Eiskreationen. Mia konnte nur selten standhaft bleiben bei diesem Anblick.

„Eine Kugel Vanille-Eiscreme bitte", sagte sie und wurde rasch bedient. Das sanfte Vanillearoma auf ihrer Zunge löste hellstes Entzücken aus. So schlenderte sie nun zurieden mit sich und allem Drumherum, mit dem Eis, zu ihrem „Fifi". Am kommenden Sonntag wollten sie sich wieder treffen und Mia freute sich jetzt schon so sehr auf eine weitere Begegnung mit dieser faszinierenden Frau.

Es dämmerte bereits, als sie in ihr Auto stieg und aus Saint-Tropez heraus in Richtung Saint-Maxime fuhr. Dann bog sie links ab nach Ramatuelle. „Les Plages" stand auf dem Straßenschild, dem sie folgte, bis sie beim Campingplatz gleich neben dem Tahiti Beach Club ankam.

Sie schlief sehr gut in dieser Nacht in dem kleinen, komfortablen Wohnwagen und träumte von ihrem neuen, aufregenden Leben als Malerin in Saint-Tropez. In der Boulangerie „Le soleil" kaufte man damals das beste Baguette und Mia besorgte sich eins zum Frühstück. Es war so unglaublich lecker und knusprig, dass sie fast zwei Stunden lang frühstückte, bis das ganze Baguette weg war!

„Frisch ist es einfach am besten", erklärte sie sich die Situation selbst, denn sie beschlich ein komisches, ziemlich unzufriedenes Gefühl im Hinblick auf ihre Bikinifigur. Dazu hatte sie ziemlich viel von dem französischen Brie, französische Marmelade und natürlich kostliche französische Butter verspeist. Sie war definitiv komplett der französischen Esskultur verfallen, der Lebensart, auch der französischen Sprache, deren Singsang sie liebte, wenngleich sie auch nicht viel davon verstand. Das alles lässt darauf schließen, dass sie hemmungslos frankophil war. Das ist eine Art Krankheit, die nie mehr verschwindet, sobald sie einen erwischt hat.

Elke bot ihr freundlicherweise an, ihren Briefkasten zu benutzen, für den Anfang, für den Papierkram.

„Oh, vielen Dank, Elke." „Das ist sehr nett", plauderte sie gut gelaunt ins Telefon. Elke räusperte sich ein bisschen, während sie ihren Sekt trank und den Telefonhörer ans Ohr hielt. Es war so um die goldene Stunde kurz vor Sonnenuntergang. Sie saß auf ihrem Canapé mit angezogenen Füßen. Die letzten Strahlen der Abendsonne fielen in ihr kleines Studio unter dem Dach. Sie nippte erneut an ihrem Sektglas und überlegte den nächsten Schritt.

„Mia, du brauchst unbedingt eine Wohnung in Saint-Tropez, wenn du hier arbeiten möchtest."

„Ja klar, darum muss ich mich unbedingt kümmern." Sie unterhielten sich noch ein wenig, teils ernsthaft, aber auch kichernd, über ihre jeweilige letzte Beziehung und warum daraus nichts geworden war. Mia erwähnte ihren italienischen Liebhaber und Elke sprach von einem Kapitän, der viel zu jung für sie sei und den sie aus purer Eitelkeit aber nicht mehr sehen wollte. Deshalb hatte sie sich am Hafen bei ihrem ersten Treffen so besorgt umgeschaut. Sie wollte auf keinen Fall, dass er sie zu Gesicht bekam.

„Bonne soirée, meine Liebe", flötete Elke schließlich leicht beschwipst. Mia musste unwillkürlich schmunzeln.

„Einen schönen Abend, Elke. Bonne soirée" … „Tschüüüss", sang sie noch hinterher. Sie verließ den Stuhl vor dem Wohnwagen und ging noch etwas ans Meer. Sie war glücklich und dankbar, eine Freundin in Saint-Tropez gefunden zu haben.

Aber wird mir das alles gelingen?, fragte sie sich, während sie über das Meer und auf den Horizont blickte. Vereinzelt gab es noch ein paar Spaziergänger, die ebenfalls die beruhigende Stimmung am

Meer aufgesucht hatten. Nun ging es an das Umsetzen der Pläne und sie erkannte beim Betrachten der teuren Mietangebote die enorme finanzielle Tragweite, denn es gab eigentlich nur sehr, sehr teure Studios. Sie checkte sämtliche Inserate und Kleinanzeigen, schwarze Bretter in den Supermärkten und eine interessante Website namens „colocation", denn eine WG wäre eventuell günstiger und auch lustiger gewesen.

Wieder in Deutschland suchte sie den ganzen Herbst und Winter weiter und weiter, und als es Frühling wurde, hatte sie immer noch keine Unterkunft gefunden. Saint-Tropez war wirklich sehr heiß begehrt und im Sommer voller Touristen und Saisonarbeiter. Mehr und mehr dachte sie an den kleinen Wohnwagen und war nicht allzu beunruhigt, denn es gab ja noch eine andere Lösung.

Nach der etwa eintausend Kilometer langen Autofahrt zurück war sie ziemlich erschöpft wieder in Deutschland angekommen. Sie parkte den „Fifi", der mal wieder eine Meisterleistung vollbracht hatte, auf seinem Parkplatz.

„Bonjour, mon petit Jean-Luc." „Comment vas-tu?" Sie herzte ihn innig und schlang ihre Arme um ihn. „Na, wie ist es dir dieses Mal ergangen, mein Goldspatz?" Die Küche sah etwas besser aus als das letzte Mal, nichtsdestotrotz stapelte sich in seinem Zimmer auf einem kleinen Hocker die frische Wäsche wild durcheinander.

„Es lief alles super, Mum", erwiderte er lächelnd. Er schien aber trotzdem froh zu sein, wieder seine Mama bei sich zu haben.

„Wie war die Deutscharbeit? Wie geht es Dir? Machen wir eine kleine Wanderung am Wochenende?" Sie überfiel ihn mit vielen Fragen und viel geplanter gemeinsamer Zeit in der Natur, da das kommende Wochenende zufällig sonnig sein würde, laut Wettervorhersage.

Natürlich war sie nicht übermäßig begeistert gewesen, wieder zurückzufahren, denn in Deutschland gab es bereits ziemlich niedrige Temperaturen. Der Winter war nicht mehr weit. In den Supermärkten wurden bereits all die leckeren Weihnachtsgebäcke angeboten, die ihrer Figur nicht gut taten. Fakt war jedoch, dass sie noch so viel vorzubereiten hatte für ihre berufliche Veränderung, und so arbeitete sie begeistert weiter an ihrem neuen Konzept: „Arbeiten und Leben in Saint Tropez". Trotz des kleinen Abstands durch ihre zweite kleine Reise hatte Mia nicht den Eindruck, dass Jean-Luc sie sehr vermisst hatte. Und das war gut so. Sie zeigte ihm nun weiterhin ständig, wie ein Mann einen Haushalt schmeißt, und tatsächlich profitierte er von der Situation. Er konnte das alles lernen, sich besser abnabeln und erwachsen werden. Zu einem Pascha würde sie ihn somit nicht erziehen. Das war klar, und trotzdem hinterfragte sie häufig ihren Erziehungsstil. Sie las Bücher und etliche Artikel in Zeitschriften. Auf jeden Fall wollte sie nicht dieselben Fehler machen wie ihre Eltern.

Sie war zwar arbeitslos gemeldet, aber übermäßig beschäftigt mit ihrem neuen Ziel. Das Arbeitsamt, welches verzweifelt eine offene Stelle für sie suchte, die es aber zu dieser Zeit nicht gab, bot ihr einen Orientierungskurs an. Sie musste diesen nicht machen, aber sie dachte: *Wer weiß, vielleicht hilft er, meine neuen Ziele umzusetzen.* Der Kurs bot verschiedene Fächer an. Es war wie in der Schule. Zwei Stunden Computerkurs, dann zwei Stunden Psychologie und zum Schluss Bewerbungen schreiben. Der Kurs war voll mit total unterschiedlichen Teilnehmern aus Deutschland, Italien, der Türkei und dem Osten. Sie hatten die unterschiedlichsten Berufe und sprachen neben der deutschen Sprache Italienisch, Türkisch, Russisch und Polnisch.

Viele schienen am Kurs überhaupt nicht interessiert zu sein. Dabei war er tatsächlich hochinteressant. Es wurde vor allem getestet, welche Tätigkeit die passende für die jeweiligen Teilnehmer war. Für Mia war das ein weiterer Beweis, dass sie ihre bisherige Arbeit eigentlich überhaupt nicht mehr machen wollte und konnte. Denn die Resultate der Tests zeigten eine Veränderung und die Probleme mit ihrem Herz machten ihr zusätzlich große Sorgen. Sie wollte sich deshalb in der Tat absolut abwenden von ihrem bisherigen stressigen Beruf der Grafikdesignerin.

Heute war Gruppenarbeit angesagt. Jede Gruppe besprach ein Thema und musste eine Aufgabe lösen. Am Anfang stellte sich jeder kurz vor.

In ihrer Gruppe war ein auffällig netter junger Mann namens Detmar. Er war groß, schlank, hatte kurzes, dunkelblondes Haar und blaugraue Augen. Er trug Jeans mit einem tollen T-Shirt oder mit einem Hemd. Auf jeden Fall sah er immer lässig und gepflegt aus. Von Beruf war er Goldschmied und im Gespräch kam heraus, warum er keine Arbeit mehr hatte. Von der schweren Rezession war auch im Besonderen die Schmuckindustrie in Pforzheim betroffen. Detmar wurde gekündigt, da er noch nicht so lange wie seine Kollegen in der Firma gearbeitet hatte. Er war zweifellos ein guter Goldschmied und er plante deshalb auch keine andere Tätigkeit. Kurzum: Er war auch in die Arbeitslosigkeit gestolpert, und sie fühlte sich sofort besser, wenn er in ihrer Nähe war.

Sie fingen an, sich spielerisch gegenseitig zu necken, und es gab immer etwas zu lachen. Das tat Mia so ungemein gut und sie begann, sich zu ihm hingezogen zu fühlen. Sie war außerdem ja schon immer fasziniert gewesen vom Beruf des Gold-schmieds. Als sie sich in jungen Jahren nach der Realschule für einen Beruf entscheiden musste, war eine Alternative der Beruf der Goldschmiedin.

Verbunden war sie auch durch ihre Mutter mit dieser Branche, die als kaufmännische Angestellte viele Jahre in einer größeren Schmuckfabrik gearbeitet hatte. Außerdem durch ihren Ex-Freund, da seine Familie damals eine Schmuckfabrik in dem kleinen Dorf Tiefenbronn besaß.

Sie fanden unglaublich schnell ins Gespräch zueinander und trafen sich auch mehr und mehr nach dem Kurs auf einen Spaziergang. Beide gingen sie gerne in der Natur spazieren und durch die liebliche, vertraute schwäbische Landschaft, die immer wieder durch kleinere Hügel durchzogen war. Die Flora zeigte bereits die herbstliche Färbung der Blätter. Auf den Wiesen blühten fliederfarbene Herbstzeitlose, und das war genau die Zeit, die Mia immer traurig machte, denn der Sommer war leider vorbei. Der spontane Spaziergang an diesem Tag war anders als die anderen, da eine gewisse Spannung zwischen ihnen entstanden war. Es waren wohl beide, die spürten, dass irgendetwas in der Luft lag. Durch ihre vielen Gespräche hatte sich eine solide Vertrautheit entwickelt und zugleich ein kribbelndes Gefühl, das Mia etwas euphorisch werden ließ, und Detmar war sich seiner Sache sicher und dann wieder nicht, das Richtige zu tun. Er war damals in einer langjährigen Partnerschaft, die plötzlich für ihn total uninteressant geworden war, als er Mia kennenlernte. Erzählt hatte er Mia davon noch nichts und von den kleinen Kindern seiner Freundin auch nicht. Er konnte nicht, denn er wollte zuerst einmal sehen, wohin das mit Mia führte.

An diesem Tag gingen sie das erste Mal nach dem Spaziergang zu ihm nach Hause auf einen Drink. Sie saßen nicht weit voneinander auf seinem Sofa und Detmar rückte ganz langsam etwas näher. Sie sprachen über Zukunftsideen. Also, Mia sprach ein wenig von ihren Plänen in Südfrankreich. Das unruhige Gefühl schob sie eher weg, verbarg es mit ihren Zielen für die Zukunft, um sich besser konzentrieren zu können. Detmar stellte sein Glas mit Orangensaft auf den kleinen Tisch ab, räusperte sich und sprach dann leise über seine Zukunft.

„Ich warte einfach ab, bis es wieder eine offene Stelle gibt." … „Die Zeit kann ich nützen, um ein altes Fachwerkhaus weiter umzubauen und zu renovieren."

Das war es jedoch nicht unbedingt, was Mia hören wollte, denn sie entwickelte in ihrem Kopf gerade eine Arbeits-Symbiose ihrer beider Seelen.

„Ich hab's", rief Mia begeistert. Sie sprang mit Gänsehaut von seiner Couch auf und sagte mit aufgerissenen Augen:

„Ich hab die Idee!" … „Wir machen einen Laden auf in Saint-Tropez!" Jetzt war es heraus und es war einer Offenbarung gleich. Zumindest für Mia. Sie war selbst überrascht von ihrer Fantasie. Eine Idee für eine gemeinsame Zukunft hatte sich in ihrem Kopf entwickelt. Sie sah sich beide bereits wie in einem Film zusammen in Saint-Tropez Schmuck kreieren in einem kleinen, feinen, schicken Laden. Sie machte das Design und er realisierte alles perfekt mit deutscher Gründlichkeit und Präzision. Detmar lachte über ihre euphorische Ansage, wurde dann jedoch ernst.

„Und wer bezahlt das ganze Material?" Er nahm ihren kleine Explosion nicht allzu ernst, denn er hatte eine Ahnung, was das in Zahlen bedeuten

würde. Lächelnd streichelte er ihr verliebt über den
Oberschenkel. Ein kleiner elektrischer Stromschlag
ging durch ihren Körper und versetzte ihn in
Schwingung. Detmar dachte nicht mehr viel, sondern ließ sich einfach von seinem Gefühl treiben,
beugte sich immer mehr zu ihr und küsste sie. Er
muss sich wohl auch in sie verliebt haben, denn in
den folgenden Tagen machte er mit seiner der-
zeitigen, langjährigen Freundin Schluss. Sie hatte
keine Ahnung, was das für ihn bedeutete, und er
selbst eigentlich auch nicht so richtig. Er hatte Mia
alles gebeichtet und sie wollte lieber eine klare Geschichte mit ihm anfangen und keine Dreier-
Beziehung. Die Tatsache, dass er sich in sie verliebte, war für sie ein Zeichen, dass er nicht mehr
allzu glücklich in seiner Beziehung gewesen war.
Mia dachte jetzt ernsthaft an einen gemeinsamen
neuen Anfang und überlegte fieberhaft weiter, wie
dieses neue Leben aussehen könnte. Sie war verliebt, positiv aufgeregt und bereit, ihren Traum zu
verwirklichen.

Am nächsten Samstag erschien sie am späten Vor-
mittag wie verabredet mit ein paar frischen Bröt-
chen und Brezeln bei ihm zuhause und hoffte auf

ein nettes gemeinsames Frühstück mit interessanten Gesprächen über ihre neue gemeinsame Zukunft. Es handelte sich wohl um ein Missverständnis, denn er hatte nichts dergleichen vorbereitet und er meinte, er hätte schon längst in der Früh gefrühstückt. In seinem Kühlschrank herrschte gähnende Leere und zudem wirkte er etwas bedrückt. Mia konnte ihre Enttäuschung nur schwer hinunterschlucken, zudem ohne Kaffee oder Tee ... Bei ihm gab es überhaupt nichts. Sie hatte sich so auf ein romantisches, gemütliches Wochenende mit ihm gefreut, und nun stellte sich heraus, dass er komplett von seiner vorherigen Freundin und von seiner Mutter versorgt wurde. Essen, Wäsche, Schlafen ... Er war so gut wie nie in seiner eigenen Wohnung! Und jetzt schaute sich Mia auch genauer um, in seinen vier Wänden mit dem klitzekleinen Balkon, der, wie es sich nun herausstellte, noch nie von ihm genutzt worden war. Die Wohnung war sehr nüchtern und eigentlich eher ungemütlich. Er sah sie mit traurigem Blick an und sagte entschieden:

„Ich kann mir nicht vorstellen, meine Heimat zu verlassen!" Mia schaute ihn mit großen Augen an. Zwischen ihren Augen entstand eine Sorgenfalte.

„Hm", erwiderte sie betroffen und versuchte die Misere trocken hinunterzuschlucken, die ihr jetzt im Hals stecken geblieben war.

„Da sind meine Freunde, die ich nicht missen möchte, und meine Mutter, um die ich mich kümmere, seit mein Vater nicht mehr da ist … Und mir gehört ein altes Haus hier im Ort, das ich renovieren möchte." … „Genauso wie du habe ich auch meine Pläne."

Eine Pause entstand. Detmar schaute etwas frustriert und ernst in Mias Richtung und sie kreuzte ihre Hände und hielt sich irgendwie am Ellbogen fest. Sie verstand ihn sofort, war jedoch extrem traurig über ihre unterschiedliche Lebensplanung, an der es offensichtlich nichts zu rütteln gab. Sie fiel von ihrer Traumwolke in die Tiefe, in der Hoffnung auf eine andere Wolke, die sie auffangen würde, und machte sich kurz entschlossen sofort auf den Heimweg. Sie musste unbedingt alleine sein und nachdenken.

Es vergingen ein paar Tage, bis Mia ihre Freude wiederfand. Wie üblich las sie an diesem Morgen ein paar Zeilen in der Bibel:

„Zur Freiheit hat uns Christus befreit." „Steht daher fest und lasst euch nicht wieder ein Joch der Knechtschaft auflegen!", Joh 8,36

Da stand es schwarz auf weiß, dass wir keine Knechte oder Sklaven sind und dass Gott uns aus der Knechtschaft befreit hat. Wir müssen bodenständig sein und sollen uns nicht mehr in die Knechtschaft begeben. Für Mia stand fest, dass dieses pflicht erfüllende Leben in Deutschland nichts anderes als eine moderne Sklaverei war. Somit empfand sie diese klaren, uralten Worte als so mächtig und wahrhaftig, dass sie mit Gänsehaut im selben Moment, als sie die Zeilen las, wusste, dass ihre eigene Befreiung bereits im Gange war.

Fünfzehn Jahre lang war sie eine Sklavin der Werbebranche gewesen. Ständig unter Zeitdruck, verkauft und total ausgeliefert hatte sie sich gefühlt und mies bezahlt dazu. Ja, nun war sie auf einen

Schlag befreit. Von ganz oben kam die Order. Halleluja, das war ein himmlischer Moment. Sie wusste ganz genau, mit Gott an ihrer Seite würden ihre Träume wahr werden. Sie fühlte sich stark mit Gott an ihrer Seite und ging den Weg ihrer Bestimmung. Nichts würde sie davon abhalten, diesen für sie vorgesehenen Weg zu gehen. Auch ein junger Mann nicht, namens Detmar.

Sie erzählte ihm von ihrer neuen Freiheit und ihrem Traum von Südfrankreich und vom Meer und von der Malerei und wie wichtig das für sie sei. Und vielleicht könnte sie den Schmuck auch selber herstellen, mit anderem Material als kostbarem, fast unerschwinglichem Gold und Silber.

„Ich kann Dir zeigen, wie das geht", erwiderte Detmar fast fröhlich. Mia war überrascht, ihn so gut gelaunt zu erleben. Aber er fühlte sich auf einen Schlag so erleichtert und betrachtete sie liebevoll. Mia war so jung geblieben und lebenslustig. Sie wollte die Welt kennenlernen und er konnte sie bestens verstehen. Bereits vor diesem Treffen bei Mia zuhause wusste er über sein Inneres Bescheid. Er hatte über alles gründlichst nachgedacht und hatte entschieden, alles so zu belassen, wie es vor der Begegnung mit Mia war. Seine Exfreundin würde ihn bestimmt verstehen und vielleicht wieder zurücknehmen. Das hoffte er jedenfalls. Mia war traurig, ihn so schnell wieder zu verlieren. Sah jedoch ein, dass eine Fernbeziehung auch nicht gut für sie beide wäre.

… „Sag mir, was du herstellen möchtest … Eine Kette?", fragte er fast fröhlich.

„Ja, das ist eine super Idee", Detmar. Sie strich sich die Haare aus dem Gesicht und sah ihn an:

„Ich habe ein paar Muscheln vom letzten Urlaub … Die könnte ich sofort verarbeiten … Ich hole sie, einen Moment." Detmar lächelte, als er ihren Enthusiasmus verspürte, der nun allen Kummer beiseite rückte und den Weg frei machte für eine Begegnung ohne Erwartungen. Erwartungen, die der andere überhaupt nicht erfüllen konnte oder wollte. Sie kam lächelnd zurück ins Wohnzimmer mit einer Handvoll Muscheln, die sie am Mittelmeer am Strand gefunden hatte.

„Hier sind meine Schätze!" Sie streckte ihre Hand in seine Richtung aus. Er hatte das Kinn auf seine Hand gestützt, sah sie von unten an mit seinen blaugrauen Augen und sagte:

„Ja, sie sind sehr hübsch und geeignet ... Mach dir zuerst ein paar Skizzen. Dann weißt du was du einkaufen musst an Material."

Am folgenden Tag machte Mia drei Skizzen und sofort nach deren Fertigstellung fieberte sie der Umsetzung entgegen. Sie konnte es kaum erwarten, diese gezeichneten Muschelketten in der Realität zu betrachten und sie zu tragen.

Sie trafen sich am folgenden Morgen in Pforzheim. Detmar war bestens gelaunt, beinahe strahlend, denn er hatte sich mit seiner Freundin versöhnt. Mia schluckte ihre nagenden Gefühle hinunter und schob den Schmerz in eine ihrer hintersten Kammern. Wichtig war jetzt nur ihre Zukunft. Detmar konnte ja nicht der Richtige für sie gewesen sein, so schnell wie er zurück zu seiner Freundin gefunden hatte.

Sie waren auf dem Weg zum Kunstmarkt Boss, einem Laden mit sämtlichen Bastelmaterialien, den sie bereits recht gut kannte, da er auch alles für die Malerei an Farben und Pinseln führte. Als sie über eine Brücke gingen, betrachtete sie ihn aus dem Augenwinkel und freute sich, ihn an ihrer Seite zu haben, wenn auch nur für kurze Zeit. Er wäre ein guter Partner geworden. Privat wie auch geschäftlich, das spürte sie. Nun hatte sie ihn bei seiner Freundin lediglich für eine kleine Weile ausgeliehen. Äußerlich zeigte sie ihren Kummer nicht, jedoch innerlich litt sie. Wann würde sie endlich dem Richtigen begegnen?

Die Auswahl war übergroß, aber dank ihrer Skizzen war völlig klar, was sie brauchte. Detmar hatte typisches Goldschmiedewerkzeug mitgebracht und sie starteten gemeinsam an Mias großem Tisch, in ihrer vom Tageslicht hellen durchfluteten Wohnung, die Produktion ihrer ersten Kette. Sie war so voller Elan. Beschwingt, dazu aufgeregt und voller Hoffnung auf eine neue Zukunft in weiter Ferne, lauschte sie seinem Unterricht. Es dauerte nicht lange und die erste Kette war fertig. Mia hob sie mit beiden Händen vor sich hoch und betrachtete sie von allen Seiten. Dann legte sie sich um. Im Spiegel sah sie an ihrem Hals richtig gut aus.

„Schau, Detmar!" „Ja, gar nicht schlecht für die allererste Kette", lobte er sie augenzwinkernd. Glücklich verabschiedete sich Detmar, und die Trennung von ihm fiel ihr plötzlich nicht mehr allzu schwer. Sie schluckte das leere, bohrende Gefühl einfach hinunter und erlaubte sich keinen Gedanken mehr an ein Leben mit ihm.

„Ich geh dann mal … bis Freitag." Er spürte intuitiv, dass sie nun in einen kreativen Rausch verfallen war, den sie auch sehr gut ohne ihn ausleben konnte und verschwand ohne einen Kuss.

Mia machte sich an die zweite Kette und dann an die dritte. Draußen war es bereits dunkel und ihr Sohn schlief fest in seinem Bettchen. Sie war überhaupt nicht müde und arbeitete fleißig weiter. Als sie fertig war und immer noch nicht müde, schaute sie kurz auf die Uhr. *Die Uhr ist kaputt*, dachte sie, aber es war tatsächlich vier Uhr morgens, und schon hörte sie die ersten Vögelchen durchs offene Dachfenster zwitschern, als sie aus dem Badezimmer kam. *Jetzt aber husch ins Bettchen,* dachte sie lächelnd und so ungemein zufrieden wie schon ewige Zeiten nicht mehr. Sie hatte etwas erschaffen mit ihren eigenen Händen. Drei individuelle, selbst designte Muschelketten, die sogar recht hübsch aussahen. Das gab ihr ein unglaublich gutes Gefühl und sie dachte, *wenn ich etwas aus dem Herzen heraus mache, dann bin ich in der Leichtigkeit dann wird die Anstrengung durch Erfüllung ersetzt oder noch schöner durch Hingabe.*

Die kommenden Tage verbrachte sie weiterhin im Schmuckfieber. Betrachtete die neusten Designer Kollektionen von sämtlichen wichtigen Modeschöpfern in der Vogue, Elle, Harpers Bazar u.s.w., Materialkunde und Technik, das waren ebenfalls sehr wichtige Bereiche. Ein schriftliches Konzept für die Industrie- und Handelskammer entstand. Sie wollte sich nach wie vor selbständig machen mit Malerei, Illustrationen, Grafikdesign und jetzt auch noch Schmuckdesign. Ihre Pläne nahmen mehr und mehr Formen an, bis ihr Konzept stand. Dabei hatte sie ein gutes Bauchgefühl. Sie war sich sicher: Zu neunundneunzig Prozent wird sie ihr Konzept erfolgreich umsetzen. Ebenfalls bewarb sie sich um die Aufnahme in die deutsche Künstlersozialkasse. Und alles klappte einfach wunderbar. Mit dem Konzept bekam sie sogar eine finanzielle Unterstützung für den Anfang ihrer Selbständigkeit vom Arbeitsamt. Das war eine wirklich erstaunlich, gute Förderung vom Arbeitsamt. Somit konnte sie an ihrem Vorhaben festhalten und mußte nicht zurück in eine Agentur.

„Dem Himmel sei Dank." Sie hielt ihre Hände wie zum Gebet und fügte sofort ein lautes „Ach, wie wunderbar …", hinzu, während sie ihre Arme seitlich ausbreitete, als ob sie die Sonne umarmen wollte. Ihr völlig neues, selbstbestimmte Leben begann an diesem Tag offiziell zu werden. Die Weichen waren nun auch finanziell gestellt, und nur im äußersten Notfall könnte sie ja zurück in ihren alten Beruf. Sie war frei! Sie hatte die Knechtschaft abgelegt und fühlte sich nun federleicht. Endlich konnte sie selbst entscheiden und nicht der Chef irgendeiner Firma, in der sie arbeitet. Sie konnte dazu auch endlich ihre Intuition nutzen, ihren Draht nach oben in die spirituelle Welt.

„Hallo Elke, wie geht es Dir?“ Sie antwortete etwas erkältet, aber ziemlich gut gelaunt, und sagte:

„Mir geht es so lala … Es ist etwas kühl geworden“ … „Du, ich muss dir unbedingt etwas erzählen.“ Mia hörte, wie Elkes Stimme immer heller und lauter wurde vor purer Begeisterung über ihre spektakulären News. Mia war gespannt.

„Stell dir vor, die Pascaline vermietet ein Studio bei mir gleich um die Ecke.“ „Es ist aber sehr schwierig, dieses Studio zu bekommen.“ … „Es ist ganz süüüß …“, zwitscherte sie nun lebhaft in den allerhöchsten Tönen weiter. Mia war kurz davor, den Hörer etwas weiter weg von ihrem Ohr zu halten.

„… und ganz oben in der vierten und letzten Etage in der Rue St. Barbe. Gleich neben der Bäckerei!“ „Wow!“ Mia war fast sprachlos.

„Das hört sich ja toll an." Ihr stockte der Atem vor lauter Aufregung: „Wahnsinn“, piepste sie, jetzt genauso wie Elke.

„Die nehme ich, und wie hoch wäre denn die Miete?" Sie wagte kaum zu atmen. Ihre Augen wanderten hin und her, blieben aufgerissen an einem ihrer Meeresbilder hängen.

„Die Miete ist auch sensationell für Saint-Tropez … Nur vierhundertfünfzig Euro pro Monat, die Nebenkosten sogar inklusive." Mia schloss die Augen und dachte, *das wäre ja sogar bezahlbar.*

„Das … ist … sensationell, Elke!" Gänsehaut breitete sich an ihren Armen aus und sie konnte ihr Glück kaum fassen. Lächelnd neigte sie ihren Kopf nach links und rechts, einem Nein gleichend, da sie es kaum glauben konnte.

„Du bist genial, Elke, … danke, super … ich habe schon ein paar Ketten gemacht", erzählt sie nun freudig weiter. „Und bitte … richte der Pascaline meine allerbesten Grüße aus. Ich nehme die Wohnung natürlich, wenn ich sie bekomme … Sie kann auch sicher sein, dass ihre Wohnung gut gepflegt wird und die Miete immer pünktlich bezahlt wird", setzte Mia noch obendrauf und dankte Elke nochmals von ganzem Herzen. Sie legte das Telefon vorsichtig in die Ladestation und gleichzeitig schaute sie in den großen Spiegel im kleinen Gang in ihre eigenen verwunderten blauen Augen, um sich zu beruhigen. Sie atmete jetzt ganz tief durch und hüpfte dann in der kleinen Wohnung herum wie ein freigelassenes Kälbchen. Ich werde schon im nächsten Sommer, wenn alles klappt, direkt in Saint-Tropez wohnen! Das ist fantastisch! In ihrer Musikanlage ertönte recht laut ein Oldie:

„Douliou Douliou Douliou Saint Tropez …“

Ihr Sohn kannte ihre lebhaften Ausbrüche schon, aber dieser war besonders freudig, und er lachte, als sie ihm von ihrem neuen Zuhause berichtete. Doch dann änderte sich seine Mimik. Er überlegte und sagte:

„Und was wird aus mir?“ Sein Blick war plötzlich fragend und äußerst besorgt. „Die Mama lebt einfach ihr Leben und lässt mich hier sitzen, oder wie soll ich das verstehen?“, beendete er zerknirscht seine Überlegungen.

„Aber Jean-Luc, ich bin doch nur über den Sommer dort, dann komme ich wieder zurück. Ich weiß doch überhaupt nicht, ob ich dort Geld verdienen kann. Vielleicht klappt es, vielleicht nicht. Und Du kannst in den Ferien zu mir kommen ans Meer nach Saint-Tropez. Du bist nur eine ganz kurze Zeit alleine. Etwa zwei bis drei Monate. Deine Tante und Cousins sind auch nicht weit und kommen täglich vorbei, oder du gehst sie besuchen." Nun entspannte sich seine Mimik wieder und Mia nahm ihn liebevoll und glücklich in ihre Arme.

„Außerdem werden wir über das Internet ständig verbunden sein. Mein liebster Schatz, ich lasse dich nicht total alleine. Das könnte ich niemals tun."

Es fiel ihr trotzdem schwer, ihn für eine Weile zu verlassen, doch hatte sie keinen anderen Plan. Ihr Sohn konnte jetzt nicht einfach die Schule wechseln und für ein paar Monate in ein anderes Land umziehen. In ein Land, von dem sie noch nicht einmal wusste, ob sie dort erfolgreich sein würde. Zudem sprachen weder sie noch Jean-Luc zu dieser Zeit genügend Französisch. Sie musste das einfach alleine riskieren …

Alles fügte sich wie ein Reißverschluss. Ein Glied nach dem anderen. Mia ging freudig und mutig ihrem neuen, unbekannten Leben entgegen. Raus aus der alten Welt in eine neue Zukunft. Sie besprach ihre Pläne mit ihrer Schwester, anderen Müttern von gleichaltrigen Kindern, mit ihren Freundinnen und sogar mit Jean-Lucs Lieblingsonkel Hans-Peter. Er kam ganz überraschend vorbei mit seinen Kindern im alten Mercedes und schaute sich ihr Konzept an. Danach betrachtete er die Schmuckskizzen.

„Ja, mach das." „Das wird gut", sagte er aufmunternd. Er hatte einige Bücher geschrieben und war Dr. der Philosophie. Viele Jahre war er beim Fernsehen beschäftigt gewesen. Jetzt gab er Seminare für einen spirituellen, neuen Lebensweg in Anlehnung an Chuck Spezzano auf Hawaii, den er dort persönlich besucht hatte und sehr schätzte. Seine Meinung zu ihren Plänen war Mia äußerst wichtig und bestärkte sie sehr. Erneut hüpfte sie völlig begeistert in ihrer Wohnung herum, als er wieder abgefahren war. Auch Jean-Luc verstand nun besser, dass es für seine Mum wichtig war, im kommenden Sommer ihr neues Business zu starten.

Er wird nicht alleine sein, sondern täglich nach der Schule zu seinen Cousins fahren. Eigentlich konnte Mia nun nichts mehr aufhalten. Der Weg war frei!

Niemand hatte größere Bedenken wegen ihres Sohnes, denn er war vom Typ her eher besonnen und bedacht. Des Weiteren sowieso schon recht selbstständig. Auf dem Wirtschaftsgymnasium hatte er beste Noten und war top motiviert. Jedoch beobachtete Mia in der Zeit vor ihrer Veränderung eine schleichende, dezente Ablehnung ihr gegenüber. Die Mama war nicht mehr so erwünscht und er schien auch ab und zu genervt zu sein von ihr. Mia deutete sein Verhalten mit dem kommenden Abnabelungsprozess und der Veränderung vom Jugendlichen zum Erwachsenen.

Im Haushalt half er kaum, und wenn sie nun ein paar Sommermonate weg sein würde, dann müsste er automatisch selber den Haushalt erledigen. Über das Telefon und Internet ständig verbunden, wäre es eine zwar harte, aber wirksame Erziehungsmaßnahme. Zudem hatte sie keine Idee, wie sie jetzt alles noch zeitlich verschieben sollte. Hier im Schwabenland konnte sie keine Muschelketten verkaufen. Sie sah ihre Zukunft nicht in Deutschland. Sie musste ans Meer nach Südfrankreich.

Mia bereitete ihren Sohn mehr und mehr vor und zeigte ihm alles, was wichtig war für ihn, nach ihrem Kenntnisstand. Eine völlig neue Perspektive war entstanden und Jean-Luc war somit viel offener für die Hausarbeit. Sie gingen zusammen einkaufen im nahegelegenen Supermarkt. Dort erklärte sie ihm, auf was er beim Einkaufen achten muss.

„Schau Spatzele, die Zwiebeln müssen hart und trocken sein." Sie gingen durch die Gemüseabteilung und Jean-Luc lud einen kleinen Sack Zwiebeln in den Einkaufskorb und eine Salatgurke.

„Kaufe nicht zu viel und vor allem nicht zu viel Süßes." „Ja, aber ohne Schokolade geht's nicht, Mum", antwortete er grinsend und legte eine große Tafel Schokolade in den Einkaufskorb.

„Du musst mit dem Geld haushalten lernen, damit du auch am Monatsende noch über genügend Geld verfügst." „Mum, ich bin auf dem Wirtschafts-

gymnasium." „Ja, stimmt", sagte sie lachend.
Danach kochten sie gemeinsam das Mittagessen.
Plötzlich waren sie wieder ein Team.

Noch vier Monate blieben ihr, um Jean-Luc alles
Wichtige beizubringen und ihr neues Leben in
Saint-Tropez vorzubereiten. Die Zeit drängte, doch
Mia fühlte sich entschlossen. Sie nahm ein großes
A3-Blatt zur Hand, zog klare Spalten und füllte die
freien Flächen mit Aufgaben, die vor ihr lagen. Als
sie das Blatt betrachtete, hatte sie das Gefühl, den
Überblick zu haben und die Kontrolle.

Der erste Punkt auf ihrer Liste war klar: Entrüm-
peln. Je weniger sie besaß, umso leichter würde es
in der Zukunft für sie werden. Der Gedanke an
diese Freiheit beflügelte sie. Mia begann, Schränke
auszuräumen, Schubladen zu sortieren und Dinge
loszulassen, die sie nicht mehr brauchte. Alte
Möbel, Kleider, Bücher ,alles, was nur Ballast war,
kam weg. Doch sie wollte auch etwas Neues
erschaffen.

Sie entdeckte noch ein paar Holzleisten und Leinwand. Am nächsten Tag machte sie sich mit Elan an die Arbeit. Sie hämmerte, klopfte, tackerte und baute einen soliden Rahmen, auf den sie die Leinwand spannte. Nachdem die Grundierung trocken war, begann sie zu malen. Es war, als würde ihre Vorfreude auf das neue Leben direkt aus ihr herausfließen. Eine gewaltige Welle nahm Form an, die sich über die gesamte Leinwand zog. Einen Meter breit und ebenso hoch. Sie hatte noch nie etwas so Großes gemalt, und doch fühlte es sich wie das Natürlichste der Welt an. Mit einem stolzen Lächeln betrachtete sie das fertige Werk. Die Welle strahlte Energie und Bewegung aus. Das war genau das, was sie innerlich fühlte. Sie hängte das Bild über ihr Klavier, machte ein Foto davon und stellte beides online zum Verkauf. Die Reaktionen waren gemischt. Das Bild allein fand keinen Käufer, aber als sie es zusammen mit dem Klavier anbot, kam eine Anfrage. Wenig später war das Klavier verkauft und das Bild mit ihm. Ein kleiner Triumph.

Von da an begann Mia, Stück für Stück ihren Besitz zu reduzieren. Überflüssige Möbel, Haushaltsgegenstände, alte Kleidung, sie sortierte radikal aus. Vieles verschenkte sie einfach. Der Gedanke, andere damit glücklich zu machen, war ein zusätzlicher Ansporn. Mit jedem Gegenstand, der ging, fühlte sie sich leichter, freier. Abends sank sie erschöpft, aber zufrieden ins Bett. Ihr Körper war müde, aber ihr Geist immer noch hellwach. Der Plan nahm Form an, ihr neues Leben rückte näher, und das Gefühl war unbeschreiblich.

Sie kaufte sich einen kleinen Bestand an Zubehör und kreierte weitere hübsche Schmuckstücke mit Muscheln, bis eine kleine exklusive Kollektion entstanden war. Jedes neue Stück befriedigte ihr Designerherz, da sie sich alle Zeit der Welt nehmen konnte und so lange an jedem Stück arbeitete, bis es ihr zu hundert Prozent gefiel. Sie erledigte den notwendigen Papierkram und bereitete ein Dossier für ihre neue Kranken- und Rentenversicherung bei der Künstlerkasse vor. Auch das Arbeitsamt wusste Bescheid über ihre neuen Pläne. Ihr komplettes Geschäftskonzept ließ sie sich zudem von der Industrie- und Handelskammer absegnen.

Der Winter ging schnell vorüber und er war mit ihren Zielen im Kopf überhaupt nicht so schlimm wie sonst. Sie wusste ganz tief in ihrem Inneren: Es kommt eine wunderbare Zeit auf mich zu. Und sie spürte es erneut intuitiv: Ich werde zu neunundneunzig Prozent erfolgreich sein. Es konnte eigentlich nichts schiefgehen.

Dann kam der Tag kurz vor ihrer Abreise. Das Auto war bereits mit den notwendigsten Utensilien beladen. Die Bremsen, der Ölstand und die Reifen gecheckt und vollgetankt. Ihr alter beigefarbener Opel bereit zur Abfahrt.

Sie fieberte ihrem neuen Leben so entgegen, dass ihre Heimatgefühle im Vergleich dazu recht mickrig waren. Ihre Gefühle zu Detmar schienen ausgeglichen und freundschaftlich. Ihr Sohn wird diese Zeit nutzen, um selbständiger zu werden. Sie hoffte sehr auf eine Besserung in seinem Zimmer, in dem ab und zu ein mittleres Chaos herrschte, und in der Küche. Trotzdem, es brach ihr das Herz, ihn alleine zurückzulassen. Sie machte es kurz mit dem Abschied, denn seine drei Cousins waren da. Das nahm dem Ganzen ungemein die Schwere. Die Sommerferien waren bereits in Saint-Tropez geplant.

„Mein Spätzchen, mach es gut und pass gut auf Dich auf", sagte sie mit leicht gespielter Fröhlichkeit und zugeschnürter Kehle. Trotz einer Gefühlswelle erlaubte sie sich keine Tränen. Sie spielte die Situation herunter.

„Okay, Mum", antwortete ihr Sohn und nahm sich kaum Zeit, sich von ihr zu verabschieden, denn er steckte mitten in einem aufregenden Computerspiel zusammen mit seinen Cousins.

„Ich ruf Dich heute Abend an", rief sie noch im Treppenhaus beim Hinuntergehen. Ein schlechtes Gewissen beschlich sie, als sie ins Auto stieg und ein paar Tränen rannen ihr übers Gesicht. Obwohl sie ihn auf alle Aufgaben vorbereitet hatte, war sie in diesem Moment nicht sicher. Wird er das alleine schaffen? Wird alles gut gehen? Zum Glück waren seine Cousins heute da. Ihre Schwester wollte in einer Stunde kommen und ihre Buben abholen. Mia rannte noch einmal zurück und drückte ihren Sohn ganz fest. Er freute sich, denn er dachte sie sei bereits weggefahren und alle vier Buben winkten ihr dann durch das geöffnete Dachfenster zum Abschied.

Nun war sie sich sicher, dass alles gut gehen würde. Sie hatte ja zudem alles ausführlichst mit ihrer Schwester besprochen. Sie fuhr los. Sie nahm die übliche Strecke, die sie schon recht gut kannte, bis Mulhouse. Dann nach Besançon, Dole, Bourg-en-Bresse, kleine Pause und weiter ging es über Lyon bis nach Vienne. Sie war so froh, als sie Lyon hinter sich hatte wegen der vielen Straßen, Autos und Abzweigungen, denn ab und zu hatte sie sich in dieser großen Stadt bereits verfahren. Im gemütlichen kleinen Vienne kannte sie sich schon etwas aus und war froh, ungefähr die Hälfte der Strecke hinter sich zu haben. Trotzdem machte sie keine lange Pause. Sie fühlte sich stark und diese Fahrt schien mühelos im Vergleich zu den anderen. Lag es daran, dass sie sozusagen in ihr neues Leben fuhr? In Gedanken verweilte sie bei der genialen Geschichte, die Jean-Lucs Onkel Hans-Peter ihrem Sohn einst erzählte.

Stell Dir vor, Du bist ein Alien und schaust hinunter auf die Erde. Dort siehst du dich selber als Menschenkind. Nun bist du als Alien recht neugierig und schaust genauer, was du dort machst, auf der Erde? Wo wohnst du? Warum bist du dort?

Was für eine Arbeit machst du? Bist du zufrieden und glücklich? Mia blickte zurück in ihr altes Leben und sah sich weit weg vom Meer in einer Gegend, die wochenlang grau sein konnte, mit Regenwolken und Kälte. Sie sah sich arbeiten von früh bis spät, ohne viel Zeit für sich selber. Sie sah ihr gestresstes Leben als alleinerziehende Grafikdesignerin, die abends nach der Arbeit den Haushalt schmeißen musste, anstatt gemütlich in der Natur neue Kraft zu schöpfen. Sie sah ihre Gesundheit bröckeln mit Schilddrüsenproblemen und Herzrasen. Sie sah sich ohne Partner, da sie durch vorherige Beziehungen ängstlich geworden war und keine Zeit hatte, um auszugehen. Sie sah sich aber als engagierte Mutter, die sich um ihren Sohn kümmert und sogar Elternsprecherin in der Schule war … Sie wusste aber ganz klar: Das ist nicht so ganz mein Wunschleben. Es war nicht alles schlecht, aber der Unterschied zu ihrem Traumleben war zu groß.

Nun änderte sie endlich nach so langer Zeit aktiv ihr Leben und das ihres Sohnes dazu. Wie wird ihr Leben und das ihres Sohnes in einem Jahr aussehen?

Bis zu der Kleinstadt Orange zog es sich dann aber lang wie Kaugummi. Sie wurde plötzlich müde, sehr müde sogar. Die Tage vor der Abreise waren voller Arbeit gewesen, und da sie nicht total kaputt ankommen wollte, übernachtete sie spontan in einnem Motel direkt an der Autobahn. Faszinierende Bühnenbilder des Himmels mit graurosa Abendwölkchen hatten sie bereits auf der Fahrt begleitet, und nun vollzog sich die Dämmerung rasch ihrem Ende zu. Warum war das Meer so weit weg von ihrem kleinen Wohnort in Deutschland? Diese Frage ließ sie nicht los, während sie im Bett lag und an die Decke starrte. Egal, in welche Richtung sie dachte – es waren immer rund tausend Kilometer. Tausend Kilometer nach Norden bis zur rauen Nordsee. Tausend Kilometer nach Süden, bis sie die Wärme, den Duft von Lavendel und das glitzernde Mittelmeer in Südfrankreich spüren konnte. Es war, als wäre sie gefangen zwischen zwei Sehnsuchtsorten.

„Das muss ich und werde ich ändern", dachte sie entschlossen. Sie konnte doch überall auf der Welt leben, wenn sie es wirklich wollte. Warum also nicht dort, wo das Meer so nah war, dass sie es jeden Tag sehen, riechen, fühlen konnte? Der Gedanke ließ ihr Herz schneller schlagen … ein Leben, frei von Grenzen und voller Möglichkeiten. Mit diesem hoffnungsvollen Bild vor Augen schloss sie die Augen. Ihre Atmung wurde ruhiger, und sie glitt in einen lebhaften Traum, in dem sie bereits dort war. Barfuß am Ufer, den Sand unter den Füßen, die warme Meeresbrise auf ihrer Haut.

Große, weiß, rosa und pink blühende Oleanderbüsche säumten die gepflegte Straße, als sie am nächsten Morgen wieder auf die Autobahn fuhr. Nun war sie bereits im „Le Midi". So hieß die südliche Gegend in Frankreich unterhalb des fünfundvierzigsten Breitengrads. Ungeduldig wartete sie auf die selten auftauchenden Straßenschilder mit Kilometeranzeige.

„Endlich … fünfundzwanzig Kilometer noch bis Avignon." „Danach kommt Marseille und dann Hyères" … rief sie begeistert und erleichtert.

Ach, ich kann es kaum mehr erwarten, dachte sie, um sich zu beruhigen. *Geduld, Geduld,* antwortete ihre innere Stimme. Sie fühlte sich ganz in ihrer Balance, exakt auf dem richtigen Weg. Trotzdem die Spannung stieg.

Am späten Nachmittag lenkte sie ihren alten Opel Kadett über die malerische Küstenstraße Richtung Saint-Tropez. Die Sonne stand tief, und die warmen Farben des Himmels spiegelten sich in der glitzernden Bucht. Als sie die berühmte Kurve erreichte, von der aus das Fischerdorf mit seinem ikonischen Kirchturm plötzlich wie eine Postkarte vor ihr auftauchte, hielt sie kurz inne. Ein Moment, der sich mit Sicherheit in ihre Erinnerungen einbrennen würde.

Links tauchte der kleine Supermarkt auf, rechts die Tankstelle, und schon fand sie sich auf der lebhaften Uferpromenade wieder. Hinter einem auffälligen Lamborghini schlängelte sie sich durch den Verkehr und bog schließlich in Richtung Rue Saint-Barbe ab. Elke wartete dort schon auf sie, winkte ihr freudig zu.

„Hier entlang, die Rue Saint-Barbe ist nur für Zweiräder … sie ist zu schmal und am Ende ist eine Treppe.“

Mia kurbelte das Fenster ihres Kadetts noch mehr herunter, es klemmte ein wenig, und rief zurück:

„Okay, zeig mir den Weg!" Ihre Unsicherheit war nicht zu übersehen, als sie den Wagen in die angezeigte Gasse lenkte. Elke ging nebenher, achtete darauf, dass sie sicher fuhr, und lachte immer wieder aufmunternd.

„Nur noch ein Stück, dann nach links!", rief sie. Doch plötzlich war Schluss. Mias Opel Kadett steckte fest. Nicht vor und nicht zurück, die engen Altstadtgassen von Saint-Tropez waren eindeutig nicht für ein Auto wie dieses gemacht. Mia seufzte und strich sich matt eine Haarsträhne aus dem Gesicht.

„Warum bin ich nur hierhergefahren?", murmelte sie, halb lachend, halb verzweifelt.

Elke blieb gelassen. Mit klaren Anweisungen und einer guten Portion Geduld manövrierte sie Mia Zentimeter für Zentimeter um die Hausecke.

„Stopp! ... Jetzt gerade! ... Ein bisschen nach rechts!" Nach einer gefühlten Ewigkeit schaffte es der Kadett tatsächlich um die schmale Ecke. Erleichtert sprang Mia aus dem Wagen.

„Puh! Das war knapp!", rief sie und musste lachen, während ihre Knie noch ein wenig zitterten. Ihr „Fiffi" sah ja schon ohne Delle nicht gerade hübsch aus. Auch Elke lachte.

„Bienvenue à Saint-Tropez!", sagte sie und umarmte Mia herzlich. Mit den ersten Umzugskisten in den Händen erklommen sie die schmale, steile, kleine Wendeltreppe zu Mias neuer Wohnung. Erstes Stockwerk, dann zweites ... drittes. Im vierten endlich angekommen, klopfte Mias Herz wie wild aus Erschöpfung und Vorfreude. Elke öffnete die Holztür, und Mia trat in das kleine, charmante Loft mit einer Mezzanine. Das winzige Badezimmer mit der Schwingtür und die gemütliche Küchenecke waren liebevoll eingerichtet, aber es war der Blick aus dem Fenster, der ihr den Atem raubte. Ein Stückchen der Uferpromenade war sichtbar, dazu zwei Yachten, die im Wasser schaukelten.

„Es ist perfekt", flüsterte Mia und umarmte Elke erneut. „Danke dir für alles." Ein altes Radio auf einem Regal zog ihre Aufmerksamkeit auf sich. Ohne nachzudenken, drehte sie den Knopf. Ein französischer Schlager aus den Sechzigern erklang, erst leise, dann laut. Die beiden Frauen begannen zu tanzen, drehten sich lachend im Kreis, sprangen durch den Raum wie hüpfende Teenager, bis sie schließlich keuchend auf dem Sofa landeten. Später, als das Auto entladen und sicher geparkt war, verabschiedete sie sich von Elke. Mia rief ihren Sohn an und erzählte ihm begeistert von ihrer neu-en Wohnung.

„Mum, ich koche gerade." „Ah ja, und was gibt es heute Gutes bei dir, mein Spatz?" „Wenn ich nicht aufpasse, dann gleich Brandenburger", fluchte er la-chend.
„Okay, ich lass Dich in Ruhe kochen, bis morgen, Jean-Luc."

Sie ließ den Tag in Gedanken Revue passieren und spürte eine Mischung aus Stolz und Dankbarkeit. Es war chaotisch gewesen, aber auch wunderschön. Ein kleines Abenteuer, wie sie es schon lange nicht mehr erlebt hatte. Sie gönnte sich eine kleine Verschnaufpause, verspürte ein hungriges Gefühl in ihrer Magengegend und brach auf, um ein paar Lebensmittel zu besorgen.

Zum ersten Mal fühlte sie sich nicht wie eine Touristin, als sie durch die engen, verwinkelten Gassen ging. Der Gedanke überraschte sie so sehr, dass sie unwillkürlich lächeln musste. Das hier war jetzt ihr Zuhause, auch wenn sie kaum ein Wort Französisch sprach.

Im Supermarkt fiel ihr die Stimmung sofort auf: ein harmonisches Durcheinander aus Sprachen, Gelächter und leiser Musik, die aus den Lautsprechern drang. Die beiden Frauen vor ihr unterhielten sich lebhaft auf Italienisch, während ein Mann hinter ihr einen Witz auf Englisch rief, den die Kassiererin lachend auf Französisch erwiderte. Mia sah sich um. Interessante Gesichter überall. Schöne Menschen. Strahlende Augen. War es nur heute so? Oder war das Leben hier einfach lockerer, unbeschwerter?

Vor dem Markt fiel ihr eine kleine Gruppe Obdachloser auf. Sie saßen zusammen, tauschten Geschichten aus und schienen dabei so entspannt, dass es fast unwirklich war. Einer von ihnen hielt eine Tasse Kaffee hoch, als wolle er auf etwas anstoßen. Die anderen lachten. Selbst sie wirkten sympathisch und integriert – nicht wie Fremde am Rand der Gesellschaft, sondern wie Figuren, die untrennbar zu dieser Stadt gehörten.

Mia verbrachte den Rest des Tages damit, die Stimmung in sich aufzusaugen. Und als sie am nächsten Morgen früh aufwachte, fühlte sie sich seltsam beflügelt. Es war vier Uhr, die Stadt schlief noch, und aus ihrem offenen Fenster drang der Duft von frisch gebackenen Croissants.

Sie lehnte sich hinaus, sah die funkelnden Sterne über den Schornsteinen und sog die frische Luft ein. Ein Moment purer Magie. Unter ihr, in der Backstube der kleinen Bäckerei „Deux Frères", herrschte bereits geschäftiges Treiben. Sie konnte ganz leise das Klirren von Backblechen hören und den Rauch einer ersten Zigarette sehen, der in den Himmel stieg. Wow, dachte sie. Was für ein Glück, so aufzuwachen.

Zum Frühstück zelebrierte sie den Moment. Ein frisches Baguette, süße Früchte, Käse und Spiegeleier auf dem kleinen Küchentisch. Der Radiosender „Nostalgie" spielte französische Klassiker, und für einen Augenblick fühlte sie sich, als hätte sie alles richtig gemacht und sie würde schon immer dort wohnen. Dann schlich sich ein Gedanke ein: die To-do-Liste. Noch während des Frühstücks zog sie ein Blatt Papier hervor und begann, ihre wichtigsten Aufgaben aufzuschreiben.

To-do-Liste

- Internetleitung einrichten
- Papiere für ein Kleingewerbe beantragen
- Arbeitsplätze für Schmuckherstellung und Malerei organisieren
- Haushaltsgegenstände besorgen
- Mietvertrag bei Pascaline unterschreiben
- Bankkonto eröffnen

- Und einen Standplatz am Hafen finden.

Sie legte den Stift beiseite und sah auf ihre Liste. So viel zu tun, so wenig Zeit. Das Abenteuer hatte begonnen, und die größte Herausforderung wartete auf sie. Wie würde sie all das schaffen, bevor das Ersparte aufgebraucht war?

„Ohne die französische Künstlerversicherung und einen festen Standplatz kannst du nicht wirklich Fuß fassen", erklärte Elke und blickte Mia ernst an. Der tägliche Künstlermarkt am Hafen oder der Markt auf dem Place des Lices, der immer mittwochs und samstags pulsierte, waren angeblich ihre einzige Chance.

Anfangs durfte Mia dank Elke, die mit Monsieur Bouvoir gesprochen hatte, probeweise teilnehmen, sogar ohne Papiere. Doch die Regel war hart: Um sieben Uhr morgens musste sie fit sein, was eigentlich überhaupt nicht ihrem Biorhythmus entsprach. Mit klopfendem Herzen hetzte sie mit einer Traube anderer Marktleute hinter Monsieur Bouvoir her, der mit rascher Stimme und unbeugsamem Blick die wenigen Restplätze vergab.

„En forme!", rief er ihr zu, was so viel heißt wie: Bist du fit? Sie nickte entschlossen und brachte ein etwas krächzendes „Bonjour Monsieur Bouvoir" hervor, klammerte sich an ihre sieben Habseligkeiten und stürzte mit flatterndem Atem hinterher. Ihr rosa Fahrrad schwankte unter der Last des Marktzubehörs, und ihren Schmuck trug sie in einer Umhängetasche über der Schulter. Der improvisierte Stand, der aus zwei Holzböcken und einer Tischplatte bestand, war kaum aufgebaut, da begann das Hoffen. Tatsächlich verkaufte sie auch ab und an etwas, jedoch nicht wirklich ausreichend.

Einmal durfte sie ihren Schmuck sogar auf der Terrasse des „Café des Arts" präsentieren – ein enormer Hoffnungsschimmer, der leider schnell erlosch. Die Gendarmen kamen mit Gesichtern wie aus Stein, ihre Schritte zielgerichtet. Mias Magen zog sich zusammen. Mit besorgtem Gesicht verstand sie sofort, was sie ihr auf Französisch sagten, ohne jedes Wort tatsächlich richtig zu verstehen. In Minutenschnelle packte sie alles zusammen und zog frustriert ab. Der Markt, einst eine Verheißung, war nur eine Qual für sie. Dazu kam noch eine

Fahrt nach Draguignan, die zwar recht angenehm war und der Ort wunderschön, doch sie stand in einer Schlange außerhalb des amtlichen Gebäudes mit anderen zusammen im strömenden Regen.

Nach endlosem Warten ging das eiserne große Tor auf, und als sie nach längerem Suchen endlich die richtige Türe gefunden hatte, erhielt sie nur eine ablehnende Antwort auf ihre Frage nach den Marktpapieren. Sie musste zuerst ein Micro-Entreprise beim Chambre de Commerce eröffnen. Jedoch wurde sie dort zuallererst zu einem „Stage" in St. Raphael verdonnert. Das war ein Kurs, den alle durchlaufen mussten, die sich in Frankreich selbstständig machen wollten. Sie nahm daran teil, obwohl sie kaum etwas verstand außer dem Wort „donc", welches der Dozent ständig benutzte, was so viel wie „also" bedeutet. Zum Glück sprach ihr Sitznachbar etwas Deutsch. Es war also nicht alles so einfach und auch nicht so schnell erledigt, wie sie sich das wünschte.

Doch Mia gab nicht auf. Elke arrangierte ein Treffen in der „Bar du Port" mit der eleganten Madame aus einer der Boutiquen der Rue François Sibilli. Mia hatte ihr und auch einigen anderen Ladenbesitzern zuvor hoffnungsvoll ihre Kollektion gezeigt. Und jetzt saßen sie zu dritt im gedämpften Licht der beliebten Trend-Bar, die Luft erfüllt von Kaffeeduft und leisem Stimmengewirr. Die elegante Dame musterte die Schmuckstücke aus Mias erster Sommerkollektion mit Kennerblick und wählte einige aus – 450 Euro.

„Mehr geht leider nicht", bedauerte sie. Ihr Lager war bereits voll und ihr Budget für die folgende Saison aufgebraucht. Mias Herz hüpfte aufgeregt, während sie ihr die aufwendig kreierten edlen Stücke über den Tisch reichte.

Am Abend schlenderte Mia durch die Rue François Sibilli. Der schicke, geschmackvolle Schmuckladen war gleich neben einem hochwertigen Juwelier, schräg gegenüber von Roberto Cavalli und nahe Louis Vuitton, Dior und GAZ. Es war und ist bis heute die teuerste Straße von Saint-Tropez. Ihre Schritte verhallten auf dem Kopfsteinpflaster, als ihr Blick auf das elegante Schaufenster fiel. Sie stoppte. Ihr Ring ... war bereits ausgestellt! Der Preis, verborgen hinter einem kleinen Kärtchen, war nicht mehr

zwanzig Euro, sondern auf über hundert Euro gek-
lettert! Ein triumphierendes Lächeln zog über ihr
Gesicht. Ihre Augen leuchteten im fahlen Licht der
hübschen antiken Straßenbeleuchtung. Stolz hob sie
den Kopf den Sternen entgegen, die Abendluft fühlte sich wie eine Umarmung an. Sie dankte Gott in
einem kleinen spontanen Gebet für diese einmalige
Erfahrung. Auf dem Rückweg fiel ihr Blick auf die
Bank „Société Générale". Sie schmunzelte, denn sie
erinnerte sich noch sehr gut an den Tag der ganz
speziellen Kontoeröffnung.

Der Salon von Pascaline, der Besitzerin ihres Studios, war ein Relikt vergangener Zeiten. Schwere,
dunkle Napoleon-Möbel, die Schatten auf blendend
weiße Wände mit vielen echten antiken Gemälden
warfen und mit kleinen Fahnen dekoriert, gaben
dem Salon ein beeindruckendes Flair. In der Mitte
des Salons stand ein enorm großer, langer Holz-
tisch, auf dem der Mietvertrag lag. Pascaline, mit
ihrem knallroten Lippenstift und dem strengen
Blick einer dominanten Lehrerin, verkündete unver-
rückbar: „Nur eine monatliche Überweisung kommt
in Frage!" Ihre Stimme schnitt durch die Luft wie
ein Lineal, das auf eine Schulbank schlägt. Niemand

widersprach Pascaline. Sie war in Saint-Tropez ungefähr ebenso bekannt wie Louis de Funès vom Polizeirevier.

Am nächsten Morgen saß Mia, begleitet von Pascaline und Elke, im Büro des Bankdirektors. Damals war Online-Banking leider noch nicht aktuell und somit machte es Sinn, ein Konto in Saint-Tropez zu eröffnen. Der Papierkram war eine Zeremonie, die erst endete, als die Tinte auf der letzten Unterschrift trocknete. Pascaline atmete auf, klopfte mit ihrem Stock zufrieden auf den Boden und zog davon, ein zufriedenes Lächeln auf den Lippen. Mia beobachtete die resolute Frau und fühlte sich, als wäre sie Teil eines französischen Films. Alles war anders hier … aufregend, lebendig, ein bisschen verrückt aber wunderschön. Ein Funken Glück tanzte in ihrem Inneren. Gemeinsam mit Elke schlenderten sie zurück in Richtung Rue St. Barbe. Sie fühlte sich liebevoll unterstützt von Elke und war ihr unglaublich dankbar für ihren aktiven Beistand.

„Danke, liebe Elke … Das hätte ich alleine nicht hinbekommen … Ohne dich hätte ich niemals eine Wohnung direkt in Saint-Tropez gefunden … Ja, auf dem Campingplatz wäre ich vermutlich schon gelandet. Aber das hier im alten Teil des berühmten Fischerdorfs, das ist etwas ganz Besonderes."

Donnerstags fand immer der Trödelmarkt in Gogolin, dem Nachbarort von Saint Tropez, statt. Er war bekannt für jede Menge alter Sachen, die niemand mehr braucht, aber auch antike, wunderschöne Einzelstücke konnte man dort finden – für wenig Geld. Mia wollte nach altem, günstigem Schmuck Ausschau halten, den sie dann in ihre Kreationen einarbeiten konnte. Elke liebte alte Trödelmärkte und hatte ihr bereits begeistert davon erzählt, so lud Mia sie ein, mitzukommen.

Gleich am Ortsanfang auf der rechten Seite waren auf einem länglichen Gelände, das mit hohen Platanenbäumen umrandet war, viele Stände mit altem Gerümpel aufgebaut. Mia parkte ihren „Fiffi" unter einem Baum und sah schon von weitem ein hübsches, altes Service in der Sonne glänzen.

„Ca coûte combien?", fragte sie den gewichtigen Antiquitätenhändler. Näher betrachtet gefiel es ihr immer mehr, denn die Farbe, die an Vanilleeis erinnerte, in Kombination mit den goldenen Verzierungen erzählte von vergangener Eleganz und Glamour. Den Preis konnte sie nach ein paar Anläufen mit dem netten Monsieur passend verhandeln und so kaufte sie es von ihren ersten Schmuck-Einnahmen. Ein Kaffee- und Teeservice für die Teezeit am Nachmittag mit ihren Freundinnen war genau das Richtige, um die leckeren französischen kleinen Kuchen und Creme-Törtchen noch besser zelebrieren und genießen zu können.

„Elke, wenn du Zeit hast, bist du morgen zum Nachmittagskaffee eingeladen", sagte Mia stolz und dachte bereits an die Bäckerei gleich bei ihr um die Ecke, in der sie die passenden Stückchen dann einkaufen würde. Ein Millefeuille und ein Stück Tarte Tropezienne, das war bereits sicher.

„Ah, mmmh, ja, das ist eine nette Idee, ich komme gern", antwortete sie freudig während sie die Auslagen betrachtete. Weiter ging es mit antiken religiösen Madonnenanhängern, alten französischen Münzen, ein paar wunderschönen Steinen und

Schmuckperlen in sämtlichen Farben ... Alles landete in ihrem Einkaufskorb. Sie fühlte sich sogleich enorm inspiriert für neue, weitere Schmuckstücke, die mit Leichtigkeit vor ihrem inneren Auge entstanden.

„Schau mal", quiekte Elke plötzlich" und zeigte überrascht auf einen alten Kerzenständer ... „Genau so einen habe ich schon so lange gesucht." Zufrieden kaufte sie den alten bronzefarbenen Kerzenleuchter und weiter ging es zum nächsten Stand. Sie erblickte nach und nach weitere hübsche Objekte, und bei jedem Objekt quietschte sie erneut in den höchsten Tönen. Und das waren an diesem Tag recht viele ...

Die nächste Zeit war turbulent, denn Mia klapperte sämtliche Boutiquen ab, um ihren Schmuck zu präsentieren. Es kostete sie unglaublich viel Mut, aber es gab kein Zurück. Wenn sie an ihr altes Leben dachte, überkam sie ein Schaudern. Ihre Aversion war so groß, dass jegliche Mühe, und war sie noch so groß, besser war als der Weg zurück. Sie wollte niemals wieder zurück in ihr altes Leben. Dieses intensive Gefühl, das von ganz innen kam, gab ihr die Kraft, um weiterzumachen. Ein paar Boutiquen gewährten ihr Depot-Vente. Das heißt, ihr Schmuck wurde nur bezahlt, wenn sich ein Käufer fand. Diese Version gefiel ihr jedoch nicht so gut.

Ein eigener Laden kam für sie leider auch nicht mehr in Frage. Erstens waren alle bereits vergeben und zweitens die Mieten ungeheuer hoch. Sie hatte ja bereits zwei Mieten zu bezahlen. Eine dritte war unmöglich zu schultern. Sie reagierte ziemlich geknickt und traurig auf diese Tatsache und fragte sich täglich: Wie soll es nur weitergehen?

Elke erzählte ihr dann bei einer Teezeit von einer anderen Möglichkeit, wie und wo sie ihren Schmuck verkaufen könnte, nämlich am Pampelonne Strand in den vielen kleinen Boutiquen die dort in den Beach Clubs ihre Waren anboten.

„Ja, das klingt gut." Mia lächelte zuversichtlich und begann, ein Lied aus dem Radio mitzusummen. „Pour moi ma vie va commencer" – ein Oldie vom berühmten und äußerst beliebten französischen Sänger Johnny Hallyday. Und schon tanzten sie wieder bis zur Erschöpfung. Dieser Song wurde dann zu Mias Lieblingslied, denn der Titel übersetzt passte genau zu ihr – für mich beginnt mein Leben. Seitdem war sie mit Johnny auf immer und ewig irgendwie verbunden.

Trotz ihrer Leidenschaft für die Schmuckgestaltung wollte sie ihren alten Traum am Hafen noch nicht aufgeben. Mia wählte sorgfältig eine Reihe wunderschöner Fotos von Saint-Tropez aus. Mit Pinsel und Farbe übersetzte sie die Motive auf ihre eigene Weise auf die Leinwand. Zehn Bilder entstanden in fleißiger Arbeit, doch zwischendurch legte sie den Pinsel zur Seite und widmete sich dem Schmuckdesign.

Elke beobachtete Mias kreatives Schaffen mit einem kritischen Blick. Während sie von Mias Schmuck sofort begeistert war, konnte sie sich mit deren Malerei nicht so recht anfreunden.

„Für den Stand am Hafen?" Elke zog zweifelnd die Stirn kraus. Dennoch erlaubte sie Mia, einige ihrer Bilder auszustellen. „Du kannst morgen am Hafen meine Bilder verkaufen gehen und deine dazulegen

… Mein Verkäufer fällt morgen aus." „Ach, das ist ja wunderbar, das mache ich sehr gerne … Danke für diese Gelegenheit", antwortete Mia euphorisch.

Ein kleiner Einblick in die Arbeit eines Hafenstandbetreibers war doch genau das, was sie sich schon so lange gewünscht hatte – und vielleicht war das ein Sprungbrett für mehr.

Mit einem klapprigen Citroën, dessen Motor beim Anlassen heiser röchelte, fuhr Mia die Staffeleien und Gemälde zum Standplatz. Der Aufbau war anstrengender, als sie erwartet hatte: Bilder auf Staffeleien so zu präsentieren, dass der Wind sie nicht wegpusten kann, mit vielen schweren Gewichten. Das Auto schließlich auf einem entfernten Parkplatz unterbringen.

Als alles bereit war, stellte sie fest, dass sie bereits am frühen Morgen total durchgeschwitzt war, außerdem total außer Puste. Erst jetzt wurde ihr bewusst, wie viel körperliche Arbeit nötig war, bevor der Verkauf überhaupt starten konnte. Kaum war sie am Stand zurück, strömten die ersten

Touristen vorbei. Mia schenkte ihnen ihr freundlichstes Lächeln.

„Bonjour Madame, bonjour Monsieur", begrüßte sie die Passanten, während sie mit einem Anflug von Nervosität die vorbeiziehenden Gesichter studierte. Doch die meisten Touristen schienen den Stand kaum zu beachten. Sie eilten in Richtung Centre Ville, warfen vielleicht einen kurzen Blick auf den Stand, aber mehr nicht.

Mias hübsche Gemälde, etwa dreißig mal vierzig Zentimeter groß, zeigten verschiedene Ansichten von Saint-Tropez. Sie hoffte, dass wenigstens eines davon jemandem ins Auge sprang. Doch nichts geschah. Die Stunden vergingen, und nur zwei Bilder fanden Käufer – beide von Elke. Keines von Mias Werken wurde auch nur in Betracht gezogen.

Als der Tag sich dem Ende neigte, fühlte sich Mia ausgebrannt und entmutigt. Ihre Malerei, die sie mit so viel Leidenschaft erschaffen hatte, schien unsichtbar zu sein. Die Euphorie des Anfangs wich einem tiefen Zweifel. War das wirklich ihr Traum gewesen? Sie erinnerte sich daran, wie bezaubernd es war, als Tourist am Hafen entlangzuschlendern und die Stände zu bewundern. Doch hierzustehen, stundenlang zu lächeln und zu hoffen, war etwas völlig anderes. Es fühlte sich nicht nach Erfüllung an, sondern eher nach einem Alptraum. Völlig gerädert und demotiviert legte sie sich an diesem Abend in ihr Bett. Sie konnte nicht einmal mehr über den Tag nachdenken, denn sie fiel nach nur wenigen Minuten in einen tiefen Schlaf.

Ein ohrenbetäubender Knall riss Mia aus ihren Träumen. Noch während der Schall in der Luft verhallte, krachte es ein zweites Mal, diesmal näher. Verwirrt sprang sie aus dem Bett, eilte ans Fenster und blickte in die noch etwas dunkle Straße, wo sich Rauchschwaden in die Morgenluft mischten. Ihr Blick folgte der Spur der dichten Nebelwolken, die sich in Richtung Hafen wandten. Sie zog sich hastiger an als sonst, als ein weiterer Knall das Gebäude erschütterte. Was war das? Ein Schock, ein Unfall? Oder etwa ein Filmset? Schon wieder? Einmal war sie beinahe über ein Team der erfolgreichen Serie „Sous le soleil" gestolpert, die hier oft drehten. Doch diesmal war es anders. Die

Geräusche, der Rauch – das fühlte sich nicht wirklich nach einer Inszenierung an.

Mit pochendem Herzen stürzte Mia die Treppe hinunter und rannte dem Rauch entgegen. Auf der Straße kamen ihr plötzlich Männer in altertümlichen Uniformen entgegen, jeder von ihnen mit einem massiven, uralten Gewehr bewaffnet. Sie feuerten in die Luft, als ob es keinen Morgen gäbe. Was zum …? Ein Schauer lief ihr über den Rücken. Unwillkürlich fragte sie sich, ob sie doch wieder in eine Filmszene geraten war, in eine gefährliche noch dazu, doch dann sah sie die Frauen in eleganten, antiken Kleidern, die ihre Taille betonten, mit weißen Rüschenblusen darunter und hübschen Strohhütchen. Die Männer trugen blau-weiß-rote Uniformen, die an vergangene Zeiten erinnerten.

Auf dem Rathausplatz angekommen, wurde es ihr klar. Heute war der Tag der „Bravade von Saint Tropez", ein Fest, das alle Jahre wieder den Heiligen Tropez und die Geschichte seiner Legende feierte. Die Luft war erfüllt von festlicher Musik, dem Prasseln der Schüsse und dem Gesang der Prozession. Mia staunte, wie die Menschen in diesen liebevoll restaurierten Kostümen durch die Straßen zogen. In ihrer Heimat in Deutschland gab es nichts, das auch nur annähernd an diese lebendige Tradition heranreichte. Hier war alles anders – aufregender, schöner und faszinierender. Und Mia, die sich immer so wohl in dieser heilen, südfranzösischen Welt fühlte, erlebte in diesem Moment den Zauber dieser Vergangenheit.

Der Name „Saint Tropez" kam nicht von ungefähr – ein italienischer Märtyrer, der in den Legenden dieser Gegend fast so lebendig war wie der liebe Gott selbst, wird jedes Jahr in den Prozessionen gefeiert. Der Gedanke, dass der Schutzheilige ursprünglich ein Offizier aus Pisa gewesen war, der unter Kaiser Nero gefoltert und enthauptet wurde, war fast ebenso wild wie die Tradition, die er heute inspirierte. Der Legende nach war seine Leiche zusammen mit einem Hund und einem Hahn auf einem morschen Boot über das Tyrrhenische Meer getrieben worden, bis sie nahe Saint-Tropez landeten.

Der Platz war jetzt überflutet von fröhlichen Gesichtern und dem frischen Duft von Blumen und Weihrauch. Sie war Teil von etwas, das mehr war als nur ein Fest, es war wie ein lebendiges Museum der Geschichte.

Am nächsten Tag war sie mit Elke verabredet. Sie wollte noch einmal in ihr Haus, oder vielmehr zu den übrig gebliebenen Resten ihres ehemaligen Zuhauses, welches den schlimmen Bränden zum Opfer gefallen war. Sie bat Mia, zur Unterstützung mitzukommen, und alle beide waren ziemlich traurig und still auf der Fahrt ins Hinterland.

Mia schaute sich um und war entsetzt beim Anblick der Ruinen und der vielen Asche, die überall auf dem Boden herumlag. Die verkohlten schwarzen Bäume drumherum standen wie traurige Zeugen da, die die unglaubliche Hitze, die während des Brandes geherrscht hatte, ertragen mussten. Auch ohne Flammen war es ziemlich heiß in dieser versteckten, wilden Bergregion, nicht weit weg von Grimaud. Elke und Mia stocherten mit einem Stöckchen in der Asche herum und griffen mit Handschuhen immer wieder in die abgekühlte Asche, um eventuelle Reste von ihren Sachen zu suchen, die unverbrannt in der Asche lagen.

„Vielleicht findest du noch einen Schnipsel von einem alten Foto.",jammerte Elke und fuhr sich mit ihrer Hand über ihre heiße Stirn. Sie suchten mühsam etwa eine Stunde gewissenhaft alle Bereiche ab, jedoch fanden sie zu Elkes enormer Enttäuschung überhaupt nichts mehr.

„Das war das Atelier meines Mannes", erklärte sie, mit den Tränen kämpfend. „Und hier ist seine Erinnerungsstätte im Garten." „Ach, es war so ein wunderschönes Haus ... Alle Gegenstände, Möbel, Dekorationen habe ich über Jahre hinweg gesammelt."

Mia konnte nur erahnen, was für ein niederschmetterndes Gefühl das sein musste, die Lebensgeschichte vor sich liegen zu sehen, zu schwarz-grauer Asche verfallen. Sie drückte Elke herzlich.

„Komm, wir brauchen eine kleine Erfrischung nach diesem schweren Gang." Schweigend fuhren sie ins nahe gelegene Gogolin und setzten sich unter die schattenspendende, rote, von der Sonne verwaschene Markise einer gemütlichen Bar, um etwas zu trinken. Ganz langsam erholte sich Elke und Mia lenkte die Unterhaltung auf leichtere Themen.

Die Beachclubs waren erst seit kurzem geöffnet und erste Sonnenanbeter lagen in den Liegen oder richteten sich gemütlich ein. Das leise Rauschen des Meeres untermalte die Szene, während Badegäste im hüfthohen Wasser mit den Händen durchs noch kühle Wasser planschten. Der Himmel, nur mit ein paar Wölkchen geschmückt, versprach einen sonnigen, herrlichen Tag. Der Pampelonne Beach war gesäumt von unzähligen Clubs und Boutiquen, die wie Perlen an einer Kette aufgereiht wirkten. Aus den offenen Türen wehten Gerüche von Sonnencreme und herrlichen Duftnoten verschiedener Kräuter-Lotionen für Massage und super straffe Haut. Jede dieser Boutiquen warb mit ihrem eigenen glitzernden Angebot – bunte Tücher, angesagten modernen Schmuck, schicke Sandaletten, Tuniken und lange Sommerkleider in vielen verschiedenen Farben mit Glitzerpartikeln, die in der Sonne funkelten.

Mia verbrachte Stunden damit, herauszufinden, welche Boutique zu ihr passen könnte. Doch die Su-

che war ernüchternd. In den meisten Läden saß nur
eine einzige, desinteressierte Verkäuferin hinter der
Theke, keine Einkäuferin, Managerin oder Besitzerin. Ebenfalls bemerkte Mia hier eine Art Sättigung
… Die Waren für diese Sommersaison waren längst
eingekauft und wichtig war jetzt deren Abverkauf.
Mit jedem neuen Laden wuchs ihre Enttäuschung.
Sie dachte immer wieder an ihre Modelle, die sie
sorgfältig in einer kleinen Tasche verstaut hatte,
doch der Mut, sie zu präsentieren, schwand rapide.

Die Mittagszeit verstrich, und Mia spürte, wie die
Hitze ihre Geduld zunichte machte. Ihr Magen
knurrte, doch sie hatte keinen Appetit. In ihrem
Kopf klang eine Frage, die sich ständig wiederholte
wie eine alte Schallplatte mit Sprung: Wie soll es
nur weitergehen? Ihre Schritte wurden schwerer,
und ihr Gang wirkte mechanisch, als sie sich
schließlich auf einen Beach-Club zubewegte, der
sehr elegant, jedoch verlassen wirkte. Die Tür war
angelehnt, doch keine Musik, kein Gelächter
erklang. Mit großer Sicherheit war sie viel zu spät
dran … Vor einer Holzhütte, in der die Matratzen
der Liegen verstaut worden waren, saß eine Frau
auf einem bequemen Holzstuhl, offenbar darum

bemüht, ein wenig Ruhe zu finden, während ihre Kinder laut lachend Verstecken spielten. Mia zögerte. Soll ich sie ansprechen? Vielleicht hat sie nichts mit den Boutiquen zu tun. Aber irgendetwas an der ent-spannten Haltung der Frau, ihrem Kopf, der in den Nacken fiel, oder dem leichten Lächeln, das ihre Lippen umspielte, gab Mia einen Funken Hoff-nung. Mit einem tiefen Atemzug fasste sie all ihren restlichen Mut zusammen.

„Bonjour, Madame. Parlez-vous anglais?" Ihre Stimme war ruhig, aber innerlich schoss ihr Puls in die Höhe. Die Frau richtete sich auf und blickte Mia freundlich an. Erst jetzt bemerkte Mia, wie schön sie war. Ihr Gesicht hatte eine natürliche Eleganz, eingerahmt von hüftlangen, blonden Haaren, die zu einem Pfer-deschwanz gebunden waren. Sie trug eine lockere, türkisfarbene Tunika, die sie wie eine Erscheinung aus einem Film aus Tausend und einer Nacht wirken ließ.

„Ja, ein bisschen", antwortete sie mit einem leichten Akzent. „Ich suche eine Boutique … Gibt es hier eine? … Ich möchte gerne meine Kreationen dort anbieten." Die Frau lächelte.

„Nein, die Boutiquen sind schon geschlossen … Ich vermiete die Sonnenschirme und Liegen. Aber wenn du möchtest, kannst du mir deinen Schmuck zeigen. Mias Augen weiteten sich. Ein kleines Hoffnungslicht entfachte sich.

„Ja, klar, gerne!" Mia öffnete den Deckel eines feinen Kartons und raschelte mit dem naturfarbenen Seidenpapier. Behutsam holte sie die ersten Kreationen hervor: große, verspielte Ohrringe, lange, elegante Ketten und ausgefallene Ringe, die auf dem kleinen runden Tischchen wie kleine Kunstwerke schimmerten. Maria, wie die Frau sich vorstellte, betrachtete jedes Stück mit begeisterten Augen. Ihre Finger glitten über die Oberflächen, während sie mit ehrlichem Interesse fragte:

„Wie hast du das gemacht? … Woher kommen die Materialien? Ach, wie hübsch! Und dieser Ring, traumhaft … Der passt genau zu meiner Tunika!"

Bei jedem Kompliment spürte Mia, wie die Anspannung aus ihrem Körper wich. Ihre Stimme gewann an Energie, und sie erklärte mit leuchtenden Augen die Geschichte hinter jedem Schmuckstück. Als Maria schließlich den türkisfarbenen Ring in die Hand nahm und ihn anprobierte, strahlte ihr Gesicht.

„Ich nehme diesen", sagte sie begeistert. Mia war überwältigt. Nach dem erfolglosen Tag war dieser Moment wie Balsam für ihre Seele.

„Weißt du was", sagte Maria, während sie den Ring an ihrem Mittelfinger bewunderte, „Komm morgen wieder, so gegen neun Uhr. Da habe ich Zeit. Vielleicht finde ich noch ein paar Stücke."

Sie verabschiedeten sich strahlend, und Mia lächelte den beiden Kindern zu, die immer noch um die Stühle jagten. Die jüngere Tochter, Laetitia, mit ihrer winzigen Stubsnase, war einfach zuckersüß. Ihre ältere Schwester Yilva wirkte wie eine kleine Prinzessin mit ihrem glänzenden, langen, blonden Haar und der anmutigen Haltung.

„À demain", „bis morgen", verabschiedete sich Mia und winkte, während sie langsam über den breiten Sandstrand zum Meer ging. Sie genoss die Kühle des Windes, der ihre erhitzten Wangen streifte. Es dämmerte bereits, als sie ihr Auto erreichte. Mit einem wohligen Seufzen sank sie in den Fahrersitz. Endlich. Die Erschöpfung des Tages machte sich bemerkbar. Sie war durstig, hungrig, aber auch voller Hoffnung.

Während sie den Motor startete, flüsterte sie sich selbst zu: „Vielleicht wird morgen alles besser." … „Ja, ganz bestimmt."

Am nächsten Morgen betrat sie freudig das „Voile Rouge", so hieß der Beach Club und bewunderte die vielen Skulpturen und Kunstgegenstände, die hier ausgestellt waren. Das Gebäude war eher schlicht weiß, genauso wie die Tische und Stühle. Rote Sonnenschirme spendeten Schatten und auch auf den Liegen lagen rote Auflagen. Rosen-Gestecke schmückten die bereits hübsch gedeckten Tische mit weißen Tischtüchern, wunderschönem funkelten Silberbesteck und großen, eleganten Gläsern, die in der Sonne schimmerten. Zwei enorm gut ausse-hende Beach Boys waren mit den allerersten Gästen beschäftigt und führten diese zu ihren jeweiligen Liegestühlen. Maria stand alleine an ihrem

Empfangstisch, an dem sie zuvor die Gäste begrüßt hatte. Sie trug Mias Ring und lächelte ihr freundlich entgegen. Mia ging auf Maria zu und zur Begrüßung gab es jetzt zwei Küsschen auf die Wange.

„Guten Morgen Maria, wie geht es Dir?" „Ja, bestens!" „Komm, zeige mir doch deine anderen Schmuckstücke, bevor all die Gäste kommen … Und wenn ich die Liegen und Sonnenschirme vergebe, kann ich an meinem kleinen Tresen auch deinen Schmuck mit anbieten", sagte Maria zwinkernd. Mia reagierte total überrascht, bevor ein sonniges, Strahlen über ihr verdutztes Gesicht wanderte.

„Das … das ist ja genial!" Ihr Gesicht glühte plötzlich vor Freude, doch ihre Gedanken stolperten hinterher. Sie konnte kaum glauben, dass Maria ihr so eine Möglichkeit bot. Im selben Moment näherte sich ein Mann mit dunklen Haaren und gebräunter Haut. Maria zog ihn spielerisch an der Hand zu sich heran.

„Das ist mein Mann, Ange."

Mia war für einen Moment irritiert und blinzelte um besser sehen zu können. Der Mann, der Maria liebevoll anlächelte, war sehr gut aussehend, jedoch mindestens einen Kopf kleiner als sie.

„Sein Name bedeutet Engel", erklärte Maria stolz und drückte liebevoll seinen muskulösen Oberarm. Mia sah seine warmen, braunen Augen und ihr fiel plötzlich ein Filmklassiker ein mit Bo Derek. „Die Traumfrau", in dem der Mann zum völligen Trottel wird vor lauter Anbetung seiner Frau.

„Ihr beide erinnert mich an diesen Film ... mit Bo Derek," sagte Mia zögernd und lachte unsicher. Maria kicherte amüsiert.

„Den kenne ich!", sagte sie. Ange hingegen runzelte die Stirn, murmelte etwas Unverständliches und trollte sich schneller davon, als er gekommen war. Mist, dachte Mia und biss sich auf die Lippe. Wieso bin ich nicht anstatt ehrlich einfach charmant und nett? Sie hoffte inständig, dass ihr Kommentar nicht zu frech gewesen war, denn es stellte sich heraus, dass Ange der Besitzer des berühmten, legendären

„Voile Rouge" war und Maria seine Frau. Das Voile Rouge, welches 1963 von Paul Tomaselli, seinem Vater gegründet wurde mit seiner Mutter in der Küche. Es war angeblich eine Hochburg der Exzesse der 60er, 70er bis Mitte der 2000er Jahre. Damals noch unbekannt, traten hier regelmäßig die Gipsy Kings auf. Berühmte Persönlichkeiten aus aller Welt, bis hin zu den Königshäusern gingen hier ein und aus.

Zwei Tage später waren einige Schmuckstücke bereits verkauft. Ein Collier mit einer großen, länglichen rosa Muschel, die Mia einst von Elke bekommen hatte, wurde von einem Russen für seine Tochter gekauft. Der Preis war weit über hundert Euro, und Mia hielt das Bündel Scheine, das Maria ihr zureichte, staunend in den Händen. Als Gegenleistung wünschte sie sich ein elegantes Choker-Halsband. Mia hatte bereits ein schlichtes, schmales gestaltet und es gefiel Maria sehr. Ihres sollte aber viel höher sein, mondäner und super extravagant wirken.

„Ich brauche dieses Halsband für eine Party auf einer Yacht in Monaco", sagte Maria und wischte sich behutsam eine lange blonde Haarsträhne aus dem Gesicht. Mia nickte und versprach, an einer besonderen Kreation zu arbeiten. Sie verwendete schimmernde Glasperlen und echte Frischwasserperlen, dazu Tropfen aus Kristallglas und echtem Bergkristall, die unten an der Kette den Abschluss bildeten. Sie arbeitete fieberhaft, um rechtzeitig mit der hohen, breiten Ausführung fertig zu werden. Das Resultat gefiel Mia nicht besonders, denn . Die Arbeit war zermürbend: Sie wollte etwas Atemberaubendes schaffen, hatte aber das Gefühl, dass die Kette fast über den gesamten Hals zu erdrückend wirkte.

„Perfekt!" Maria nahm die Kette begeistert in die Hand, legte sie um ihren Schwanenhals und drehte sich vor einem Spiegel, sodass die Perlen im Licht aufregend funkelten und glitzerten.

„Ich trage sie gleich morgen Abend in einem der besten Restaurants von Saint-Tropez." Mia konnte nicht anders, als leicht zu lächeln. Maria war offensichtlich begeistert, und das war alles, was zählte. Vielleicht war sie auch zu kritisch mit ihrer Arbeit.

An diesem Tag war Raquel Welch mit Freunden im Voile gewesen, um ihren Geburtstag zu feiern. Es war der 05.09.2004. Mia konnte sie ganz nah erleben und erkannte ihre makellose Schönheit, ganz ohne make-up und schlicht nur mit einer einfachen Tunika bekleidet.

Später, während sie mit Elke telefonierte, merkte sie, wie erschöpft sie war.

„Mir wächst die Arbeit über den Kopf und dann auch noch Marias Sonderauftrag", jammerte Mia. „Und du glaubst nicht was heute alles los war im Voile."„Ich brauche unbedingt neuen Schmuck … Es ist fast alles weg!"

„Ja, das ist doch suuuper!", piepste Elke am anderen Ende der Leitung.

Mia konnte sich ein Lachen nicht verkneifen. Während sie weitererzählte, von Maria, Ange und ihrem Erfolg, wurde ihr klar, dass sie trotz der Hektik und Aufregung unglaublich dankbar und glücklich war.

Einige Wochen später tobten plötzlich wilde Windböen über den Pampelonne-Strand und wirbelten den goldenen Sand wie tanzende Funken durch die Luft. Die Temperaturen waren merklich abgekühlt, und Maria hatte sich erkältet. Sie klagte über die Mühen des Verkaufs bei diesem Wetter – der Wind machte alles kompliziert. Ein besonders starker Stoß ließ sogar das große, schwere Schmuck-Display, welches Mia extra organisiert hatte, mitsamt dem Schmuck zu Boden knallen. Mit einer Mischung aus Erschöpfung und Unwohlsein entschied Maria kurzerhand: Es war Zeit, ihre übernommene Verantwortung an Mia wieder abzugeben.

„Mia, ab jetzt verkaufst du den Schmuck selbst … Hier sind deine Kartons." Sie hielt Mia die Schmuckschachteln entgegen und sah sie fest an.

„Geh einfach von Liegestuhl zu Liegestuhl und präsentiere die Stücke. Das ist ein perfektes Business-Konzept, das wirklich gut funktioniert … Viele machen das so und sehr erfolgreich."

Mia riss die Augen auf und war schockiert von der Vorstellung, die Urlauber auf den Liegen anzuspre-

chen. Ihr war, als hätte Maria ihr eine Last aufge-
bürdet, die sie nicht tragen konnte.

„Aber … ich …“, begann sie zaghaft.

„Keine Ausreden.“ Marias Stimme war bestimmt,
aber auch aufmunternd.

„Fang gleich hier an … Du schaffst das!“

Mit einem tiefen Atemzug nahm Mia die Kartons
und ging ein paar Schritte auf die ersten Liegestühle
zu. Ihr Herz klopfte bis zum Hals. Am liebsten wäre
sie im Sand versunken. Doch sie sammelte all ihren
Mut, wie schon so oft zuvor, schluckte und fragte
die junge, blonde Frau auf der Liege: „Darf ich
Ihnen meinen Schmuck zeigen?“

„Ja, gern“, antwortete die hübsche, junge Blondine,
die sich aufgerichtet hatte und nun erwartungsvoll
auf ihrer Liege saß. Sie lächelte Mia aufmunternd
entgegen und kaufte drei Teile! Ein paar Liegen
weiter konnte Mia noch ein paar Teile verkaufen.

Sie verabschiedete sich, irritiert und trotz allem dankbar, von Maria und wünschte ihr gute Besserung. Die Tatsache, dass sie als Art-Direktorin nun eine einfache Strandverkäuferin war, entsetzte sie sehr. Unvorstellbar, aber jetzt, da es funktionierte und sie das viele Geld abzählte, war es tatsächlich eine Option.

Sie saß in ihrem „Fiffi" und starrte auf das viele Bargeld in einer der Schachteln. In nur zwei Stunden hatte sie eine hübsche kleine Summe eingenommen. Trotzdem war ihr die Art und Weise total fremd und erforderte eine kolossale Überwindung.

Morgen ist ein neuer Tag und was verkaufe ich morgen? Sie stellte fest, ihr fehlten Ringe und Armbänder. Die anfängliche lockere Zeit veränderte sich nun in emsiges Schaffen. Vormittags produzierte sie neue Schmuckstücke und nachmittags fuhr sie zum Strand und verkaufte im Voile Rouge. Heute war sie wieder sehr zufrieden, aber sie war auch sehr erschöpft und es war ab und zu sehr heiß. Sie sehnte sich nach ein bisschen freier Zeit. Sie saß nachdenklich auf dem Canapé mit einem kühlen

Drink in der Hand. In die Stille ihrer Gedanken hinein klingelte das Handy.

„Bonjour Madame. Haben Sie eventuell eine Unterkunft frei für die nächsten sechs bis acht Wochen? … Ich habe so viele Anfragen, aber kein Zimmer mehr frei." Es war die kleine dunkelhaarige ältere Frau, die sie kennengelernt hatte, als sie am Anfang eine Unterkunft für sich selbst gesucht hatte.
„Oh, danke, dass Sie an mich gedacht haben. Bitte geben Sie mir ein paar Minuten Zeit. Ich melde mich so schnell wie möglich."

Mia ließ ein wenig die Gedanken kreisen und überlegte fieberhaft. Erst gestern hatte Jean-Luc ziemlich gemeckert, von wegen, er möchte überhaupt nicht nach Saint-Tropez kommen. Sie vermisste ihn so sehr, und außerdem hatten ihr Großvater und ihre Mutter im August Geburtstag. Wie schön wäre es, ein bisschen in der Heimat zu sein … Das ist doch eine Gelegenheit, die ich nutzen muss. Auch wenn sie sich unsicher war, ob das rechtlich unproblematisch war, entschied sie, das Risiko einzugehen. Der Gedanke, einige Wochen in der Heimat zu verbringen, war einfach zu verlockend. Saint-Tropez war im Hochsommer restlos ausgebucht, und Mia erkannte schnell, dass sie mit der Vermietung ihrer Wohnung den restlichen Sommer finanzieren könnte. Nach kurzem Zögern rief sie die Frau zurück.

„Madame, oui, d'accord ça marche … Merci beaucoup." Was so viel heißt wie: Okay, das klappt. Alle weiteren organisatorischen Dinge waren in den nächsten Minuten schnell vereinbart. Mia verlangte von den Gästen den üblichen Preis und somit war die Miete für den ganzen Sommer bezahlt. Eine Wohnung unterzuvermieten, war Mia bis jetzt nicht bekannt, aber für viele Saisonarbeiter war das total normal. Ich muss das einfach riskieren, dachte Mia zielstrebig.

Sie fuhr gleich Anfang August los, um noch rechtzeitig beim Geburtstag ihres Großvaters dabei sein zu können. Dann geschah das, was irgendwann kommen musste. Ungefähr hundert Kilometer vor ihrem Ziel muckte ihr Fifi plötzlich extrem, und zwar so schlimm, dass sie auf den Seitenstreifen fahren musste. Das Gaspedal reagierte nicht mehr.

Er rollte noch ein paar Meter, dann machte er schlapp und gab keinen Mucks mehr von sich – Totalschaden. Ihr armer Fiffi landete direkt auf dem Schrottplatz. Eine Reparatur wäre viel zu teuer gewesen.

Sie verbrachte ein paar angenehme Wochen mit ihrem Sohn und mit der Familie und produzierte weiter Schmuck. Ihr Sohn war es dann, der sie mit viel Überzeugungskraft auf die Idee brachte anstatt einer neuen gebrauchten Karre, ein neues Auto zu leasen, und zwar einen Smart. Für Saint-Tropez war dieses kleine Auto einfach perfekt. Sie scheute sich nun nicht mehr, ihre anspruchsvolle Kundschaft in den teuersten Hotels zu beliefern, denn der Smart sah super schick aus in Marineblau und Silber. Mit dem alten Opel hätte sie den Service nicht angeboten. Dazu war das Parken jetzt wesentlich einfacher, in den kleinen Straßen von Saint Tropez.

Heute war ihr Geburtstag und es gab für sie keinen Grund, den Tag nicht zu nutzen. Strahlend betrat sie das „Voile Rouge" mit neuen Kreationen.

„Ah, bonjour Madame Bijoux", rief der süße blonde Beachboy ihr zu. Sein durchtrainierter Oberkörper, glänzte in der Sonne, und Mias Herz hüpfte vor Freude. Er hatte ihr doch tatsächlich bereits einen Spitznamen verpasst.

„Guten Morgen, wie geht es Dir?", rief sie lachend zurück. Sie fühlte sich im Voile schon richtig zuhause. Irgendwie war sie über dem Berg. Die anfänglichen kleinen Erfolge mündeten nun in eine regelmäßige Tätigkeit mit guten Einnahmen. Nach dem Voile Rouge ging sie noch bis zum Tahiti Beach, anschließend in den Club 55 und zum Schluss in den Nikki Beach. Sie war schick in Weiß gekleidet mit langen blonden Haaren und trug einige ihrer Kreationen selbst. Ein Verkaufsgespräch an diesem Tag mündete in eine Bestellung im Wert von über tausend Euro. Es war ihr absoluter Glückstag und auch der Tag, der ihre Entscheidung, weiterhin Schmuck zu kreieren, definitiv besiegelte.

Mia schwebte auf Wolke sieben und ging am folgenden Tag mit völlig neuen Erwartungen in die Clubs. Fakt war, sie verdiente in den zwei Tagen so viel, wie sie in ihrem alten Beruf in einem Monat verdiente. Natürlich war sie auch mit der Produktion sehr beschäftigt, aber das war ihr neues Hobby und keine Arbeit, die ihr schwerfiel. Und wer weiß, vielleicht könnte sie diese Arbeit irgendwann anderen fleißigen Händen überlassen ... Das Verkaufen war für sie sehr anstrengend, denn sie musste raus aus ihrer zurückhaltenden Art und auf andere zugehen. Es war jedoch auch äußerst inspirierend, denn der Austausch mit ihren internationalen Kunden zeigte ihr so manchen Weg. Sie liebte es geradezu, die Unterhaltungen mit erfolgreichen Machern. Am Strand waren diese Menschen total offen und leger. Sie gaben ihr so einige wohlgemeinte gute Ratschläge mit auf den Weg.

Nach diesem langen Arbeitstag ging Mia über den ruhigen, grünen Parkplatz. Grillen zirpten in der Abenddämmerung, und die Luft war erfüllt von Düften wie Lavendel, Thymian und Kiefern. Sie atmete tief durch, während die friedliche Stimmung sie durchdrang. In Gedanken dankte sie für den Weg, den sie bisher gegangen war. Sie betete weiter, während sie in ihr Auto stieg, sich auf den super gemütlichen Sitz des Smarts setzte, durchatmete und während der Fahrt bis zu ihrer Haustüre in der

Rue Saint Barbe und während sie die Treppen hochging bis ins vierte Stockwerk. In völliger Dankbarkeit schloss sie diesen Tag nach einer guten Mahlzeit mit einem Lächeln auf dem Gesicht ab und schlief wie üblich recht schnell ein.

Erst das Läuten der Kirchenglocken weckte Mia am nächsten späten Morgen. Jetzt aber schnell. Sie machte sich im Eiltempo fertig und rannte bis zum Bäcker, um zwei weitere Häuserecken, und ging in die Kirche. Das große Tor war heute geöffnet, denn es war Sonntag. Die Kirche war voll. Voller als sonst, mit besonders gepflegten Einheimischen und mit eleganten, wohlhabenden Sommergästen aus den vielen Villen.

Ein Mann in einem langen Gewand fing an zu singen und dann antwortete die Gemeinde singend mit Parolen. Danach ein kurzes Gebet und dann musste man wieder aufstehen und singen. Dieses Mal ein fröhliches Halleluja, welches sich recht lange wiederholte, aber durch die fröhliche Melodie und die schöne Stimme des Priesters ungemein angenehm war. Mia konnte hier noch einmal ihre große Dankbarkeit so richtig ausleben. Ja, sie feierte in der Kirche ihr neues Leben, welches sie nur Gott zu verdanken hatte. Er führte sie und sie spürte das an diesem Sonntag besonders intensiv. Ein paar junge gläubige Männer, die vor ihr in der Reihe saßen schauten nach der Messe interessiert auf ihre Korbtasche. Unter einem Tuch befanden sich all die neuen Schmuckstücke und sie waren äußerst neugierig, bis sie wussten wer sie war und was sie beruflich machte. Sie gaben ihr den Rat in Zukunft doch immer den Schmuck mit in die Kirche mitzunehmen, um ihn dort segen zu lassen.

Ende September wurde es dann immer ruhiger und der Verkehr auf den Straßen wurde endlich angenehm. Trotzdem fuhr Mia am liebsten die schmalen, geheimen Insiderstraßen, die bei starkem Verkehr eine gute Alternative waren. Diese kleinen Landstraßen, die sich durch die üppige Natur mit ihren wunderschönen, alten Bäumen schlängelten, empfand sie als besonders heimelig. Oft waren die Sträßchen von alten, grauen Mäuerchen gesäumt, hinter denen sich hin und wieder ein hübsches Tor verbarg, das zu einer Villa führte. Während sie vorbeifuhr, flogen die Eindrücke an ihr vorbei – genau wie die ersten goldgelben bis orangefarbenen Blätter, die den Herbst ankündigten.

Im Strandclub La Voile Rouge war kaum noch etwas los. Die Musik plätscherte leise im Hintergrund, und die wenigen verbliebenen Gäste wirkten wie aus einer anderen Welt. Auf dem Parkplatz standen noch ein paar elegante Rolls-Royce-Cabriolets, ihre glänzenden Karosserien schimmerten im gedämpften Licht der späten Nachmittagssonne. Mia ließ ihren Blick schweifen, neugierig auf die Menschen und die Geschichten, die hinter diesen luxuriösen Fassaden steckten.

Sie näherte sich einer Gruppe, die es sich in einer gemütlichen Lounge aus weißen Outdoor-Möbeln bequem gemacht hatte. Gelächter mischte sich mit dem Klirren von Gläsern. Es war eine lockere Atmosphäre, fast vertraut, und doch fühlte sich Mia seltsam fehl am Platz. Mit ein paar gezielten Worten gelang es ihr, einige Stücke zu verkaufen. Schmuckstücke, die sie mit ihrer eigenen Energie und Kreativität kreiert hatte plus dem Segen aus der wunderhübschen Kirche.

Eine Frau mit kurzen, blonden Haaren zog ihre Aufmerksamkeit auf sich. Sie wirkte selbstbewusst, fast ein wenig herausfordernd, und doch warmherzig. Sie deutete mit einem Lächeln auf ein Collier, das Mia in den Händen hielt.

„Schöne Arbeit", begann die Frau und stellte sich als Claire vor. „Weißt du, das erinnert mich an die Karibik." „Die Karibik?" Mia hob überrascht die Augenbrauen. Claire nickte. „Ich spreche von Saint Martin … Eine traumhafte Insel … Dort ist es fast wie hier – viele Beachclubs, Sonne, das Meer … Du könntest dort arbeiten, genauso wie hier." Mia spürte, wie sich ihr Puls beschleunigte.

„Saint Martin … ?", wiederholte Mia langsam. „Ja, und wenn du gehst, sag Sylvie liebe Grüße von mir … Sie besitzt den Coco-Strandclub am Orient Beach … Sie kann dir bestimmt weiterhelfen."

Die Worte schienen schwerelos in der Luft zu hängen, und Mia spürte, wie sie sich an diesen Gedanken klammerte, unsicher, ob sie ihn greifen oder loslassen sollte. Noch zwei andere Kunden sprachen sie auf die Insel an, erzählten von ihrer Schönheit und davon, wie perfekt sie für jemanden wie Mia sei.

Außerdem kannte Mia eine supernette Französin, die eine komplett weiße luftige Kleiderkollektion entworfen hatte. Sie plante im November ebenfalls in Saint Martin ihre Waren weiterhin erfolgreich zu verkaufen.

Zurück in ihrem Auto entdeckte Mia ihr Spiegelbild im Rückspiegel. Sie machte große Augen, blickte hin und her. Ihre Gedanken überschlugen sich.

„Die Karibik? … Das war doch nicht mein Plan … so weit weg von zuhause … meine Güte, das ist so unglaublich aufregend!" Ihr Herz klopfte noch schneller.
Doch dann wurde sie von der Realität eingeholt. Der Sommer neigte sich dem Ende zu. Mitte Oktober würden die Beachclubs hier schließen. Ihr altes Leben kam für sie nicht mehr in Frage. Sie wollte Geld verdienen mit ihrer neuen Tätigkeit – für sich und die zwei Haushalte.

Zurück in ihrem Apartment suchte sie im Internet nach Bildern von Saint Martin. Atemberaubende Strände, türkisblaues Wasser und palmengesäumte Clubs – es war wie eine andere Welt. Sie erinnerte sich an eine Frau aus ihrem früheren Beruf, die ihr einmal von einer Reise durch die Karibik erzählt hatte. Mit ihrem Freund hatte sie ein halbes Jahr lang auf einem Segelboot verbracht. Mia hatte damals fasziniert zugehört und diesen Traum tief in ihrem Inneren begraben, in eine Schublade gesteckt, die sie mit „verrückte Träume" beschriftet. Jetzt war diese Schublade plötzlich geöffnet, und sie konnte nicht aufhören, darüber nachzudenken. Sie befand sich in einer schlimmen Entscheidungsphase und spürte jetzt bereits den finanziellen Druck der Wohnung in Saint-Tropez, der Wohnung in Deutschland, und ein dritter Wohnsitz in der Karibik würde sie doch finanziell umhauen. Und dann war da noch Jean-Luc?

Am folgenden Sonntag ging sie wieder einmal in die wunderschöne Kirche von Saint-Tropez, um zu beten. Sie wollte Antworten bekommen auf all ihre Fragen und vor allem, wie es nun weitergehen sollte in ihrem Leben über die kommenden Wintermonate. Sie saß da und war etwas in sich versunken, bis sie auf einer Bank schräg vor sich ein dunkelhaariges Mädchen wahrnahm, das so innig betete und tief gläubig schien, dass Mia es fasziniert betrachtete. Überrascht stellte sie fest: Sie kannte das Mädchen.

Am Nationalfeiertag, dem 14. Juli, hatten sie sich in Saint-Tropez zum Feuerwerk getroffen. Und was für ein Feuerwerk … Noch nie hatte Mia solch ein schönes Feuerwerk gesehen in ihrem Leben. Die Menschen riefen ständig begeistert:

„Ohhh …, ahhh …, magnifique!" Und Karita, so hieß das Mädchen, war auch total entzückt gewesen über diese glitzernde Farbenpracht, die sich weit über den zahlreichen Köpfen am Hafen ergoss. Die schimmernden Lichter verwandelten den Himmel und die Silhouette des berühmten Fischerdorfs in ein bezauberndes Spektakel der Extraklasse. Danach tanzten beide noch ein wenig auf der Straße und freuten sich über ihre Begegnung … Mia schweifte zurück mit ihren Gedanken und bemerkte: Die Predigt zog sich in die Länge wie Kaugummi. Mia verstand leider nur wenige Worte, aber sie fühlte und war erfüllt. Plötzlich ertönte eine Opernstimme von der oberen Etage nahe der Orgel. Ein Überraschungsgast sang ein wunderschönes, getragenes Lied. Die Akustik der hübschen, hellen Kirche mit den hellgelb ge-tünchten Wänden war atemberaubend. In eines der rechten hohen Kirchenfenster fielen ein paar Sonnenstrahlen herein … Mia saß wie verzaubert da. Ja, ein Kirchenbesuch in Saint-Tropez war etwas ganz Besonderes. Auf dem Weg nach draußen beschloß sie Karita anzusprechen.

„Hallo Karita … Was für eine schöne Musik … Hat es dir auch gefallen? … Wie geht es dir?"

„Mir geht es gut", sagte sie lächelnd und überrascht. „Es ist hier immer schön in der Kirche … Ich komme fast jeden Sonntag", antwortete sie in perfektem Deutsch.

Karita kam aus Madagaskar. Sie war eine ganz kleine, hübsche, zierliche Person und las deutsche Bücher. Sie betreute die Kinder der Gäste auf dem großen Campingplatz am Pampellone-Strand von

Monsieur Luftmann. Mia freute sich sehr, sie an diesem Sonntag zu sehen, und erzählte ihr von der Idee, über den Winter auf der Karibikinsel Saint Martin zu leben und zu arbeiten. Karita bekam ganz große, braune Knopfaugen, denn sie liebte diese Insel, ohne jemals dort gewesen zu sein. Monsieur Luftmann erzählte ihr ab und zu von dieser Trauminsel, denn er war dort Besitzer eines Hotels. Ohne weiter darüber zu reden, pflanzte sich in diesem Gespräch ein kleiner Samen für die Zukunft.

Als Mia wieder zurück in ihr kleines Studio ging, war sie glücklich über diese kleine Bleibe, in der sie sich nach der kurzen Zeit zuhause fühlte. Besonders die kleine Küche war perfekt für sie. Plötzlich kochte sie sogar gerne … Aber sie bekam mehr und mehr Beklemmungen wegen der Miete, die ja auch in den folgenden Wintermonaten fällig wurde. Von was sollte sie die Miete bezahlen, wenn keine Touristen mehr kamen und der Himmel grau über Saint Tropez wurde?

„Über Weihnachten werden Touristen kommen", sagte Elke. „Aber ganz sicher nicht zum Strand.

Alle Clubs werden über den Winter geschlossen bleiben." „Hmm" … Mia druckste etwas herum. Gegenüber Elke hatte sie ab und zu Andeutungen gemacht, aber sie verstand nicht, was Mia damit eigentlich sagen wollte. Und Mia traute sich leider nicht, das Problem mit der Wohnung konkret anzusprechen.

Im August hatte sie Urlaub in Deutschland gemacht. Diese Einnahmen fehlten ihr jetzt auch. Sie schämte sich, Elke die Wahrheit zu sagen und sie um Hilfe zu bitten. So kündigte sie schweren Herzens mit einem Brief an Pascaline das Apartment. Wenige Wochen später antwortete eine Lehrerin aus Deutschland, sie würde gerne das Studio über den ganzen Winter mieten. Sie hätte also nur ein bisschen mehr Geduld haben müssen und es mit Pascaline besprechen können, dass über den Winter eine Lehrerin im Studio wohnt. Sie ärgerte sich sehr über ihre Naivität und darüber, dass sie das Problem nicht rechtzeitig mit Elke angesprochen hatte. Es war ein großer Fehler, das Studio einfach zu kündigen. Elke war zu Recht stinksauer.

Mia beschloss, die nun noch übrige Zeit in ihrem kleinen Studio unterm Dach einfach zu genießen. Sie arbeitete trotzdem fleißig weiter und lud eine Freundin zu Besuch ein, die Mia im Club 55 kennengelernt hatte. Sie tanzten bereits Monate zuvor beide im übervollen Voile Rouge auf den Tischen, während völlig durchgeknallte Männer große Champagnerflaschen schüttelten und vom Dach auf die tanzenden Clubgäste verspritzen. Zuvor wurde die Flasche mit der spektakulären Ouvertüre von 20th Century Studios präsentiert, Alarmtöne ertönten wie bei einem ausgebrochenen Feuer und dann ging es los. Was für ein Spass!

Mit Michaela konnte sie das Nachtleben in Saint Tropez erkunden, im „Les Caves du Roy", „Papagayo" und im „VIP Room". Mia schnappte sich sogar auch einmal eine der vielen Flaschen und schüttelte sie wie wild, bis der Champagner wie eine Fontäne aus der Flasche schoss. Als wirklich alle dann in der Diskothek von oben bis unten pitschnass waren, schien die Party vorüber. Das dauerte durchaus bis in die frühen Morgenstunden. Die spendablen Superreichen düsten in ihren nassen Designerklamotten mit ihren Luxussportautos davon. Einer nach dem anderen schlängelte sich durch die kleine Hafenstraße, und zum Abschied ließen sie immer mal wieder die Motoren aufheulen, um noch ein bisschen mehr Aufmerksamkeit zu bekommen. Die zwei Mädchen schlenderten langsam und ziemlich müde zurück in die Rue Saint Barbe.

„Er war nicht da", murmelte Michaela. „Bestimmt klappt es das nächste Mal", antwortete Mia optimistisch, als sie vom Hafen in die kleine Gasse abbogen, und dann am Office de Tourisme vorbeikamen. Hier wurden die Häuserwände immer dunkler und die Straßenlaternen leuchteten schwach. Ihre Freundin hatte sich in einen Mann verliebt, den sie beim Einkaufen auf der Straße gesehen hatte und den sie gerne wiedersehen wollte. Sie kannte weder seinen Namen noch viel weniger seine Telefonnummer. Sie wusste eigentlich überhaupt nichts von ihm, außer dass er wohl sehr sehr wohlhabend war. Kichernd standen sie jetzt vor der Haustür und Mia suchte das Schlüsselloch. Die Außenlampe war schon wieder kaputt. Müde stiegen sie die vielen Stufen hoch bis in die vierte Etage und schliefen tief und fest bis in den Samstagmorgen hinein.

Am nächsten Abend gingen sie in den VIP-Room. Irgendwie war Mia froh zusammen mit Michaela, ein bisschen ihre vermisste Jugend nachzuholen, denn mit vierundzwanzig Jahren war sie bereits verheiratet gewesen und Mutter. Sie fühlte sich mindestens zehn, wenn nicht zwanzig Jahre jünger und fantastisch an diesem Abend. Während Michaela Ausschau hielt nach ihrem Traummann, kam Mia beim Tanzen ins Gespräch mit einem netten, charmanten Mann. Als er und sein Freund sie etwas später beide auf seine Yacht einluden, war Mia total überrascht. Damit hatte sie nicht gerechnet, obgleich es ziemlich verlockend schien. Sie kannte die beiden nicht und war äußerst skeptisch, aber so wie es sich herausstellte, waren sie überall bekannt und kamen jedes Jahr nach Saint-Tropez.

Als sie zögernd mit etwas weichen Knien die Gang-way hochgingen und durch einige Gänge und einen großen Meetingraum gingen, kamen sie hinten am Heck der Yacht an. Ricky bot ihnen an, doch Platz zu nehmen. Es war so herrlich aufregend und ei-gentlich ganz nett, als er sie fragte, was sie denn gerne trinken wollten. Sie saßen jetzt gemütlich auf einer komfortablen weißen Couch mit einem Glas

Weißwein in der Hand und blickten etwas schüchtern in den Sternenhimmel und auf Saint-Tropez.

Ricky war ein wirklich gutaussehender Südländer aus Sardinien, Architekt von Beruf, und schien überaus zuvorkommend und angenehm. Plötzlich erschien ein dritter Mann, der ein seltsam verschobenes Gesicht hatte, wie ein Mafiosi aus dem Film „Der Pate". Er setzte sich an einen Nebentisch und verspeiste in animalischem Stil ein paar Sandwidgets

„Michaela", flüsterte Mia. „Es gibt Mädchen, die auf Yachten verschwinden … und die irgendwann ins offene Meer geworfen werden … die nie mehr auftauchen … Das hat mir Elke erzählt … Ich denke, wir sollten so langsam gehen." Und noch leiser fügte sie hinzu:

„Ich denke, das sind Leute von der Mafia." Das letzte Wort flüsterte sie ihr, zur Vorsichtig, direkt ins Ohr. Nachdem der dritte Mann aufgetaucht war, fühlte sich Mia überhaupt nicht mehr wohl. Aber Michaela schien nicht besonders beeindruckt und reagiert ziemlich cool.

„Hm, im Notfall springen wir einfach über Bord."

Zum Glück kam es dazu nicht, denn der nette Ricky fuhr sie mit seinem Jaguar ganz brav nach Hause. Der Yachtbesitzer, der angeblich all sein Geld mit Architektur verdiente und eine weitere Yacht mit Helikopter in Monaco liegen hatte. Mia glaubte ihm das nicht, und etwas geplättet und irgendwie heilfroh stiegen sie aus dem wunderschönen Jaguar aus, bedankten und verabschiedeten sich und lachten noch stundenlang im Bett über den aufregenden Abend, bis es am nächsten Morgen himmlisch nach Backwaren duftete.

Am folgenden Abend ging Mia alleine spazieren, denn ihre Freundin musste wieder zurück nach Deutschland. Sie ging gerade gemütlich am Hafen entlang, als eine ziemlich große Yacht in der vorderen ersten Reihe anlegte. Eine immer größer werdende Menschenmenge hatte sich bereits davor versammelt, um diese Ankunft zu beobachten. Zu Mias Überraschung kamen Johnny Hallyday, der französische Musiker, und Jean Reno, der Lieblingsschauspieler ihres Sohnes, gemeinsam die Reling herunter.

Die Menschenmenge war total begeistert, was sich durch Rufe und viele Blitzlichter bemerkbar machte. „Johnny"-Rufe wurden laut und sie alle schienen überglücklich, diese exklusiven Stars so nah zu sehen. Auch Mia war beeindruckt und erfreut, besonders Johnny Hallyday zu sehen, denn er war und ist in Frankreich der beliebteste Sänger und Musiker aller Zeiten.

„Pour moi la vie va commencer", das Lied von ihm, war ihr absolutes neues Lieblingslied und passte perfekt zu ihrem neuen Leben. Ihr Leben, das ja hier und jetzt erst begonnen hatte in diesem Sommer in Südfran-kreich. Sie hatte sich noch nie zuvor lebendiger ge-fühlt.

Die Saison neigte sich jetzt rasch dem Ende zu. Mia packte ihre Sachen und manches brachte sie zu Karita, die glücklich war über das schöne Kaffeeservice, ein paar Kleinmöbel und Dekoartikel für mehr Komfort in ihrem gemütlichen Wohnwagen. Sogar ihr rosafarbenes Fahrrad fand einen Platz auf dem Campingplatz. Bei einer Tasse Tee ließ Karita dann die Bombe platzen.

„Mia, ich habe von meinem Chef ein Geschenk bekommen für meinen kommenden Urlaub … Ich darf eine Woche in seinem Hotel auf Saint Martin wohnen und du kannst auch dort wohnen." Es entstand eine Pause, bis Mia endlich verstand, was passiert war. Sie konnte es kaum fassen …

„Das ist ja phantastisch, Karita", rief Mia begeistert und schaute Karita mit übermäßig aufgerissenen Augen an. Das war geradzu magisch – Zauberei. Karita antwortete mit einem sehr breiten Lächeln über das ganze Gesicht. „Ja, Gott meint es gut mit mir und mit dir auch."

„Wann fliegen wir?", fragte Mia. Karita suchte einen kleinen Zettel und präsentierte stolz ihre Daten „Hier steht es. Vom vierten November bis zum 18. November." Darufhin nippte sie von ihrem Tee und saß mit einem breiten glücklichen Grinsen auf ihrem kleinen Stühlchen.

Mia war immer noch platt von dieser sensationellen Neuigkeit atmete tief durch, versuchte ihre Gedanken irgendwie zu ordnen und sprach:

„Wir buchen dann am besten nächste Woche, ok, Karita, wenn ich zurück in Deutschland bin? … Ach … Ich freue mich so … Jetzt muss ich nicht alleine in die Karibik. … Yippih!" Sie umarmte Karita herzlich beim Abschied. „Bis bald auf Saint Martin, Karita".

Dankbar und glücklich verabschiedete sich auch von all ihren neuen Freunden, Maria, Pascaline, einigen Ladenbesitzern und besonders von Elke.

„Mia, was hälst du davon, wenn ich mit dir fahre?" „Ich könnte dann einen Tag später mit dem Zug weiterfahren nach Düsseldorf zu meiner Freundin." Elke hatte plötzlich auch Lust bekommen ein bisschen zu verreisen.

„Ja … klar, da nehme ich dich doch mit", antwortete Mia. „Wir können uns mit dem Fahren abwechseln und so die Tour auf einmal machen." Sie umarmten sich und Mia war froh, etwas Unterhaltung auf der langen Fahrt zu haben.

„OK, Abfahrt morgen um vierzehn Uhr", rief sie Elke noch von der Straße zu ihrem Fenster hoch. Sie ging etwas traurig, aber auch sehr zuversichtlich zurück in ihr kleines Studio und verbrachte dort die letzte Nacht. Sie schaute noch ein letztes Mal aus dem Fenster über die Dächer und runter zum Hafen. In ihrem Kopf war aber kaum mehr Platz für Saint-Tropez. Vielmehr spuckten tausende von Gedanken über Saint Martin durch ihre Synapsen. In der Nacht träumte sie von türkisfarbenem, klarem Wasser ...

Um vierzehn Uhr, wie verabredet, kam Elke mit einem kleinen Köfferchen zum Parkplatz. Mia hatte das Auto bereits voll gepackt und der kleine Koffer passte gerade noch in den kleinen Smart hinein.

„Puh, das war knapp, aber es passt!" Mia schnaufte kräftig durch vor lauter Anstrengung. Elke war bestens gelaunt und freute sich auf die Fahrt. Sie düsten durch Frankreich in Richtung Norden zurück in die alte Heimat, zurück zu ihrem Sohn.

Unterwegs erzählte Elke weitere Anekdoten aus ihrem früheren aufregenden Leben. Als sie Karlsruhe erreichten, war es schon etwas dunkel, und

Elke erzählte von ihren Partys auf der Yacht von Karajan, dem berühmten Dirigenten, wenn er nicht gerade da war. Dort tranken sie angeblich seine sämtlichen Weinflaschen leer. Mia schüttelte ungläubig den Kopf – fuhr weiter geradeaus. Plötzlich standen da noch dreißig Kilometer bis Würzburg.

„Ja, um Himmels willen, wo sind wir denn jetzt?" Mia hatte die Abzweigung übersehen und hatte sich mehr auf Elkes Erzählungen konzentriert als auf die Straße. Es war nicht zu fassen, aber eins war wieder sicher. Elke konnte spektakulär erzählen. Auf dem letzten kleinen Abschnitt der Fahrt schmunzelten beide und verhielten sich vorsichtshalber ruhig.

Sie parkte das Auto auf ihrem alten Parkplatz und öffnete die Haustür. Bedächtig und mit gemischten Gefühlen ging sie die steinerne Treppe nach oben in ihre kleine, bescheidene Wohnung. Es fühlte sich an wie Schritte zurück in ihr altes Leben.

Sechs Uhr am Morgen. Der Wecker klingelt zum dritten Mal. Sie quält sich aus dem Bett, da sie viel zu spät dran ist, um all die Dinge vor ihrer Arbeit zu erledigen. Draußen ist es noch dunkel, kalt und nass. Sie trinkt ihren Tee im Stehen und kämpft sich wie an jedem Wochentag durch den Verkehr von vielen genervten Autofahrern. In der Agentur muss es schnell gehen, denn das Projekt hat eine Deadline noch in dieser Woche. Ihre Kolleginnen und Kollegen erzählen ihr, dass das Wochenende viel zu kurz war. Mehr und mehr Erinnerungen aus ihrem Berufsleben tauchten auf und diese schwere Melancholie, ihr Leben nicht zu leben, sondern nur von einer Arbeit zur nächsten zu hetzen. Kaum Zeit, Luft zu holen, und kaum Zeit für soziale Kontakte.

Ach wie schön und aufregend war ihr Leben jetzt geworden. Vor der Wohnungstüre stapelten sich einige Müllsäcke. Das Badezimmer sah aus wie immer, die Türe zum Zimmer ihres Sohnes war geschlossen, der kleine Flur sah auch aus wie immer und im Wohnzimmer war es schon etwas unordentlicher, aber zum Glück ganz okay.

Sie hatte ihren Sohn extra auf den Gast vorbereitet und somit war sogar die Küche sauber. In Gedanken schickte Mia ein Dankgebet zum lieben Herrgott.

„Also hier wohne ich ... Herzlich willkommen, liebe Elke, in meiner kleinen Bleibe ... Fühl dich wie zuhause."

Die tausend Kilometer Fahrt hatten Mia vollkommen ausgelaugt. Ihre Augen brannten, ihr Kopf dröhnte, und ihre Glieder fühlten sich schwer an. Sie wollte nur noch ins Bett fallen. Elke hingegen wirkte überraschend fit und freute sich auf das gemachte Bettchen. Jean-Luc hatte bereits eine Schlafgelegenheit für Elke prima vorbereitet, und Mia war angenehm überrascht. Ein kleiner Moment der Erleichterung durchströmte sie – doch nur für einen kurzen Augenblick. Denn jetzt wollte sie nur eines: endlich ihren Sohn in die Arme schließen und mit ihm eine Tasse Tee trinken. Aber wo war er? War er nicht zu Hause? Oder doch?

Sie klopfte sanft an seine Zimmertür. Keine Antwort. Ein mulmiges Gefühl breitete sich in ihrer Brust aus. Zögernd drückte sie die Klinke herunter und spähte hinein – doch Jean-Lucs Bett war leer. Ihr Blick wanderte durch den Raum, und ihr Magen zog sich zusammen. Was sie sah, ließ ihre anfängliche Erleichterung verpuffen. Chaos. Ein grenzenloses Durcheinander. Überall verstreute Kleidung, leere Flaschen, zerknüllte Pizzakartons. Der Boden kaum zu erkennen unter der Unordnung.

„Oh je …" Ein Seufzen entwich ihr, schwerer als die Müdigkeit, die sie ohnehin schon quälte. Plötzlich war sie hellwach. Ein bohrendes Schuldgefühl breitete sich aus, nagte an ihr. Hatte sie ihren Sohn zu lange sich selbst überlassen? War er überfordert gewesen? Ihr Herz klopfte schneller. Sie hatte nur einen Monat, um das alles in den Griff zu bekommen, bevor sie in die Karibik aufbrach.

War das genug Zeit? Würde sie es schaffen, ihm die Unterstützung zu geben, die er wirklich brauchte? Gerade als diese Fragen wie ein Strudel in ihrem Kopf kreisten, wurde die Tür schwungvoll aufgerissen.

„Ich hab dein Auto gesehen! … Hallo, Mum!"

Mia drehte sich abrupt um, ihre Sorgen wie weggepustet. Da stand Jean-Luc – mit einem breiten Grinsen im Gesicht, die Augen voller Leben. Ohne Worte, schloss sie ihn fest in ihre Arme. Ihre Kehle schnürte sich zu, Tränen brannten in ihren Augen.

„Ich habe dich so lange alleine gelassen … Es tut mir leid", murmelte sie. Jean-Luc lachte leise.

„Ach, Mum, jetzt übertreib mal nicht! … Und hey – ich hab doch alles vorbereitet!" Mia trat einen Schritt zurück, wischte sich schnell über die Augen und schmunzelte.

„Naja, fast alles … Dein Zimmer hast du vergessen."

„Hallo Jean-Luc!" Elke trat aus dem Badezimmer, das Handtuch noch in der Hand. Mia grinste und legte den Arm um ihren Sohn.

„Hier ist er, mein bestes Goldspätzchen … Das ist meine berühmte Freundin, Elke de Mol, die große Künstlerin aus Saint-Tropez!"

Jean-Luc runzelte amüsiert die Stirn.

„Goldspätzchen? … Echt jetzt, Mum?" Er streckte Elke die Hand entgegen. „Freut mich."

Mia lachte und klatschte glücklich in die Hände. „Kommt, wir trinken Tee im Salon!" Sie betonte das Wort absichtlich übertrieben französisch – weil es sich für sie schicker anhörte als Wohnzimmer. Viel Zeit für längere Gespräche verblieb leider nicht an diesem Abend, denn nach einer warmen Suppe fielen Elke und Mia ziemlich schnell ins Bett vor lauter Erschöpfung. Am nächsten Morgen brachte Mia Elke zum Stuttgarter Hauptbahnhof. Sie verabschiedeten sich herzlichst, denn die nächste Sommersaison in Saint-Tropez begann erst im Mai oder Juni des nächsten Jahres.

Zurück in der kleinen Wohnung begann der Tag mit einem ausgedehnten Brunch. Mutter und Sohn hatten sich trotz Telefon und Internet doch viel zu erzählen, und so saßen sie stundenlang zusammen, lachten, diskutierten und besprachen die Zukunft. Mia verlor ihr schlechtes Gewissen, denn außer der kleinen Unordnung lief alles rund und Jean-Luc hatte sich gut entwickelt und war glücklich.

Am Nachmittag brachte ihre Schwester ihre drei Söhne vorbei, und die Wohnung füllte sich mit lautem Lachen, spielenden Teenagern und purem Leben. Mia war ihrer Schwester unendlich dankbar für die Hilfe über den Sommer hinweg. Als Zeichen ihrer Dankbarkeit legte sie ihr eine wunderschöne, selbstgemachte Muschelkette um den Hals. Doch dann wurde es Zeit für eine Enthüllung.

„Außer Jean-Luc weiß noch niemand davon", begann sie vorsichtig. Ihre Schwester sah sie fragend an.
„Es ist höchste Zeit, dich und Mama einzuweihen." Sie holte tief Luft. „Die Reise in die Karibik ist unvermeidbar. Ich werde erst Ende April zurückkehren." Stille. Ihre Schwester machte große Kulleraugen.

„Was? So lange?" „Ja … Ich kann und will nicht zurück in meinen alten Beruf. Ich muss es einfach wagen." Sie sah ihre Schwester fest an, suchte nach Verständnis und erklärte ihr die ganzen Hintergründe. Ein Moment des Zögerns – dann nickte ihre Schwester langsam.

„Das wird ... ähh ... schon klappen", sagte sie schließlich, wenn auch mit einem Hauch von Unsicherheit. Mia atmete durch. Es war ausgesprochen. Und mit jedem Wort fühlte sich die Entscheidung richtiger an.

Der Flug war eine völlig neue Erfahrung für Mia. Er zog sich stundenlang hin, erst über Paris, dann über den Atlantik, bis hin zur winzigen Antilleninsel Saint Martin. Jedes Mal, wenn sie die Luke öffnete, sah sie nur das endlose Meer oder dichte Wolken – aber kein Land. Die meisten Passagiere schliefen, und auch Karita war in ihren Sitz gesunken, als Mia sich aufmachte, sie zu besuchen. Karita wollte unbedingt ihren Fensterplatz behalten und saß viel weiter hinten auf der rechten Seite des Fliegers. Doch als Mia sie erreichte, lag ihre Freundin in tiefem Schlaf.

Die lange Aufregung forderte nun ihre notwendige Entspannung und Mia schlief auch sofort ein, bis jemand aus ihrer Passagierreihe sie sanft auf die

Schulter stupste. Es war Zeit auszusteigen. Mia war noch halb verschlafen, packte aber schnell ihre Sachen und stand in der Schlange Richtung Ausgang. Sie drehte sich um und suchte Karita. Sie konnte sie aber nicht sehen, denn es waren zu viele Passagiere dazwischen und Karita war doch eine so besonders kleine Person.

Draußen erwartete Mia eine fremde Welt. Ein alter, hagerer einheimischer Mann mit einem Trolley half Reisenden mit ihren Koffern. All die Menschen mit all den unterschiedlichsten Nationalitäten hätten eigentlich Mias Interesse geweckt, aber sie war in Gedanken total darauf fixiert, endlich Karita zu sehen. Warum dauert das denn so lange, dachte sie ungeduldig. Sie blickte sich um und betrachtete das Flughafengebäude – klein, heruntergekommen, von der Zeit gezeichnet, ohne Air Condition.

Die Hitze kroch unter ihre Kleidung, legte sich wie eine zweite Haut auf ihren Körper. Nach dem langen Flug wollte sie nur noch ins Hotel, duschen und sich ausruhen, und vielleicht noch schnell ins Meer hüpfen.

Sie wusste nicht, wie lange sie auf dem kleinen, bröckelnden Mäuerchen vor dem Flughafengebäude gesessen hatte, es gab keine Spur von Karita. Irgendwann kamen keine Passagiere mehr an. Die Menschenmenge löste sich auf, und Nachfragen beim Flughafenpersonal blieben erfolglos. Ihre Versuche, sie telefonisch zu erreichen, scheiterten ebenfalls kläglich. Immer wieder erklang die monotone Stimme:

„The person you called is not available."

Mia saß mutterseelenallein da, ihr Durst wuchs, ihre Beunruhigung noch mehr. Ihre Gedanken überschlugen sich und ihr Mund war trocken. Was sollte sie tun? Wo war Karita? War sie bereits im Hotel? Wie war der Name des Hotels? Hatte sie Mia einfach vergessen? Völlig verzweifelt sandte sie ein Gebet ins Universum. Nachdem sie sich erneut beim Flughafenpersonal vergewissert hatte, dass keine Passagiere mehr aus dem Flugzeug kommen würden, nahm sie ihr Gepäck, kaufte eine Flasche Wasser und ging einfach los, der Straße entlang. Sie sah etwas weiter auf der gegenüberliegenden Straßenseite eine Autovermietung mit vielen gespannten

Schnüren darüber, gleich einem offenen Zirkusdach, das sich mit all den weißen Fähnchen, die dort im Wind flatterten, gegen den blitzblauen Himmel abhob. Sie mietete sich für eine Woche ein Auto und diesen Vorgang empfand sie als höchst unangenehm, denn sie hatte große Bedenken, ob man sie hier fair behandelte. Sie erreichte den besten Deal und bemerkte, es war zum Glück, umgerechnet in ihrer Währung, nicht allzu teuer. Sie lud ihr Gepäck in das bescheidene, alte weiße Auto, setzte sich auf den Fahrersitz, schloss alle Türen von innen zu und schloss die Augen.

Für einen klitzekleinen Moment fühlte sie sich in Sicherheit und atmete tief durch, wenngleich das Auto eher muffig war und es zunehmend heißer und heißer wurde. Sie musste unbedingt das Auto starten und die Klimaanlage! Noch nie zuvor war sie mit einem Automatikauto gefahren, aber es war eigentlich sehr einfach. Die Straßenkarte, welche ihr die Autovermietung gab, half ihr, die französische Seite der Insel zu erreichen.

Als sie in Marigot ankam, bemerkte sie, dass überall um sie herum dunkelhäutige Menschen waren, und die Straßen und Gebäude machten keinen besonders gepflegten Eindruck. Völlig unsicher und mit den Nerven am Ende parkte sie das Auto vor einem Ladengeschäft für Beauty-Produkte mit der großen, plakativen, roten Aufschrift: „Lipstick". Sie stieg aus und fragte eine Frau nach einem günstigen Hotel, denn es dämmerte bereits. Sie war etwas mollig, wie viele der Insulaner, und lächelte freundlich. Hilfsbereit sprach diese liebe Frau noch mit zwei weiteren Leuten und alle empfahlen dasselbe Hotel gleich in der Nähe. Diese positive Erfahrung tat Mia unglaublich gut. Sie fühlte sich nicht mehr ganz so verloren. Bis sie schließlich das schlichte Hotel fand, war es bereits dunkel. Zum Glück war gerade noch ein Zimmer frei.

Sie warf sich zuerst von einer Seite auf die andere, fühlte sich innerlich unruhig in dem fremden, geschmacklosen Zimmer, in dem es dazu noch seltsam roch, aber dann fielen ihr die Augen zu. Der Hotelbesitzer war freundlich und brachte ihr am nächsten Morgen schelmisch lächelnd das petit déjeuner an den Frühstückstisch.

„Pour la princesse." Das knusprige Croissant mit

dem Kaffee machte sie wach und sogar gut gelaunt. Für einen kleinen Moment fühlte sie sich besser und kam auch mit ein paar anderen netten Hotelgästen ins Gespräch, die ihrer Story mit bedauernden Blicken lauschten. Anschließend beschloss sie, sich auf den Weg zu machen, um Karita zu suchen, denn sie wusste immerhin, in welcher Gegend sich das Hotel befand, und ein netter Hotelgast kam freundlicherweise mit, um ihr den Weg zu zeigen. Schließlich war es dann eine kleine Inseltour auf der französischen Seite, welche Mia einen kleinen Überblick verschaffte.

Immer mal wieder sahen sie das türkisfarbene Meer, wenn es zwischen Gebäuden und Bäumen hervorblitzte oder wenn sie auf einen der vielen Hügel fuhren. Aber Mia empfand keine Entspannung, vielmehr steigerte sich ihre Besorgnis. Inzwischen war es Mittagszeit und immer noch kein Lebenszeichen von Karita. Zwischendurch wählte sie immer wieder Karitas' Nummer. Dann vibrierte plötzlich ihr Handy in ihrer Hand. Mit einem rasenden Herzen nahm sie den Anruf entgegen.

„Ja, Kariiittta, wo bist du denn?" ", rief Mia in das

Mikrofon ihres Handys, mit einer Mischung aus Erleichterung und Sorge in ihrer Stimme.

„Ich bin in Curaçao …", kam es mit einer leisen, zittrigen Stimme zurück. „Ich war die ganze Nacht alleine auf dem Flughafen und hatte so viel Angst. Ich fliege heute Nachmittag zurück nach Saint Martin und komme um 17 Uhr an. „Kannst du mich abholen?"

„Was?" „Wie bist du nach Curaçao gekommen?!" „Ich … Ich weiß nicht … Ich bin einfach sitzengeblieben, und das Flugzeug ist weitergeflogen. Mia schüttelte ungläubig den Kopf.

„Oh mein Gott … natürlich hole ich dich ab! Bis später … 17 Uhr." Als sie Karita endlich wieder in die Arme schloss, war die Erleichterung überwältigend. Doch eine Frage blieb in ihrem Kopf zurück: Warum hatte Karita niemanden gefragt? Warum war sie einfach sitzen geblieben? Mia beschloss, in Zukunft besser auf sie aufzupassen. Das Wiedersehen war wunderbar und das Hotel unglaublich schön. Dazu kam, dass Karita bereits

233

am zweiten Tag einen Verehrer hatte. Sie strahlte vor Glück über ihren Urlaub, das Hotel und nun auch noch wegen Jéremie.

Er war ein junger, hübscher, blonder, großer Franzose mit unglaublichem Charme. Mia schaute derweil in die Röhre, denn das Frühstück im Hotel wollte sie sich mit 9 Euro leider nicht leisten, was im Nachhinein ein Fehler war, denn es gab eine reichliche Auswahl. In den Abendstunden kam jetzt immer Jéremie zu Besuch. An Schlafen war nicht mehr zu denken. Und wenn Jéremie dann endlich spät in der Nacht verschwand, machte Karita die Air Condition aus, mit der Begründung, ein Mädchen von Madagaskar braucht das nicht. Das Resultat waren unendlich viele Moskitos. Mias Beine waren im Nu voller roter Tupfen von all den Stichen, und erst als sie ein Spray namens „Off" kaufte, wurde sie von der Plage erlöst.

Als Mia und Karita den Strand betraten, war plötzlich alles vergessen, denn er war so atemberaubend schön. Weicher, heller Sand schmiegte sich an ihre geschundenen Füße und das Meerwasser war so hell, klar und kühlend. Sie hüpften ins Wasser, planschten ausgelassen wie Kinder und kicherten ohne Unterlass. Für einen Augenblick vergaß Mia all ihre Sorgen, die vielen Stiche und den Druck, endlich mit ihrer Arbeit anzufangen, um Geld zu verdienen. Sie genoss die Sonne auf ihrer Haut, das Salz auf ihren Lippen.

Aber bald drängte sich die Realität zurück – die unbeschwerte erste Woche im Hotel war vorbei, und sie hatten keine Unterkunft. An diesem Montagmorgen saßen sie mit ihrem Gepäck im Auto und wussten nicht, wohin. Sämtliche Bemühungen waren fehlgeschlagen. Eine günstige Wohnung gab es nirgendwo zu mieten. Es war bereits Hochsaison und sämtliche Zimmer und Unterkünfte waren an Leute aus der Metropole, die im Service arbeiteten bereits vermietet. Mia verzweifelte mehr und mehr, und Karita war aber zum Glück gefasst. Dafür gab es natürlich einen Grund – Jéremie.

Es wurde schon etwas dunkel und ein gewaltiger Sonnenuntergang in sämtlichen Gelb-, Orange- und Rosatönen wurde vor ihren Augen theatralisch von Mutter Natur präsentiert. Mia steuerte das Auto. Eigentlich liebte sie solche Sonnenuntergänge, aber ohne eine Unterkunft konnte sie das überhaupt nicht genießen. Sie schrie plötzlich völlig verzweifelt:

„Wir können doch nicht im Auto schlafen oder am Strand!" „Das Hotel in Marigot ist auch keine gute Lösung." „Oh … okay, ich rufe sofort Jéremie an", sagte Karita zerknirscht und etwas erschrocken über Mias plötzlichen Gefühlsausbruch. Mit Schaudern dachte sie zurück an ihre komische Nacht am Flughafen … „Vielleicht kann er uns helfen … hoffentlich", fügte sie verzweifelt hinzu.

Mia verdrehte die Augen und konnte sich ein leises „Oh je" nicht verkneifen. Karita wird mit Sicherheit bei Jéremie ein Plätzchen im Bett bekommen. Aber sie, wohin sollte sie gehen? In das Hotel in Marigot wollte sie nicht zurück. Inzwischen war es dunkel geworden und Karita begann, mit Jéremie am Telefon zu flirten. Mia fuhr inzwischen langsam auf der Straße vom Orient Beach in Richtung der Hauptstadt Marigot. Die sonst so hübschen Palmen am Straßenrand wirkten jetzt in der Dunkelheit eher bedrohlich und fremd.

„Ouiii, Merciii, à toute suite, chéri", hörte sie Karita zärtlich zu Jéremie ins Telefon flüstern.

„Wir sollen zu ihm kommen nach Grand Case und wir können dort beide übernachten." „Puhhh." Mia atmete auf. „Es tut mir so leid, Karita … „Ich habe überreagiert." „Du wirst sehen, es wird alles gut", sagte Karita. Mia fuhr weiter durch die warme Tropennacht nach Grand Case, während Karita weiter telefonierte und gelegentlich kicherte.

Die Müdigkeit drückte auf Mias Schultern. Doch als sie das kleine Apartment erreichten, spürte sie eine riesige Welle der Erleichterung. Es war bescheiden, aber sauber. Das Schlafzimmer war eigentlich ganz nett mit Blümchen-Dekor auf der Bettwäsche und den Vorhängen, und als sie am Einschlummern waren, hörten sie tausende karibische Frösche pfeifen.

Jéremie und sein Freund begrüßten sie am nächsten Morgen aufgeregt mit wunderbaren Neuigkeiten, denn Jéremie hatte ein Haus gefunden für eine WG! Das war sie – Mias Chance – und sie musste diese

einmalige Gelegenheit nutzen. Mit ihrer freund-
lichsten Honigstimme fragte sie: „Jérémie, hast du
in dem Haus ein kleines Plätzchen für mich? … Ich
bezahle auch sofort die Miete."

Jérémie schaute sie an, dann Karita, überlegte, und
Mia hörte auf zu atmen … Dann lächelte er:
„Oui, ça marche demain à onze heures, là-bas." Mia
wäre ihm am liebsten um den Hals gefallen, so
dankbar war sie und so unendlich erleichtert, aber
Jérémie war schon zu seiner Arbeit verschwunden.

„Morgen treffen wir uns dort um elf Uhr, Karita."
„Das wird wunderbar, ich freue mich so sehr." …
und nach einer kleinen Pause fügte sie noch hinzu:
„Ein Glück hast Du Jérémie kennengelernt."

Endlich eine Unterkunft, endlich ein Stück Sicherheit. Zum ersten Mal seit ihrer Ankunft auf der Insel
fühlte sie einen Hoffnungsschimmer für ihre
Zukunft auf dieser Insel. Die Luft war erfüllt von
einer leichten Meeresbrise, und das Haus, das vor
ihnen lag, wirkte wie eine Verheißung. Groß, gut
gelegen und mit einem Hauch von mediterranem
Charme. Besonders die weitläufige Terrasse mit

Meerblick ließ Mias Herz höherschlagen. Küche, Bad, zwei Schlafzimmer – eine simple, aber vielversprechende Unterkunft. Mia bekam das Esszimmer im Erdgeschoss, das nahtlos in die offene Küche überging, direkt neben dem Hauseingang. Das große Fenster ließ reichlich frische Luft herein, und der Raum war überraschend geräumig. Ein Lichtstrahl fiel durch das geöffnete Fenster und Staubpartikel tanzten in der Sonne. Mia stellte in Gedanken einen Tisch vor das Fenster für ihre Schmuckgestaltung. Es gab zwar keine Türe zu ihrem Bereich, aber sie war einfach nur froh, hier zu wohnen, und wischte sämtliche andere Gedanken einfach hinweg.

Beim morgendlichen Spaziergang zum Supermarkt durch den Ort entdeckte Mia plötzlich eine fast neuwertig aussehende Matratze am Straßenrand, vor einem Haus abgestellt. Ohne lange zu überlegen, rief sie aufgeregt Karita an.

„Karita, komm schnell! … Die Matratze hier ist perfekt … Sie ist zwar nicht neu, aber sieht aus wie neu … „Wir müssen ja auf irgendetwas schlafen!"

Aber war diese Matratze nur kurzfristig hier abgestellt worden? Niemand schien zuhause zu sein und kein Mensch zeigte irgendwelches Interesse an der Matratze. Bis Karita kam, vergingen noch einmal zwanzig Minuten, und als sie endlich da war, beschlossen sie kurzerhand, die Matratze, die schwer vermutlich als Sperrmüll vor die Tür gestellt worden war, einfach mitzunehmen. Kichernd und leicht außer Atem schleppten die beiden ihre unerwartete Errungenschaft durch die schmale Hauptgasse des kleinen Ortes, vorbei an mehreren neugierigen Blicken. In der Sonne ließen sie sie dann gründlich auslüften, und zeitgleich war das die perfekte Desinfektion.

Nun brauchten sie nur noch dringend Bettwäsche. Karita hatte eine Idee. Sie rief im Hotel Plantation an – vielleicht gibt es dort ausrangierte Laken? Und tatsächlich: Sie bekamen nicht nur mehrere Laken, sondern sogar zwei völlig nagelneue, noch verpackte Kissen und jede Menge frisch gewaschene Handtücher dazu geschenkt! Strahlend kehrten sie mit ihrer kostbaren Fracht zurück und richteten sich mit den frischen, weißen Laken ein gemütliches Nachtlager ein.

Bevor die Nacht anbrach, gönnten sie sich noch ein kurzes Bad im Meer, solange es noch dämmerte. Nur etwa fünfzig Meter trennten sie vom Wasser, und von der Terrasse aus konnten sie danach mit einer Tasse Tee den Sonnenuntergang bewundern. Alles schien sich wie von selbst zu fügen – als hätte eine unsichtbare Hand sie geführt.

„Siehst du, der liebe Gott hat alles für uns arrangiert", sagte Karita schläfrig. Dankbar und zufrieden schliefen sie wie Murmeltiere auf ihrem improvisierten Bett bis in den neuen Tag.

Während Karita sich noch einige Male mit Jéremie traf, machte Mia sich endlich auf den Weg zum Strand, um ihren Schmuck zu verkaufen. Die erste Woche über waren neue hübsche Schmuckstücke entstanden, die jetzt bereit waren zum Verkauf. Außerdem war ihre Kasse beinahe leer – es wurde höchste Zeit für Einnahmen. Der Himmel zeigte sich an diesem Tag von grauen Wolken durchzogen, und ein kräftiger Wind wehte durch die Straßen, der sich am Strand noch verstärkte. Trotzdem gelang es ihr, einige hartnäckige Strand-Touristen zu finden, die neugierig ihre Schmuckstücke betrachteten. Und dann, was für ein Glück! Eine Frau verliebte sich in ein hübsches, aufwendiges, braunbeiges Muschel-Collier und kaufte es für stolze fünfzig Dollar in der allerletzten Sekunde, denn gerade als Mia den Schein entgegen-nehmen wollte, prasselte plötzlich heftiger Regen nieder. Sie mussten alle in eine Strandhütte flüchten.

Später am Nachmittag, als sie nach Grand Case mit dem Bus zurückkehrte, steuerte sie zielstrebig das lokale „Lolo-Restaurant" an, denn sie war hungrig. So hungrig wie schon lange nicht mehr. Mehrere Einheimische standen um rauchende Grillflächen, auf denen sie Hühnchen, Rindfleisch und Fisch grillten. Einige Besucher saßen bereits da, und Mia beschloss, sich mit ihrem verdienten Geld dort eine leckere Mahlzeit zu gönnen, mit gegrilltem Hühnchen, frittierten Bananen und Krautsalat. Dazu gab es eine sauersüße Limonade mit Ingwer aus Jamaika. Eine einheimische Band spielte karibische Musik ...

Karita kam händchenhaltend mit Jéremie zufällig vorbei und bestellten sich auch eine Portion. Alles war so aufregend und neu. Der Tag neigte sich mit

einem fantastischen Sonnenuntergang dem Ende
zu. Draußen auf dem Meer schaukelten unzählige
kleine Segelschiffe, die dort vor Anker lagen und
von der untergehenden Sonne in gelbes bis orange
rotes Licht getaucht wurden. Ein Farbenspektakel
der Extraklasse, wie jeden Abend und dazu gab es
noch fast täglich wunderschöne Regenbögen.

Karita reiste mit einem schweren Herzen ab und
ließ Mia und Jéremie traurig allein zurück. Wie sehr
hätten sie sich gewünscht, dass Karita noch länger
bliebe. Doch der Abschied war leider unausweich-
lich.

Für Mia begann nun ein neuer Abschnitt, und der
zweite Tag am Strand war bereits ein voller Erfolg.
Sie hatte überaus freundliche Kundschaft gefunden,
die ihre Arbeit wertschätzte. Sie richtete Sophie vom
Coco Beach die Grüße von Claire aus und war somit
willkommen in ihrem Club.

Die warme Sonne glitzerte auf dem Sand, die sal-
zige Brise spielte mit ihren Haaren, und das
Rauschen der Wellen bildete eine beruhigende

Kulisse für ihre Arbeit. An diesem Tag begegnete sie Florence, einer eleganten Französin mit langen, dunklen Haaren und lebhaften, freundlichen Augen. Auch sie verkaufte Schmuck am Strand und wohnte nur unweit von Mia. Sie verstanden sich auf Anhieb. Florence half ihr, ihren Arbeitsbereich einzurichten, indem sie ihr zwei robuste Metallböcke verkaufte und ihr eine dünne, abgenutzte Holzplatte schenkte. So entstand ein stabiler Arbeitstisch in Mias Zimmer, ein Ort, an dem ihre Kreativität frei fließen konnte.

Am Abend zeigte Florence ihr, wie man frischen Fisch im Backofen zubereitet, zusammen mit duftendem Gemüse und goldgelben Kartoffeln. Der Geruch erfüllte den Raum und löste in Mia ein Gefühl von Heimat aus, das sie schon lange nicht mehr verspürt hatte. Es war ihr erstes richtiges Sonntagsessen auf der Insel, ein Moment des Ankommens.

Nach und nach füllte sich das Haus mit weiteren Mitbewohnern. Da war ein junger Buchhalter mit langem, wallendem Haar, dessen Aussehen an Jesus erinnerte, und ein mädchenhaftes Wesen mit kurzem Haar, das mit graziler Eleganz im Theater von Philippsburg Ballett tanzte. Jérémie war meist unterwegs, entweder mit der Arbeit oder beim Fußballspielen. So hatte Mia das Haus oft völlig für sich allein, was ihr erlaubte, sich in ihre neue Routine einzufinden.

Erst nachmittags machte sie sich auf den Weg zum Strand, um ihre Kreationen zu verkaufen, und das erste verdiente Geld schickte sie voller Stolz an ihren Sohn über Western Union. Es kostete viel zu viel, doch die Gewissheit, dass er es sofort erhielt, war sehr beruhigend. Dass es ihrem Sohn gut ging, gab ihr die Kraft, die unerschütterliche Energie, die sie dringend benötigte. Ihr Ziel war es, mindestens dreitausend Euro im Monat zu verdienen, und sie war entschlossen, dieses Ziel zu erreichen. Vielmehr musste sie dieses Ziel erreichen für beide Wohnsitze und für die Leasingrate ihres kleinen Autos. Ihr blieb überhaupt nichts anderes übrig.

Als praktische, ökonomische Maßnahme beschloss sie, ein Konto bei der französischen Post zu eröffnen. Jérémie war so lieb, sie dorthin zu begleiten. Der Postangestellte dachte wohl, sie seien ein

Paar, denn völlig verdutzt stellte Mia dann fest, dass sein Name auch auf all ihren Schecks stand. Aber das war egal, denn jetzt konnte sie einen Scheck einfach an ihre deutsche Bank schicken und die Überweisung erfolgte ohne Probleme.

Das erste Mal in ihrem Leben wohnte sie in einer WG. Es war immer ihr Wunsch gewesen, solch eine Erfahrung zu machen, und nun wohnte sie hier mit jungen Leuten im Alter von siebenundzwanzig bis dreißig Jahren zusammen. Sie war zweiundvierzig, aber ihr kam es so vor, als ob sie auch siebenundzwanzig wäre. Sie fühlte sich genau wie all die anderen und genoss es total, wenn ein junger Franzose mit ihr flirtete. Niemand kam auf die Idee, sie sei über vierzig. Die tägliche Bewegung in der Sonne machte sie so schlank wie lange nicht mehr. Sie war durchtrainiert und hatte sich total verjüngt.

Nicht immer lief alles reibungslos. Wenn der Bus nicht fuhr, musste sie trampen, was ihr nicht sonderlich gefiel. Vier Kilometer zu Fuß schienen nach einem langen Tag am Strand mit schweren Beinen und knurrendem Magen kaum machbar. Doch eines Tages traf sie beim Trampen Sebastian.

Ihr Herz war gerade erst von einer kurzen Liaison mit einem charmanten Restaurantmanager aus einem Luxushotel in Grand Case gezeichnet, als Sebastian in seinem kleinen blauen Auto auftauchte. Mit seinen braunen Locken und seinem offenen Lachen wirkte er auf Anhieb sympathisch. Er war Grafikdesigner wie sie, und sofort entstand eine besondere Verbindung. Sie verbrachten unzählige Abende zusammen, schauten den Sonnenuntergang an, lachten, redeten – Mia fühlte sich wieder verliebt. Doch nach Wochen des Glücks kam die Ernüchterung: Er offenbarte ihr, dass er in Paris bereits verlobt war.

Gegen den Liebeskummer half nur eins – viel Arbeit. Und so verkaufte sie fast täglich ihre Kreationen am langen Orient Beach und meistens erfolgreich. Abends saß sie bis Mitternacht an ihrem provisorischen Arbeitstisch und produzierte Ohrringe, Ketten, Ringe und Armbänder. Ab und zu machte sie auch Fotos davon oder von sich selber mit dem Schmuck. Das Klicken des Auslösers und die Lampe störten den Schlaf von Jéremie, der auf dem Sofa in der oberen Etage schlief.

„Mach jetzt Schluss, Mia, es ist Zeit zu schlafen",
sagte er müde, aber freundlich. Es dauerte noch eine
Weile, bis sich Mia von ihrer Arbeit lösen konnte.
„Mia!" ertönte es jetzt ärgerlich von oben.

„Ouiii", antwortete sie gedehnt, und dann folgte
das allabendliche Ritual, als wären sie die Waltons:

„Gute Nacht, Jim Bob." „Gute Nacht, Mia." … Und
die Lichter erloschen.

Trotz kleinerer Widrigkeiten war sie zufrieden. Mia
hatte alles, was sie brauchte, wenn auch das Badezimmer oft schlimm aussah, besonders wenn Jérémie drinnen war und den Boden unter Wasser setzte. Anschließend ging er mit seinen dreckigen
Sportschuhen darüber und kreierte ein völlig neues
Muster auf dem weißen Fliesenboden. Und erst
letztens sah sie tausende kleine Hörnchennudeln im
Spülbecken. Natürlich gab es eine totale Verstop-
fung … und wer war das? Natürlich, Jéremie Am
nächsten Tag kam Mia sehr hungrig vom Strand
und wollte ihr Essen aus dem Kühlschrank holen.
Aber es war weg.

„Wo ist mein gutes Essen?", klagte sie in weinerlichem Ton mit knurrendem Magen.

„Das hab ich gegessen, bevor es schlecht wird", gab Jéremie schulterzuckend zu. Zuerst kochte Mia vor Wut, doch wie immer hielt ihre Verärgerung nicht lange an. Kurz darauf sangen und tanzten sie lachend durch das Haus, schmetterten „I am singing in the rain" und vergaßen alle kleinen Streitigkeiten und schlossen den Tag mit ihrem Walton-Ritual. Mia war glücklich, einen guten Freund gefunden zu haben.

Am Dienstagmorgen half Jéremie Mia, ihre Marktsachen in seinem klapprigen Auto zur Hauptstraße nahe der Kirche zu bringen. Sie hatte einen erstklassigen Platz neben dem exklusiven Restaurant L'Auberge Gourmant ergattert, wo der nette Manager ihr zwischendurch einen Cappuccino spendierte. Gegen Nachmittag baute sie ihren Stand auf: einen wackeligen Tisch, einen Klappstuhl, eine Büste als Deko und eine alte, verstellbare Schreibtischampe, die sie am Tisch befestigen konnte. Mit Hingabe drapierte sie liebevoll ihre neuesten Kreationen – handgefertigter Schmuck, der im Licht der jetzt untergehenden Sonne einladend funkelte.

Der Mardi de Grand Case, ein buntes Spektakel von März bis Anfang April, lockte Scharen von Touristen, und die bunte Parade am Abend war das absolute Highlight. Mia hatte den Strand heute gemieden. Der Markt zog sich oft bis elf Uhr hin, und sie wollte frisch bleiben. Als die ersten Besucher eintrafen, war sie noch mit dem Stand beschäftigt. Ihre Freundin Mair, die schräg gegenüber kleinformatige Drucke ihrer Gemälde verkaufte, winkte ihr wie üblich von weitem zu.

Mair war eine liebenswerte, jung gebliebene, britische Künstlerin, die Mia eines Abends von Balkon zu Balkon zugewunken hatte – so hatte ihre Freundschaft begonnen. Der Duft von gebrannten Mandeln und Waffeln zog von links herüber, während die Sonne ins Meer stürzte und die Karibik in ein goldenes Dämmerlicht tauchte. In knapp dreißig Minuten würde es stockdunkel sein. Grand Case war berühmt für seine Sonnen-untergänge, und viele – Einheimische wie Touristen – ließen sich das überwältigende Schauspiel nicht entgehen. Die Lolos, günstige Barbecue-Stände, waren bereits brechend voll, die kostspieligen Restaurants füllten sich gemächlich. Mia knabberte ein paar Apfelschnitze aus ihrer Tasche und dachte sehnsüchtig an Coleslaw oder Kartoffelsalat. Dann ging es los: Eine Kundin nach der anderen strömte zu ihrem Stand. Sie lächelte, plauderte, verkaufte – doch ein kleiner Stich der Unruhe nagte an ihr. Wo war Jéremie? Er hatte versprochen, später zu helfen, aber sein Telefon blieb stumm.

Mitten in ein weiteres Verkaufsgespräch platzte dann die schwungvolle Parade mit lautem Getrommel. Etwa zwanzig Einheimische schlugen kräftig auf ihre Trommeln ein, im karibischen Samba-Rhythmus. Dahinter tanzten junge Mädchen und Frauen in berauschenden Kostümen, wie man sie vom Karneval in Rio kennt. Kräftige Farben, nur leicht bedeckte, wunderschöne Körper mit wenig Stoff, jedoch mit großen Flügeln auf dem Rücken, die, bestückt mit schillernden Pailletten und Federn, einem Schmetterling glichen. Als der Markt sich lichtete, packte Mia ihre Sachen zusammen und deponierte sie etwas verärgert wegen Jéremie im Restaurant. Sie schlenderte zu Mair hinüber, die schwitzend ihre letzten Kunstwerke verstaute.

„Na, wie lief's bei dir heute?" „fragte Mia." Mair grinste etwas erschöpft und wischte sich mit dem Ellenbogen über die Stirn.

„Es war prima heute" … „Und bei dir?" „Auch ziemlich gut", sagte Mia, doch ihre Augen suchten die Straße ab. Immer noch kein Jéremie. „Hast Du Hunger?", fragte Mia. Mair lachte.

„Ich verhungere!" Sie landeten in einem der Lolos, vor sich Teller mit knusprigem Hähnchenschenkel, frittiertem Plantain und leckerem Coleslaw. Die Stimmung war zwar ruhiger, aber an manchen Stellen noch ziemlich ausgelassen. Live-Musik dröhnte von etwas weiter gegenüber, und einige tanzten auf der Straße.

„Komm, wir gehen tanzen!" Mair zog Mia mit. Mia lachte, ließ sich von einem Busfahrer über die Straße wirbeln, während Mair mit einem anderen Einheimischen tanzte. Die Nacht vibrierte, und für einen Moment vergaß Mia ihre Sorge. Kurz vor

Mitternacht wurde es dann definitiv ruhiger. Mia hielt inne, ihr Blick wanderte über die restlichen Besucher – und da war er. Jéremie, lässig an eine Palme gelehnt, als wäre nichts gewesen. Ihre Erleichterung mischte sich mit einem Anflug von Ärger.

„Wo warst du?", rief sie, halb lachend, halb vorwurfsvoll. Er zuckte nur die Schultern, ein schiefes Grinsen im Gesicht. Typisch Jéremie, dachte Mia und rollte mit den Augen.

Am nächsten Morgen klebte sie sämtliches Bargeld unter die Treppe, die in die erste Etage führte. Aber dann hatte sie enorme Bedenken, dass durch die Erschütterung der Treppe und das Nachlassen des Klebebands die Scheine herunterfallen könnten, womöglich, wenn sie nicht zuhause war. Sie wollte lieber auf Nummer sicher gehen und legte letztendlich ihre Einnahmen vorsorglich in einen kleinen Karton für kleine Papiertüten, die sie für den Verkauf brauchte. Einige Tüten lagen einfach darüber. Niemand würde annehmen, dass in einem einfachen Pappkarton mehrere hundert Dollar lagen. So einfach kreiert man einen sicheren Safe :-)

Natürlich quälte sich Mia ab und zu auch mit negativen Gedanken: Wird alles gut gehen? Was passiert, wenn ich nicht genügend einnehme? Besonders nach einem Tag mit nur wenigen Einnahmen. Aber es klappte immer irgendwie und sie vertraute dankbar mehr und mehr in die göttliche Führung und in ihre eigenen Fähigkeiten.

Mia traf die unterschiedlichsten Menschen am Strand, der durchaus anstrengend war, jedoch auch voller Leben. Manche Touristen waren herzlich und offen, andere zurückhaltend und distanziert. Doch etwas verband sie alle: In der karibischen Sonne blühten sie auf, ihre Gesichter strahlten, als wären sie selbst Teil dieser tropischen Landschaft. Das türkisfarbene Meer, der Duft exotischer Köstlichkeiten und die entspannte, sonnendurchflutete Atmosphäre – die magische Leichtigkeit dieser Insel verzauberte jeden. Einige Frauen waren sehr einfühlsam, nett und warmherzig, andere eher kühl und distanziert. Aber eins war bei allen dasselbe: Sie begannen sich zu einer hübschen Blüte zu entfalten, gleich einem hübschen Schmetterling, der aus seinem Kokon herausschlüpft. An manchen Tagen schenkte der Strand Mia Begegnungen, die wie

Wellen kamen und gingen – flüchtig, doch voller Geheimnisse. Urlauber, die sie aus Saint-Tropez kannte, tauchten unverhofft auf. Eines Tages, als die Sonne golden über dem Meer glitzerte, sah sie ihn: den charmanten Engländer, dessen Lächeln sie schon am Pampelonnestrand gefangen hatte. Mit lässiger Eleganz kam er auf sie zu, blond, atemberaubend attraktiv, mit Augen, die Geschichten von fernen Horizonten erzählten.

„Ein Glas Weißwein?", fragte er, seine Stimme warm wie der Sommerwind, und Mia spürte, wie ihr Herz einen Satz machte. In Frankreich hatten sie Stunden miteinander gelacht, über Kunst, das Leben und die Freiheit gesprochen, während der kühle Rosé ihre Gläser füllte. Er war gebildet, mit Manieren, die von altem Geld zeugten, und seine Teilnahme an der Heineken Regatta verriet einen Hauch von Abenteuer – und Reichtum. Doch seine blonde Begleiterin, die wie ein Schatten an seiner Seite klebte, hatte Mia mit Blicken durchbohrt, giftig wie eine Viper, die ihr Revier verteidigt. Mia war nicht der Typ, der anderen Frauen den Mann ausspannte, trotzdem brannten solche Momente, voller Prickeln und unausgesprochener Möglichkeiten, sich in Mias Seele. Würden ihre Wege sich je wieder kreuzen? Auch Monsieur Gérard Le Roux traf sie einmal im Waikiki Beach Club. Er hatte eine Kunstgalerie direkt gegenüber der Mairie in Saint-Tropez und verkaufte damals große, bunte Skulpturen. Noch aufregender aber war es, wenn sie Crewmitglieder von Yachten kennenlernte. Oft bekam sie die einmalige Gelegenheit, ihre Schmuckkollektion an Bord zu präsentieren. Aber diesmal war es anders. Diesmal war es ein Geschenk, nur für sie.

Das nette Wiedersehen mit Kapitän Joe und seiner Frau Jennifer am Orient Beach führte zu einer spontanen Einladung auf eine exklusive Yacht – nicht zum Arbeiten, nein, sondern zum Genießen.

„Komm morgen um neun Uhr zum Port de Plaisance", sagte Jennifer lächelnd. „Die Yacht heißt ‚I don't recall' und liegt etwas weiter hinten ..."
„Wir machen eine Inselrundfahrt." Mias bekam spontan Gänsehaut, vor lauter Aufregung. Ein Tag auf einer luxuriösen Yacht – das hatte sie sich schon lange gewünscht! Mia liebte diese großen Yachten sehr und sie konnte ihr Glück kaum fassen.

„Jaaa, ich komme sehr, sehr gerne mit", sagte sie überglücklich und umarmte Jennifer überschwänglich. Sie hüpfte vor Freude und konnte den nächsten Tag kaum erwarten. Nach den letzten anstrengenden Wochen war dies wie eine Belohnung für all ihre Arbeit. Die Nacht verbrachte sie unruhig vor lauter Vorfreude. Sie träumte von einem üppig gedeckten Tisch mit Leckereien, und als der Morgen kam, zog sie eine leichte, weiße Baumwolltunika mit Spitzenbesatz und etwas Schmuck an. In ihrer französischen Korbtasche lagen ihre Badesachen – sie war bereit für das Luxus-Abenteuer.

Sie ging vorbei an der imposanten Limitless, einer Yacht mit sechsundneunzig Meter Länge und betrachtete aufmerksam weitere kleinere Traumjachten mit romantischen Namen wie My Dream, Blue Sky, Amadea … Schon alleine hier vorbeizugehen, war einfach wunderbar. Dann sah sie die Yacht „I don't recall" – was so viel wie „Ich erinnere mich nicht" bedeutet, ein Spruch, den einst Nixon benutzt hatte und der dem Besitzer der Yacht offensichtlich sehr gut gefiel. Ihr Adrenalinspiegel schnellte nach oben, als sie bedächtig und langsam über die Reling zur Yacht hochging.

Oben sah sie Jeniffer, die ihr munter zuwinkte. „Guten Morgen, Mia, welcome on board", begrüßte sie Mia strahlend. Mia sog den Moment ein, schloss für einen Augenblick die Augen und spürte das Kribbeln purer Freude.

„Heute bist du einen Tag lang Prinzessin." Prinz… ess…in, wiederholte Mia andächtig in Gedanken und atmete lächelnd ganz tief durch. Es schien ein Tag ganz nach ihrem Geschmack zu werden … Mia wurde nach und nach der ganzen Crew vorgestellt: dem Kapitän Joe, den sie ja bereits kannte, und zum Schluss Richard, dem Sohn des Besitzers.

„What would you like to drink, Mia?", fragte Jennifer. „Was gibt es denn?", fragte Mia lächelnd. „Alles, wir haben alles", antwortete Jennifer, als ob es das Normalste der Welt wäre.

„Äh … okay, dann nehme ich einmal alles …", scherzte Mia und lachte. Sie entschied sich, um diesen besonderen Tag zu feiern, für ein Glas exklusiven Weißwein mit vielen Eiswürfeln. Sie prostete Jennifer und ihrem Mann Joe begeistert zu.

„Thank you very much für eure Einladung … Das ist ein Traum, der wahr wird", sagte sie selig und neigte nun ihr Glas Richard zu, um ihm ebenfalls zu danken. Sie schaute ihm direkt in seine braunen Augen und schätzte ihn auf etwa fünfzig Jahre. Er war Psychologe von Beruf und wirkte auf Mia irgendwie nachdenklich und sehr in sich gekehrt. Er schaute sie ganz kurz mit traurigen Augen an, um dann sofort wieder auf das Meer zu blicken. Sein Vater war angeblich ein Öl-Milliardär aus Texas.

Sanft startete der Kapitän die Yacht und lief in Richtung Brücke aus. Diese öffnete sich und der Autoverkehr musste anhalten. Die Yacht passierte durch die schmale Öffnung langsam nach draußen ins karibische Meer. Oben auf der Straße hatten sich viele Menschen versammelt und beobachteten das Spektakel. Mia stand da mit ihrem Glas Wein und fühlte sich nun tatsächlich wie eine Prinzessin oder ein bisschen wie ein Popstar, denn die Menschen staunten und machten sogar Fotos. Sie nahm dankbar den Moment an, mit dem schönen großen Weißweinglas in ihrer Hand, wie sie durch den Verbindungskanal der großen Klappbrücke langsam in Richtung offenes Meer geschippert wurde.

„Halleluja, ist das fantastisch.", rief sie. Der Wind spielte mit ihren Haaren, das Licht tanzte auf den Wellen, und sie sog die Atmosphäre in sich auf wie ein kostbares Elixier. Das sanfte, aber doch bestimmte Dahingleiten der fünfunddreißig Meter Yacht um die Insel herum war für Mia ein Geschenk des Himmels. Sie sah die Insel mit neuen Augen und sie musste feststellen, dass sie so noch viel schöner war.

Sie fing an zu träumen und stellte sich vor, sie sei eine Piratin auf dem Schiff, und fühlte sich irgendwie in alte Zeiten versetzt. Wer weiß, vielleicht war sie in ihrem vorherigen Leben eine Frau, die zur See gefahren war. Auf jeden Fall fühlte sie sich total wohl auf dem Schiff. Vielleicht war sie in einem früheren Leben wirklich zur See gefahren? Dieses Gefühl der Freiheit war ihr so vertraut. Natürlich wollte sie alles sehen, jeden Winkel, und Jennifer zeigte ihr willig und stolz alle Räume, die hübsche, großzügige Kapitänskabine und andere Gästekabinen, die Küche, die übrigens fast wie eine normale Restaurantküche aussah. Zum Schluss zeigte ihr Joe den riesigen, beeindruckenden Maschinenraum. Hui, da war es ziemlich laut. Anschließend steuerte er routiniert das Schiff in

Richtung Orient Beach. Mia durfte dann ausnahmsweise beim Kapitän auf der Brücke direkt neben Joe stehen in der Kommandozentrale. Sie war schwer beeindruckt und betrachtete alles bis ins Detail. Die Monitore, Knöpfe, Hebel und die wunderbare Aussicht, die man nur von dort hatte. Er begann zu erzählen von seiner Arbeit als Kapitän.

„Das Manövrieren im Hafen ist am schwierigsten", erklärte er, „und manche Gäste sind eine Herausforderung … „Einmal hatten wir Mariah Carey an Bord", erzählte er grinsend. „Ihre Extrawünsche waren … sagen wir mal, unterhaltsam …" „Um zwei Uhr morgens verlangte sie eine Massage!" Mia machte große Augen und lachte. Sie konnte sich die Szene bildlich vorstellen.

„Mia, magst du gerne zu Mittag essen mit Richard?", fragte Jennifer freundlich. Mia war etwas überrascht, nicht mit ihren Freunden zu essen, und noch mehr erstaunt über ihren Vorschlag, den sie jedoch aufregend fand. Vielleicht konnte sie Richard ein wenig kennenlernen und ihn etwas aufmuntern.

„Ja, natürlich, sehr gerne." Jetzt erst kam sie in die Privaträume der Yacht und staunte, wie geschmackvoll und kostbar die Einrichtung war. Alles in hellen Cremefarben, Silber und Schwarz. Hier war dann auch die Internetzentrale, an der sie vorbeigingen auf dem Weg zum Heck des Schiffes, wo sich die Terrasse befand.

Zum Mittagessen wurde dort ein größerer Tisch mit köstlichsten Speisen gedeckt: frische Shrimps, Hummer, bunter Salat. Richard saß ihr gegenüber, wirkte jedoch wie bereits zuvor in Gedanken versunken. Er hatte sich erst kürzlich scheiden lassen, nicht aus eigenem Willen, sondern weil seine Eltern es von ihm erwartet hatten. Ein gebrochener Mann auf einer Luxusyacht – welche Ironie des Schicksals. Mia wollte freundlich sein und „Guten Appetit" sagen auf Englisch, und wurde dann von Richard aufgeklärt.

„Das heißt bei uns in Texas ganz einfach: Let's eat." Richard stochert daraufhin etwas lustlos in seinem Essen herum … angeblich war er auf Diät. *Aber vielleicht hielt ihn seine Tristesse vom Essen ab*, dachte Mia. Es kam nur schleppend eine Unterhaltung zustande, denn Mia war beschäftigt. Sie dachte: Jetzt oder nie! Sie griff beherzt zu und aß mit Wonne. Endlich konnte sie einmal schlemmen und stopfte alles rein, was ging. Da erschien zum ersten Mal ein Lächeln auf seinem Gesicht.

„Sie können aber viel essen!", bemerkte er amüsiert. Sie grinste. Heute war kein Tag für Diäten. Sie fühlte sich pudelwohl. Und als sie ihren Blick in die Ferne schweifen ließ, erkannte sie den Strand, an dem sie sonst arbeitete, und fühlte sich seltsam entrückt. Hier war sie eine andere Mia – eine, die einfach nur das Leben genoss.

„Do you want a dessert?", fragte Richard freundlich. Sie schüttelte mit gespieltem Entsetzen den Kopf, denn ein Dessert hätte sie bei bestem Willen leider nicht mehr geschafft.

„I'm going to take a nap", sagte Richard augenzwinkernd und stand auf.

„And so do I", antwortete Mia etwas matt, die Hände auf dem Bauch liegend. Richard verschwand in seinen Privaträumen. Mia sah nach Jennifer und legte sich dann auf eines der Sonnendecks und ließ sich von der sanften Bewegung des Wassers in einen leichten Schlaf wiegen.

Nach einer Weile startete Joe die Motoren und fuhr zurück in Richtung Simson Bay. Die Yacht musste zurück zum Hafen, denn die letzte Brückenöffnung war um genau siebzehn Uhr. Jennifer schenkte Mia zum Abschied ein T-Shirt mit dem Namen der Yacht und eine passende Basecap dazu.

Erfüllt und begeistert verließ sie das Schiff mit Richard gemeinsam. Sie fuhren nach Maho für einen kleinen Spaziergang an Land. Er hatte jedoch nur eins im Sinn: eine Parfümerie, wo er das Lieblingsparfum seiner Exfrau erwarb, um ihr eine Freude zu machen. Es war wohl nicht der richtige Moment für eine neue Frau in seinem Leben. Er plante sogar bereits die Rückkehr zu seiner Exfrau.

Zurück in ihrem schlichten Zuhause kam ihr alles auf einmal so mickrig vor. Kein Koch, kein Personal, kein Weißwein, nur Wasser aus der Leitung.

Doch in ihrem Herzen glühte noch immer die Erinnerung an diesen Tag – einen Tag, der sich angefühlt hatte wie ein Traum.

Mia arbeitete tüchtig weiter und musste leider feststellen, dass es ab und zu Kontrollen der Gendarmen am Strand gab. Sie wollten Papiere sehen und einige Verkäuferinnen hatten angeblich diese Papiere. Nachdem sie diese Informationen von einer anderen Verkäuferin erfahren hatte, fühlte sie sich nicht mehr wohl am Strand. Sie fürchtete ständig eine Kontrolle. Suchte mit ihren Augen die Parkplätze nach den Autos der Gendarmen ab und hatte große Befürchtungen, beim Gespräch mit einer Kundin von einem Gendarmen überrascht zu werden. Ein schrecklich unangenehmer Gedanke. Sie hatte noch nie zuvor in ihrem Leben mit der Polizei zu tun gehabt.

Es führte kein Weg daran vorbei. Sie musste ihr kleines Geschäft legalisieren und brauchte diese Papiere. Entschlossen suchte sie das Bürgermeisteramt in der winzigen Hauptstadt Marigot auf. Die Behörden waren nicht gerade leicht zugänglich, doch sie kämpfte sich durch, von einem Mitarbeiter zum nächsten. Endlich erhielt sie einen Termin. In gebrochenem Französisch, mit einer Mischung aus Englisch, erfuhr sie jedoch, dass es überhaupt keine Bewilligung für den Strand geben würde. Und was auch interessant war: Niemand am Strand bekam Papiere.

„Sie müssen sich für einen Standort entscheiden", sagte der freundliche Beamte, zu dem sie anschließend geschickt wurde.

„Auf dem Markt könnten sie eventuell einen Standplatz bekommen, wenn sie ein Dossier einreichen, das dann bewilligt werden muss."

Mia verzog das Gesicht und wusste, das war nichts für sie. Dafür bräuchte sie ein Auto und einen Marktstand. Und bereits in Saint-Tropez war das nicht das Richtige für sie gewesen. Das frühe Aufstehen und das Geschleppe des Standes, der Waren. Dazu würde sie den ganzen Tag hinter ihrem Stand stehen und abends womöglich im Stau stehen. Enttäuscht und traurig verabschiedete sie sich von dem freundlichen Beamten, der ja nur seine Arbeit machte und den Regeln folgte. Sie liebte den Strand, an dem sie zwischendurch schwimmen gehen konnte. Sie traf interessante Leute und war relativ frei. Völlig verzweifelt ging sie zurück in ihr improvisiertes Zuhause und fühlte eine riesige Schwere auf sich, die sie zu erdrücken drohte. Sie wollte doch keiner unerlaubten Arbeit nachgehen. Illegal arbeiten? Nein. Das kam für sie nicht in Frage. Sie war deutsch und rechtschaffen erzogen.

Sie schlief nicht gut in der Nacht und wachte früh auf. Traurig machte sie sich einen Tee und wollte sich am liebsten wieder ins Bett verkriechen. Im Haus war es still. Es war Sonntagmorgen. Am vergangenen Tag war sie nicht zum Arbeiten am Strand gewesen ... Sie fühlte sich hundeelend. Da beschloss sie spontan, in die kleine Kirche zu gehen und dies mit einem Spaziergang zu verbinden. Sie war schon lange neugierig darauf, einmal einen Gottesdienst in der Karibik zu besuchen.

Schon beim Eintreten in die Kirche stellte sie fest, dass hier alles anders war als in Deutschland und in Südfrankreich. Sie sah ältere einheimische Frauen

mit eleganten, meist weißen Hüten in unterschiedlichen Größen mit Blüten und Rüschen, Federn und
Tüll, die sie an die gute alte Zeit der fünfziger Jahre
erinnerten, oder wie es noch heute im englischen
Königshaus üblich ist. Die jüngeren Frauen waren
modern, festlich gekleidet, und die Kinder wie aus
dem Ei gepellt, hübsch frisiert, oft mit süßen
Schleifchen im Haar und gekleidet, wie man sie
sonst nie sah. Die Männer erschienen ordentlich
gepflegt im Anzug.

Sie setzte sich neben eine ältere, schwarz gekleidete,
hagere Dame mit harten Gesichtszügen, die sie aber
überaus liebevoll ansah und begrüßte. Sie bemerkte
den Präsidenten der Insel auf der Kirchenbank der
gegenüberliegenden Seite mitsamt seiner Familie.
Ein bunt gemischter Chor vorne rechts probte
bereits ein paar Töne zum Einsingen. Die kleine
Kirche war jetzt bis auf den letzten Platz gefüllt. Mia
konnte froh sein, noch einen Platz in der fünften
linken Reihe gefunden zu haben. Sie wurde ruhig
und entspannte sich ein wenig. Zugleich fühlte sie
echte, authentische Herzlichkeit der Menschen um
sich herum, was ihr ein kleines Tränchen in die
Augenwinkel trieb.

Nun begann der Chor, ein ruhiges Gospellied vorzutragen. Zugleich erschien ein Ministrant durch die Eingangstüre der Kirche im Mittelgang mit einer großen goldenen Fahne in der Hand. Es folgten noch mehr nach links und rechts freundlich grüßende Ministranten und zum Schluss ein großer, schlanker Priester mit graumelierten, raspelkurzen Haaren und einem gestutzten Kinnbart. Er trug einen langen, grünen Umhang mit goldenen Borten.

Mia verfolgte das Geschehen der Zeremonie und hörte den Worten des Priesters zu, summte ein bisschen mit, und beim Gebet passierte es dann. Ihr kamen die Tränen. Sie war so unendlich traurig, da sie keine Lösung sah und nicht wusste, wie es weitergehen sollte. Sie schnäuzte sich geräuschvoll die Nase mit einem Papiertaschentuch und war froh über die Ablenkung vom Chor, der nun ein fröhliches Lied nach dem anderen vortrug. Besonders gefiel ihr das Glöckchen. Wie in Saint-Tropez, dachte sie und atmete den Duft des Weihrauchs ein. Trotz alledem verließ sie traurig die Kirche. Am Ausgang stand der Priester und verabschiedete freundlich alle seine Schäfchen. Auch ihr reichte er die Hand zum Abschied und fragte die verdutzt dreinschauende Mia:

„What is your nationality?" „I am german." Darauf erwiderte er in perfektem Deutsch: „Warten Sie auf mich, bis ich hier fertig bin."

Erstaunt folgte Mia seinem Wunsch und stellte sich etwas links vom Eingang vor einen weiß blühenden Oleanderbusch. *Der Priester ist Deutscher*, dachte sie, total überrascht, und sie war plötzlich neugierig, wie er wohl auf diese Insel gekommen war.

„So ... machen Sie Urlaub hier?" ", fragte er überaus freundlich, als er nach einigen Minuten auf sie zukam. „Sie wirkten vorhin ziemlich traurig ... Was ist denn passiert?"

Er sah ihr in die Augen, als wolle er ihre Gedanken lesen. Mia zögerte einen Moment, doch dann brach es aus ihr heraus ... In kürzester Zeit erreichte er Mia mit den exakt richtigen Fragen. Sie antwortete gern und das Problem strudelte nun regelrecht aus ihrem Mund. Wie es auf den Ämtern war und wie aussichtslos es schien, Papiere für den Strand zu

bekommen. Pfarrer Franz, so war sein Name, hörte
ihr aufmerksam zu und schaute sie mit lieben
Augen an. Mia fühlte sich schon deshalb etwas besser, aber sah überhaupt keine Lösung des Problems.

„Ich denke, ich muss alles aufgeben und nach
Deutschland zurückfliegen", sagte sie weinerlich.

„Tja, dazu sage ich nur eins: Es gibt überhaupt kein
Problem … Ich bin Missionar und war lange in
Brasilien. Ich habe viele Kirchen im Dschungel
gebaut, und was glauben Sie, wie das mit den
Papieren war? Eine einzige Katastrophe! Irgend-
wann baute ich einfach ohne Papiere. Klappt Ihr
Geschäft auch ohne Papiere, läuft es denn gut?

„Ja, es klappt wunderbar mit meinem Schmuck-
verkauf. … Ich bin sehr zuversichtlich", sagte sie
überzeugt.

„Ja, dann", antwortete er. „Nur zu! … „Das mit den
Papieren ist hier in der Karibik nicht so wichtig wie
in Deutschland", erklärte er augenzwinkernd.
„Machen Sie einfach weiter und kommen Sie mich

mal besuchen." Er zeigte auf ein kleines Haus direkt am Meer.

„Ich wohne gegenüber der Kirche … Wenn die Tür offensteht, dann wissen Sie, ich bin zuhause."

Mia sah ihn dankbar mit großen Augen ungläubig an, bis nach ein paar Sekunden ein verdutztes Lächeln ihr Gesicht überzog. Sie schluckte, wollte noch etwas sagen und schon war er verschwunden. Was war das denn?, fragte sie sich und konnte es kaum glauben. Bin ich auch wach? Ist das real oder habe ich geträumt? Aber ihr wurde es plötzlich ganz leicht im Herzen und sie war überglücklich. Wenn er, der Priester von der kleinen Kirche in Grand Case, das sagte, dann musste sie sich wirklich keine Sorgen machen.

Mia arbeitete mit neuer Energie weiter – mit Gottes Segen und einem wachsenden Vertrauen in ihre Zukunft. Ihre Ersparnisse reichten inzwischen sogar für ein weiteres teures Flugticket. Ihr Sohn sollte mit eigenen Augen sehen, wo sie lebte und arbeitete. Die Vorstellung, ihn hier zu haben, erfüllte sie mit übergroßer Vorfreude. Als der große Moment gekommen war, stand sie am Flughafen Juliana Airport. Ihr Herz schlug schneller, als sich die Türen zum Ankunftsbereich öffneten. Dann sah sie ihn – ihren Jean-Luc, blass und müde vom langen Flug.

„Willkommen auf der Paradiesinsel, mein Spätzchen!", rief sie ihm entgegen. Er lächelte erschöpft, ließ sich von ihr umarmen, seine Arme hingegen hingen noch etwas schlaff herunter. Hatte sie ihm zuviel zugemutet?

„Wie war dein Flug?", fragte Mia, während sie ihn einen Moment musterte. Jean-Luc rieb sich die Augen. „Super, Mum, ich hab dir was mitgebracht." Er kramte kurz in seinem Rucksack und hielt stolz eine kleine Tüte hoch.

„Weihnachtsgebäck von Oma." Mia lachte herzlich. „Na, dann haben wir ja direkt was zu futtern … Genial!" Sie nahm die Tüte entgegen, schnappte sich sein Gepäck und führte ihn zum Mietwagen. Kaum hatten sie den Flughafen hinter sich gelassen, steckten sie schon mitten im typischen Inselstau.

Das machte ihnen aber nichts aus – sie redeten ohne Unterlass über alles und besonders was sie in den Ferien erleben wollten.

Jean-Luc starrte aus dem Fenster, als sie an den bunten karibischen Häusern vorbeifuhren, an Palmen, Märkten und kleinen Straßenständen, an denen Kokosnüsse und Mangos verkauft wurden. Immer wieder tauchten riesige grüne Hügel vor ihnen auf. Plötzlich riss Jean-Luc die Augen auf.

„Wow!" Sie waren gerade dabei, den höchsten Hügel hinter der Hauptstadt Marigot hinunterzufahren, und vor ihnen breitete sich ein atemberaubendes Panorama aus: Grand Case lag wie ein schöner Traum an der Küste vor ihnen, dahinter das schimmernde Blau des Meeres, in der Ferne die britische Karibikinsel Anguilla. Der Ozean leuchtete in unzähligen Türkis- und Smaragdtönen, am Rande ein paar rote Tupfer der Dächer und am Himmel weiße Wölkchen im zartblauen Himmel – als hätte jemand das Paradies vor ihnen ausgebreitet.

„Unfassbar schön, oder?", fragte Mia mit einem Lächeln. Jean-Luc nickte, sprachlos.

Die ersten Tage verbrachten sie in Mias WG-Unterkunft, dann wechselten sie in das großzügige Apartment ihrer Freundin Mair aus England. Ihr Apartment war wie eine kleine Galerie, voller farbenfroher Gemälde und Skulpturen. Doch es gab einen Haken: keine Klimaanlage! Und wo es keine Air Condition gab, da waren in der Regel viele, viele Moskitos.

„Warum lieben die mich so sehr?", fragte Jean-Luc entnervt und schlug sich auf den Arm. Mia grinste. „Du bist einfach zu süß!" Zum Glück half das Mückenspray, aber Jean-Luc fühlte sich am wohlsten im kühlen Mietwagen. Anfangs klagte er über die tropische Hitze – doch Tag für Tag schien er sich besser zu fühlen und genoss die kostbare Zeit.

Mia zeigte ihm die Insel auf einer ausgedehnten Rundfahrt mit vielen Stopps an den schönsten Orten. Als kleine Überraschung übergab sie ihm und sich selbst feierlich einhundert Dollar für ein verspätetes Ostergeschenk.

„Lass uns was Schönes kaufen!", sagte sie mit einem Augenzwinkern. Jean-Luc entschied sich für eine schicke Uhr, Mia für ein luftiges Kleid. Danach gingen sie zusammen essen – fangfrischer Fisch, Kokosreis und süße Ananas.

„Ich finde es hier richtig cool!", gestand Jean-Luc irgendwann, als sie gemeinsam am Strand saßen, die Füße im warmen Sand. Mia lächelte. Ihr Herz war voller Glück. Manchmal musste sie nachmittags arbeiten, doch Jean-Luc störte das nicht. Er genoss das Sonnenbaden, schwamm im türkisblauen Wasser und sammelte Muscheln.

Gemeinsam besuchten sie auch den Priester Franz in der kleinen Kirche – ein Moment der Ruhe, des Segens. Und dann, nach zehn Tagen voller Sonne, Lachen und Abenteuer, war es Zeit für den Abschied. Im Mai flogen sie zusammen zurück nach Deutschland, wo der Frühling mit frischen grünen Blättern bereits Einzug gehalten hatte. Mia genoss das Gefühl der Heimat – doch in ihrem Herzen träumte sie schon von der nächsten Reise.

Nach zwei Wochen zu Hause ging es wieder los nach Südfrankreich. Diesmal mit dem geleasten Smart, den ihr Sohn den ganzen Winter über begeistert genutzt hatte. Nun stand er plötzlich ohne Auto da. Für Jean-Luc war die neu gewonnene Freiheit durch das Auto ein großer Schritt, auch wenn dieser kleine Flitzer nicht gerade sein Traumwagen war.

„Mum, ich brauche ein Auto!" Er wiederholte seine Forderung fast täglich. Mia seufzte ratlos und wusste nicht, wie sie diesen Wunsch erfüllen sollte.

„Fahr wieder mit dem Bus", rutschte es ihr schließlich gereizt heraus. „Wir können uns kein zweites Auto leisten … Basta!", sagte sie energisch, um dynamischer zu wirken, obwohl sie ahnte, schwach zu werden, wie jedes Mal, wenn es um ihren Sohn ging. Sie fuhr sich entnervt durch die Haare und wünschte sich insgeheim ein prall gefülltes Bankkonto. Sie hatte bereits alles durchgerechnet und sah keine Möglichkeit. Jean-Luc jedoch dachte weiter nach, rechnete heimlich und entdeckte einen Smart Roadster, der ihn sofort begeisterte. Der Leasingpreis lag zwar etwas höher, aber vielleicht war es machbar. Er war voller Hoffnung.

„Mum, bitte komm mit und schau dir das Angebot an!" „Okay, aber ich kann nichts versprechen." Sie seufzte. Wie gerne hätte sie ihm gleich zugestimmt. „Es geht nicht nur um die Raten, sondern auch um Benzin, Versicherung, Steuern, und denk auch an die teuren Inspektionen."

Doch Jean-Luc hatte sich regelrecht festgebissen. Dieses Auto war seine Chance, sein Traum, und er kämpfte dafür, als ginge es um sein Leben. Mia kam aus dem Verkäuferbüro ohne Unterschrift nicht mehr heraus. Der Vertrag war zu verlockend: kostenlose Inspektionen, eine noch günstigere Rate. Der Autoverkäufer, ein junger, sympathischer Mann mit einem gewinnenden Lächeln, hatte sie mit seinem Charme und einer fast schon freundschaftlichen Beratung fast spielerisch überzeugt. Jean-Luc stieg mit einem breiten Grinsen in seinen neuen

Sportwagen und brauste selig davon. Etwas benommen erhob sich Mia von dem bequemen Ledersessel des Autohändlers. In der Hand hielt sie ein kleines Geschenkset: zwei Gläser und eine Mini-Flasche Sekt. Sie verabschiedete sich und fuhr hinter Jean-Luc her zum Schloss Solitude. Dort standen sie nun, ihre Autos Seite an Seite, und feierten die neue Errungenschaft. Ein leichter Regen begann zu fallen, bald darauf prasselten dicke Tropfen auf sie herab. Jean-Luc lächelte trotz Regen – er war glücklich.

„Moment, Mum, ich checke das Verdeck!" Er strich sich die nassen Haarsträhnen aus dem Gesicht und prüfte mit Eifer das Verdeck. Mia schmunzelte belustigt.

„Herzlichen Glückwunsch zum Sportcabrio, Jean-Luc Sie hob das Glas und ließ es sanft gegen seines klingen. Seine Augen leuchteten selig.

„Das ist auch das nachträgliche Geschenk zu Deinem achtzehnten Geburtstag." Mia erinnerte sich, dass aus geschäftlichen Gründen keine Zeit und kein Geld für seinen Achtzehnten übrig gewesen waren.

„Aber bitte fahr vorsichtig ... Das ist mir sehr, sehr wichtig." „Mum, du weißt, ich bin vorsichtig." Mia nickte wissend und lächelte. „Danke, Mum."

„Wir sind zwar eine kleine Familie, aber eine starke ... auf uns!" Mia deutete scherzhaft an, das Glas im russischen Stil hinter sich zu werfen, dann lachten sie zusammen. „Fahren wir nach Hause ... du hast bestimmt Hunger."

Die Sonne schob sich für einen Moment durch die Wolkendecke und tauchte das wunderschöne Schloss mit der breiten, einladenden Treppe und den Park in warmes Licht. Mia wusste, dass sie sich diesen Luxus eigentlich nicht leisten konnte. Dennoch verstand sie nun all die Eltern, die aus schlechtem Gewissen heraus ihre Kinder mit Geschenken wie diesem verwöhnten. Als Alleinerziehende fühlte sie sich aber seit ihrer Selbständigkeit manchmal wie ein Vater, der in der Ferne Geld verdienen muss.

Ende Mai stürzte sie sich auf ein Neues in den Tumult aus Tonnen von Autos, massenhaften Touristen, Fischerbooten und Yachten. Und wieder war sie erfolgreich, und dank ihres schicken, klitzekleinen Smarts lieferte sie nun auch sehr gerne in Hotels die individuellen, kostspieligen Anfertigungen. Sie wohnte ohne viel Tamtam auf dem Campingplatz und fühlte sich wohl in der Natur. Nur ein Nachteil blieb: Sie war nicht mehr im Zentrum von Saint-Tropez. Früher hatte sie mitten im Geschehen gewohnt, nur eine Minute von der Kirche entfernt, und wenn die Kirchenglocken am Sonntag läuteten, konnte sie sich noch schnell fertig machen und war zu Fuß in einer Minute noch rechtzeitig zur Messe in der Kirche.

An diesem frühen Nachmittag führte ihr Weg ins Voile. Die Tische waren alle noch belegt. Der Laden brummte. Mia sollte eine Sonderanfertigung für Maria abliefern. Sie war jedoch nirgendwo zu sehen. Es herrschte Chaos: Teller klirrten, ein Kellner fluchte leise, und der Duft von Knoblauch und Rosmarin schwebte durch die Luft. Mia stand etwas verloren an der Bar, die Schachtel mit der Kette in den Händen, als ein Mann aus der Küche trat. Er war groß, mit lockigem, braunem Haar, das ihm in die Stirn fiel, und einem Gesicht, das markant und doch weich war – ein bisschen wie der junge Sänger Adamo, dachte sie unwillkürlich.

„Bonjour, Mademoiselle", sagte er mit einem Lächeln, das schelmisch und warm zugleich war. „Du siehst aus, als hättest du etwas Kostbares dabei." Seine Stimme war ruhig, fast melodisch, trotz des Trubels um ihn herum. Mia blinzelte, überrascht von seiner Direktheit. Wusste er über sie Bescheid?

„Äh, ja." Für Maria Tomaselli. „Eine Kette." Sie hielt die Schachtel etwas hoch, plötzlich unsicher, warum ihr Herz schneller schlug. „Ist sie heute da?"

„Ange ist mein Cousin, aber ich kümmere mich darum." Er wischte sich die Hände an seiner Schürze ab und streckte ihr eine Hand entgegen. „Jean, Chefkoch." „Und du bist …?"

„Mia." Sie schüttelte seine Hand, spürte die Wärme seiner Finger. „Ich mache Schmuck." „Das hier ist eine Sonderanfertigung." Jean öffnete die Schachtel und betrachtete die Kette mit einem anerkennenden Nicken.

„Das ist Kunst, Mia. „Nicht nur Schmuck." Er sah sie an, und für einen Moment schien der Lärm des Restaurants wie ausgeblendet zu sein. „Warte hier."

Bevor sie protestieren konnte, verschwand er in der Küche, nur um einen Moment später mit einem Glas Rosé zurückzukehren. „Für die Künstlerin", sagte er und zwinkerte. „Du siehst aus, als könntest du eine Pause gebrauchen." Mia lachte, nahm das Glas, obwohl sie selten trank. „Danke, aber ich muss heute noch liefern."

„Nur fünf Minuten", sagte Jean und lehnte sich gegen die Bar. „Erzähl mir, wie kommt eine Frau wie du dazu, solche Stücke zu machen?"

Seine Frage war einfach, aber die Art, wie er sie ansah – neugierig, fast zärtlich – ließ Mia innehalten. Sie erzählte von ihren Anfängen, von der Nacht, in der sie nicht mehr aufhören konnte, als sie ihre ersten Muschelketten fertigte, während ihr Sohn schlief. Jean hörte zu, stellte Fragen, lachte an den richtigen Stellen. Er gab auch zu, dass er sie bereits am Strand vor ein paar Tagen gesehen hatte. Sie sei ihm aufgefallen. *Uiii*, dachte Mia, *was wird das hier?* Ihr Magen kribbelte, aber sie wechselte schnell das Thema. Als sie ging, mit einem neuen Auftrag und Jeans' Nummer in ihrem Telefon, fühlte sie sich leicht – als hätte sie etwas gefunden, von dem sie nicht wusste, dass sie es suchte.

Jean lud sie schon am nächsten Abend in ein angesagtes, extrem teures Restaurant ein und bemühte sich mit seinem französischen Charme um sie.

„Du hast also einfach … losgelegt?" begann er das Gespräch erneut. Jean lehnte sich vor, ein Lächeln umspielte seine Lippen. „Keine Ausbildung, kein Plan, nur du und deine Muscheln?"

„Genau", lachte Mia. „Ich musste ja." Irgendwas musste ich tun, um nicht durchzudrehen. „Ich wollte zur Abwechslung etwas erschaffen mit meinen Händen." „Nicht den ganzen Tag nur am

Computer sitzen und Katalogseiten entwerfen und zusammenbauen."

Er nickte, als würde er jedes Wort aufsaugen, und stellte Fragen, die zeigten, dass er wirklich zuhörte. Irgendwann, zwischen einem Schluck Kaffee und einem Witz über ihre chaotischen ersten Versuche, rutschte ihm etwas heraus:

„Weißt du, ich hab dich doch schon vor ein paar Tagen am Strand gesehen. Du warst so vertieft, wie du da gesessen hast. Ich konnte nicht wegschauen."

Mia blinzelte „Moment, du hast mich … beobachtet?" " Sie zog eine Augenbraue hoch, halb amüsiert, halb skeptisch.

„Beobachtet klingt nach Detektiv", lachte Jean und hob die Hände. „Sagen wir, du bist mir aufgefallen." „Wie eine Frau aus einem Film, die man nicht vergisst." Der Abend verlief harmonisch, doch seltsamerweise konnte sich Mia dem Moment nicht hingeben. Sie zog es vor, sich nach dem Essen zurückzuziehen, da sie am nächsten Morgen angeblich sehr viel Arbeit zu erledigen hatte. Tatsächlich wollte sie ein bisschen alleine sein, um über das, was passiert war, nachzudenken.

Ein par Tage später lockte er sie mit einer Idee: einer eigenen Boutique in Saint-Tropez. Er führte sie stolz erneut zum Essen aus, dieses Mal in ein einfacheres Restaurant, das Freunden von ihm gehörte. Alle Kellner und der Besitzer kannten ihn und begrüßten sie beide überschwänglich. Sie fühlte sich wohl mit ihm. Vielleicht würde sie sich doch noch in ihn verlieben.

„Mia, Ange hat eine Boutique in Saint-Tropez, die zurzeit nicht geöffnet ist", begann er das Gespräch, als sie an einem der Tische auf der Terrasse Platz genommen hatten. „Du kannst sie für wenig Geld mieten." „Sie ist in einer kleinen Nebenstraße." Mia blinzelte und schaute ihn mit leicht offenem Mund an.

„Das wäre fantastisch", hauchte sie und hüstelte leicht, denn sie hatte sich ein klein wenig am Rose verschluckt. Jean lächelte gönnerhaft und freute sich über ihre Reaktion. Der Kellner brachte den bestellten Espresso. Mia rührte etwas Zucker hinein und nahm das Tässchen in die Hand, führte es bis kurz vor den Mund, schaute Jean direkt in die Augen und fragte voller Neugier:

„Wo, in welcher kleinen Straße befindet sich denn der Laden?" „Äh, soviel ich weiß in der Rue de la Résistance", antwortete Jean etwas unsicher. „Ange weiß nicht so recht, was er mit diesem Laden anfangen soll." Seither wurden dort Kleinmöbel verkauft. „Er ist zurzeit geschlossen."

Auf Mias Gesicht sah Jean, dass sie schwer am Überlegen war. Eine Pause entstand. Die Stirn kraus, die Lippen zu einem Kuss geformt … checkte sie ihre Gedanken zu diesem Angebot. *Dieser Laden war also nicht auf den typischen Straßen, auf denen die Touristen gingen. Er war nicht in einer A-, nicht in einer B-, sondern in einer C-Lage. Ein Laden eher für die Einheimischen, am besten mit einem ganz speziellen Angebot für diese Zielgruppe.* Mia räusperte sich.

„Der Laden ist in einer sehr ruhigen Seitenstraße, in

die sich kaum ein Tourist verirrt", sprach sie leise. Sie war Jean eigentlich sehr dankbar für dieses Angebot. Immerhin hatte er sich für sie eingesetzt. Jetzt schaute er sie zu Recht sehr erwartungsvoll an, aber auch irritiert.

„Das heißt, die Lage ist schwierig, und deshalb war der Laden wohl seither erfolglos." „Vielen Dank, Jean, es ist sehr nett, dass du dir Gedanken machst über meine berufliche Zukunft." Um ihn nicht zu enttäuschen, bat sie um etwas Bedenkzeit, obwohl bereits klar war, dass dieser Laden absolut nicht in Frage kam.

Jean fasste sich kurz an die Nase und fuhr sich mit derselben Hand durch sein dichtes Haar, als ob er die Beinahe-Absage einfach wegwischen wollte.

„Komm, wir gehen ein bisschen spazieren durch die Gassen.", antwortete er ein bisschen gereizt und sehr enttäuscht. „Ich gehe noch schnell bezahlen." Mia nickte über seinen Vorschlag und erhob sich mit ihm gemeinsam. Sie wartete am Ausgang auf ihn. Er nahm etwas schüchtern ihre Hand und sie schauten sich ein paar der gut positionierten Läden an. Mia spürte die Wärme seiner Hand, die ihr dann plötzlich zu viel wurde. Sie ließ seine Hand los. Er reagierte enttäuscht, schaute sie kurz aus traurigen Augen an, um sich dann wieder zu fangen, um sich von ihr zu verabschieden.

Am nächsten Tag trafen sie sich im Vorbeigehen im Voile. Er war beschäftigt und Mia eigentlich auch. Trotzdem nahmen sie sich ein paar Minuten gemeinsame Zeit. Er küsste sie auf die Wangen und kurz auf den Mund. Sein Kuss war weich und Mia schloss die Augen für einen Moment.

„Jean, wo ist eigentlich Maria?" „Ich habe sie überhaupt nicht mehr gesehen in der letzten Zeit." „Wenn du niemandem etwas erzählst ...", Jean nahm sie diskret etwas zur Seite. „Ohlala, was ist passiert?", fragte nun Mia besorgt, mit einer Sorgenfalte zwischen den Augenbrauen.

Erst vor ein paar Tagen hatte Maria ihr voller Freude und Stolz einen guten alten Freund aus Amerika vorgestellt. Einen großen, gutaussehenden

Mann, der Maria sehr warmherzig betrachtete und nicht von ihrer Seite wich. Und den Tag zuvor ließ sich Ange von einer anderen Frau vor allen den Rücken massieren, liegend auf einem Divan …

„Die beiden befinden sich in einer Krise", erzählte nun Jean extrem leise. Ange ist bereits aus der gemeinsamen Wohnung ausgezogen und lebt jetzt im Haus seines Vaters. Dass sein Vater gestorben war, das hatte Maria ihr bereits erzählt.

Jean ließ nicht locker. Am darauf folgenden Tag versuchte er sein Glück erneut, Mia näher zu kommen. „Mia, was hälst Du davon, bei mir zu wohnen?" „Auf dem Grundstück von Ange mit Pool und Tennisplatz! Ich wohne in einem kleineren Nebenhaus." Mia machte große Augen.

„Wow, das hört sich super an." „Wir reden darüber ein anderes Mal." „Ich muss weiter." „Ja, okay, ich auch." Sein Angebot kam nicht total überraschend, denn es war so langsam klar, dass er es mit Mia ernst meinte. Sie fühlte jedoch, dass sie ihre Freiheit aufs Spiel setzen würde, wenn sie nun bei ihm einzöge. Irgendwie wollte sie nicht, wenngleich sie nicht genau sagen konnte, warum eigentlich nicht. Vielleicht ging ihr das alles einfach viel zu schnell und sie war noch nicht wirklich verliebt in ihn. Noch nicht. Auch ihr Arbeitspensum war sehr hoch und sie fragte sich, ob er das überhaupt mit ihr zusammen aushalten könnte. Sie liebte ihre Freiheit und die absolute Ruhe beim Kreieren von neuen Stücken. Eine Ablenkung von einem Mann, der sehr wahrscheinlich andere Sachen in seiner Freizeit vorhatte, war ihr unangenehm – sie fühlte sich regelrecht erstickt beim Gedanken an ein Zusammenleben mit ihm.

Sie blieb lieber, wo sie war, auf dem Campingplatz. Gegen Dates mit ihm hatte sie überhaupt nichts einzuwenden. Sie wollte ihn erst richtig kennenlernen.

Ihre Verbindung festigte sich, da er nicht locker ließ, sie immer wieder um den Finger wickelte mit seinem Charme. Nach der Saison kam er zu ihr nach Deutschland und lernte sogar ihre Eltern kennen. Im darauf folgenden Winter besuchte er sie dann sogar auf Saint Martin. Er konnte bei ihr wohnen in der WG mit Jéremie und mit ab und zu bis zu neun jungen Leuten in einer Villa in Anse Marcel. Sie wohnten alle traumhaft, mit Pool um die Ecke und wenigen Metern bis zum Strand. Jean machte sich aber Sorgen. Die vielen jungen Männer in der WG passten ihm nicht, besonders Jéremie, obwohl er mit allen super auskam. Er wusste nicht, inwieweit Mia mit Jéremie verbunden war. Sie sagte zwar, dass es nur Freundschaft zwischen ihnen gab, aber er hatte so ein seltsames Gefühl. Am liebsten wäre es ihm gewesen, wenn Mia mit einer Frau zusammenwohnen würde und vor allem näher an ihrem Arbeitplatz, am Orient Beach.

Er half ihr geduldig bei der Schmuckproduktion, denn Mia war völlig beschäftigt mit einem größeren Auftrag für eine Boutique in Washington. Sie saßen Tag für Tag etliche Stunden an einem kleinen Campingtischchen und produzierten Schmuck. Bestimmt hatte er sich seinen Urlaub ganz anders vorgestellt. Jetzt erkannte er erstmalig ihren Arbeitseinsatz und war erstaunt. Mia sorgte ja nicht nur für sich selbst, sondern auch noch für ihren Sohn. Sie brauchte die Mittel, um zwei Wohnsitze und zwei Autos jeden Monat bezahlen zu können.

Für Extraausgaben war nichts übrig. Jean war leider auch etwas klamm in dieser Zeit und leistete sich nicht einmal einen Mietwagen, um die Insel zu erkunden. Er hing an ihr wie eine Klette. Sie war ein bisschen enttäuscht. So hatte sie sich eine Beziehung nicht vorgestellt. Sie wollte von ihm ab und zu entführt werden. Ja, auch sie hatte noch lange nicht alles auf der Insel gesehen. Eigentlich sehnte sie sich nach einer starken Schulter. Wie gerne hätte sie sich auch mal für einen Moment angelehnt, aber Jean klagte öfters über Rückenschmerzen. Mia hatte immer mehr das Gefühl, sich nun auch noch um Jean kümmern zu müssen. Die Beziehung begann etwas zu kriseln. *Vielleicht wird es nächste Saison in Saint-Tropez besser,* dachte sie.

Kurz bevor Jean abreiste, besuchten sie noch gemeinsam Pfarrer Franz in Grand Case an einem Sonntag. Sie gingen zu dritt ein bisschen am Strand spazieren. Jean war ein gläubiger Christ und ihr guter Freund fand ihn sehr sympathisch. Er konnte überhaupt nicht verstehen, warum sie diesen Mann ablehnte. Mia fühlte sich elend, konnte sich aber keinen Ruck geben. Sie konnte damals ihre Gefühle nicht einmal in Worte fassen. Sie wollte das Thema am liebsten auf später verschieben. Es war ihr eventuell auch zu viel Liebe, die sie überhaupt nicht gewohnt war? Ein bisschen Zeit wollte sie haben für sich, um sich klar zu werden und um ihn ein bisschen zu vermissen. Ja, das wäre schön, gestand sie sich ein.

Sie war bis zum Umfallen mit Arbeit überhäuft. Der Wareneinkauf am Ende der Saison, die Autos und die zwei Haushalte hatten ein ziemliches Loch in ihr Budget geschnitten und ihre Kreditkarte war mit fast sechstausend Euro am Limit. Ein Glück gibt es Kreditkarten in solch einem Fall. Nichtsdestotrotz war sie sehr zuversichtlich, denn sie hatte jetzt endlich eine Möglichkeit, Zahlungen mit solchen wunderbaren Kreditkarten anzunehmen. Mit einer simplen kleinen Maschine, die sie Ritsch Ratsch nannte. Und es funktionierte prima. Was für ein genialer Tipp von einer ihrer netten Kundinnen am Strand. Der einzige Nachteil, bestand darin, das die Gelder leider erst in etwa acht Wochen auf ihrem Konto eingingen. Heutzutage klappt das zeitgleich.

Jean begleitete sie ab und zu an den langen, wunderschönen Orient Beach Strand. Mia besuchte ihre Kundschaft und er lernte einige Kollegen und Kolleginnen kennen, die auch am Strand ihre Waren verkauften. Jean plauderte mit allen lustig drauflos und auch mit einer brünetten Französin, die direkt an diesem wunderschönen Strand wohnte. Sie hieß Aline und kam aus Cannes.

Plötzlich erzählte Jean ganz eifrig von einer WG am Ende des Strands. Einer WG mit dieser Aline zusammen. Mia musste sich eingestehen, dass Jean wirklich ein unglaubliches Geschick hatte, ihrem Leben neue Perspektiven zu geben. Das klang ziemlich gut. Er organisierte alles mit Begeisterung. Doch hätte Jean gewusst, was er mit dieser Bekanntschaft auslöste, wäre er vielleicht etwas vorsichtiger gewesen …

Wie fast jeden Tag saß Mia an dem kleinen, runden Tischchen mit Blick in den Garten und bastelte neue Kreationen für ihren Verkauf in den Beach-Clubs. Sie hatte die riesige Männer-Wohngemeinschaft in der Villa erleichtert verlassen. Zum Ende hin wohnte sie dort mit einem Franzosen, der von Beruf Koch war, in einem Zimmer, und Jéremie wollte sie immerzu von ihrer Arbeit ablenken. Jean hatte die

WG mit Aline prima eingefädelt und war längst wieder abgereist nach Saint-Tropez. Er machte sich keine zu großen Sorgen wegen ihrer kleinen Krise, die er wahrgenommen hatte, obgleich er nicht wusste, was der Grund war. Er wusste aber eines sicher: Mia würde bald wieder nach Saint-Tropez kommen, und bei dem Arbeitspensum konnte sie einen anderen Mann überhaupt nicht kennenlernen.

Nun wohnte sie ganz ruhig und idyllisch direkt am großen Orient Beach. Es war phantastisch, direkt vor Ort zu sein, denn sie sparte sich viel Zeit, die sie sonst mit Trampen oder dem Bus verloren hätte. Aline verkaufte, genauso wie sie selbst, am Strand ihre Waren. Schöne große Tücher und Ponchos aus Italien, die dann die Frauen elegant um ihre Körper drapierten, um zum Lunch zu gehen. Es gab nur ein klitzekleines Problemchen, denn Aline redete fast ohne Unterlass. Dazu auf Französisch, und Mia lächelte manchmal einfach, ohne sie wirklich zu verstehen. Wenn sie Aline antwortete, dass sie überhaupt nichts verstand, änderte das nichts. Sie redete einfach weiter. Jeden Tag war Bodenputzen angesagt und das war genau das, was Mia noch nie zu ihren Leidenschaften gezählt hatte. Sie fuchtelte wild mit ihren Armen und machte es Mia deutlich, mit ihren Gesten und mit strenger Stimme. Da gab es leider kein Pardon und die Ausrede „Nix verstehen" mit einem fragenden Unschuldsgesicht funktionierte auch nicht. So fügte sie sich etwas genervt und brachte die Putzarbeit schnell hinter sich, um sich dann ihren weit wichtigeren Aufgaben zu widmen.

Mias Hände arbeiteten flink und routiniert an diesem neuen Tag an einem neuen, eleganten, türkisfarbenen Schmuckstück. Sie hörte kaum etwas, lauschte in die Stille hinein. Aline war am Strand. „Flupp", machte es. Das konnte doch nur der Nachbar sein, der gerade eine Weinflasche geöffnet hatte, oder war es Champagner? Den kleinen Knall hörte sie immer gegen 14 Uhr durch die Wand … Dann telefonierte er und spazierte dabei ständig vor ihrer Terrasse herum und lugte diskret über die Büsche. Diese hatte Mia einfach beschnitten, um den zugewachsenen Meerblick wieder frei zu machen. Es war ein Kinderspiel gewesen, dies mit einer gewöhnlichen Schere zu ändern. Leider konnte der Nachbar jetzt auch wesentlich besser in ihr Studio hineinschauen.

Zufrieden betrachtete sie ihr neues Schmuckstück, als Aline vom Strand zurückkam. Es fehlte nicht viel und es würde fertig sein. Aline warf ihre große Tasche mit den Waren in die Ecke und ging duschen. Dann telefonierte sie ziemlich lange und plauderte wie ein Buch ohne Punkt und Komma. Mia hörte gerne dem französischen Singsang zu, verstand jedoch nur einzelne Wörter.

„Mia, wir sind heute Abend eingeladen, beim Besitzer dieses Studios zum Dîner." Mia seufzte und ließ etwas Luft durch ihre Lippen strömen. „Puhhh … Je suis désolé, aber das schaffe ich nicht. Ich habe so viel zu tun."

Doch Aline akzeptierte kein Nein. Mit derselben Entschiedenheit, mit der sie das Bodenputzen durchsetzte, bestand sie darauf, dass Mia mitkam. Der Vermieter wollte gerne die neue Mitbewohnerin kennenlernen. Eine Stunde später stand Mia, die noch bis zum Schluss an ihrer Kreation weitergearbeitet hatte, in einem schlichten, süßen, pinkfarbenen Sommerkleid bereit. Aline, die jede Menge Hokus-Pokus im Badezimmer betrieb, sprach plötzlich vom Essen:

„Es gibt Froschschenkel." Mia riss die Augen auf. „Was?" „Oh mon Dieu, ausgerechnet Froschschenkel!" Sie verzog angeekelt das Gesicht, da sie wusste, dass den noch lebenden Fröschen die Beine einfach herausgerissen wurden.

„Die armen Frösche esse ich doch nicht!" Als sie losgingen, war Mia alles andere als begeistert und folgte Aline nur zögerlich.

„Mia, komm jetzt endlich, wir müssen pünktlich sein." Nach einem kurzen Spaziergang durch den Park der Residenz standen sie vor der Türe des Vermieters und Monsieur „Flupp" öffnete die Türe. Aline kannte ihn bereits gut, mochte ihn aber nicht besonders. Er wirkte etwas skurril und eine geheimnisvolle Aura umgab ihn. Er hieß Jean-Claude und war heute bei ihrem Vermieter als Koch engagiert.

Die Wohnung war beeindruckend: eine riesige offene Küche, hohe Wände, ein offenes Schlafzimmer, eine Empore und ein gigantischer Balkon mit Blick über die ganze Bucht. Es war zwar dunkel, aber Mia konnte erahnen, wie traumhaft dieser Ausblick am Tag sein würde. Aline nahm Mias Hand und zog sie wieder vom Balkon hinein ins Apartment.

„Lorenzo, das ist Mia." „Hallo Lorenzo, vielen danke für die Einladung", log Mia höflich, lächelte und musterte neugierig den großen Mann mit dem schicken weiß-türkisfarbenen Leinenhemd, der seltsamerweise etwas scheu vor ihr stand und ziemlich gut aussehend war. Er hatte graumeliertes, welliges Haar, braune, warme Augen und sprach mit einer sehr angenehmen Stimme.

„Vielen Dank, dass Sie gekommen sind." Er lächelte dezent und sprach weiter: „Ich wollte nur wissen, wer in meinem Studio wohnt." Seine Stimme klang weich, melodisch – einmalig schön. Dann bat er alle zu Tisch.

„À table" – das Essen war fertig. Unser Nachbar brachte bereits die ersten Teller mit einer Vorspeise. Es gab eine kleinere Portion Foie gras. Das ist die berühmte, französische Gänseleberpastete, auf die

die Franzosen nach wie vor verrückt sind, obwohl die armen gestopften Gänse doch so leiden müssen. Mia verzog erneut das Gesicht. Es waren ungefähr acht Personen, die draußen auf dem großzügigen Balkon an einer langen Tafel Platz genommen hatten. Eine bunte französische Gesellschaft, und Mia fühlte sich plötzlich wohler als gedacht. Sie tranken den Rosé aus dem Var eisgekühlt mit Eiswürfeln. Alle prosteten sich jetzt freudig gegenseitig zu. „Santé" … „Gin-Gin" … „Giers" Die Gläser klirrten, die Stimmung wuchs.

„Bon appétit, Mia", sagte Lorenzo leise, der sich neben sie gesetzt hatte und ihren Blick etwas länger als nötig hielt. Eine leichte Hitze stieg in ihr auf. War das der Wein oder Lorenzo? Sie erwiderte seinen Blick und dachte: So ein sympathischer Mann und was für eine überraschend wunderbare Einladung. Sie betrachtete ihn weiterhin interessiert, darauf bedacht, dass er es nicht bemerkte und betrachte seine maskulinen Gesichtszüge. Er erinnerte sie mit etwas Fantasie, entfernt an Schauspieler wie Carry Grant oder George Clooney. Sein Benehmen, seine Gestik und wie er sich bewegte, zeugte von Klasse, Stil und Weltgewandtheit. Sie ließ ihren Blick weiter schweifen zu den anderen Gästen und musste feststellen, niemand dort konnte diesem Mann das Wasser reichen.

„Und, wie schmecken die Froschschenkel?", riss er sie aus ihren Gedanken. „Ja, prima, danke", log sie erneut, machte jedoch ein leicht gequältes Gesicht. Jedes zarte Hähnchenfleisch hätte die Froschschenkel locker ersetzen können.

„Es schmeckt ein bisschen wie Hühnchen", fügte sie diplomatisch hinzu und lächelte ihn an. Anscheinend hatte Aline bereits erzählz, wie besürzt sie auf das Menü reagiert hatte.

„Übrigens, ich finde es klasse, dass Sie einfach die Hecke gekürzt haben." Mia atmete tief ein. „Ja, dadurch ist der Blick jetzt traumhaft." „Man kann sogar den Mondschein sehen, der sich auf dem Meer spiegelt."

Lorenzo nickte zustimmend. Er betrachtete sie kurz aus dem Augenwinkel und schwenkte daraufhin die Unterhaltung zu seinem Lieblingsthema: dem

Reisen. Irgendwie wirkte er auf Mia sehr vertraut und faszinierend zugleich. In ihrem Elternhaus ging es auch immer um das Verreisen, wenn auch nicht alle Reiseträume in die Tat umgesetzt werden konnten. Er begann mit seinem aufregenden Berufsleben, das auch aus mehreren Reisen und unterschiedlichen Wohnorten in der ganzen Welt bestand.

Mia war beeindruckt. Er lebte zeitweise in Indonesien und in Schweden, in Frankreich und in Italien. Nachdem er in Pension ging, hielt ihn nichts mehr auf. Er war ständig unterwegs und entdeckte die ganze Welt auf seine Art. Nach etwa einer halben Stunde waren sie so sehr in ihr Gespräch vertieft, dass die restlichen Gäste anfingen, ihr Gespräch zu sabotieren. Jean-Claude klopfte mit seinem Kaffeelöffel auf das Weinglas und machte sich bemerkbar.

„Lorenzo, hast du auch noch ein bisschen Zeit für deine anderen Gäste?" Alle lachten. Es ging unter anderem um eine Karibik-Rundreise. Lorenzo hatte all die schönen Inseln bereits gesehen und erzählte jetzt mit seiner wunderbaren Stimme ruhig und anschaulich von seinen schönsten Erlebnissen. Der Abend war unwahrscheinlich nett gewesen und Mia war total hingerissen von Lorenzo. Zurück im Studio fühlte sie sich energiegeladen und bei bester Laune. Dann sagte sie plötzlich:

„Was für ein Mann!" Alines Lächeln erstarb abrupt, sie schaute Mia total entsetzt an und reagierte dann plötzlich ärgerlich auf ihren Gefühlsausbruch.

„Denk an Deinen Freund Jean!" Aber Jean war in Saint-Tropez, also weit weg, und verblasste neben Lorenzo total. Mia konnte doch für einen anderen Mann schwärmen. Was war denn daran falsch? Aline spürte jedoch, dass Mia auf dem Weg war, sich in Lorenzo zu verlieben. Sie hatte Jean kennengelernt und fand ihn sehr nett. „Jean ist ein viel besserer Mann als Lorenzo", erklärte sie leicht ärgerlich.

„Aber, warum denn?" Aline druckste herum und Mia kam es mehr und mehr so vor, als ob Aline sich ebenfalls für Lorenzo interessierte. Auf einmal war sie in einem Konflikt gelandet. Was wollte Aline von ihm? Sie beschloss ab dem Moment, nicht mehr allzu offen gegenüber Aline zu sein. Ihr Kommentar und vor allem die damit verbundene große Intensität, Mia energisch zurechtzuweisen, irritierten sie und machten diesen Lorenzo noch interessanter, als er eh schon war.

Am folgenden Tag nach ihrer Arbeit machte sich Mia fertig, denn Lorenzo hatte ihr eine SMS gesendet. Er wollte um achtzehn Uhr vorbeikommen und sie auf einen Spaziergang abholen. Sie war sich nicht sicher, ob er wirklich kommen würde, und traute sich natürlich nicht, Aline davon zu erzählen, nachdem sie womöglich zu Konkurrentinnen geworden waren.

Mia war innerlich ziemlich nervös und fühlte sich nicht besonders gut. Plötzlich klopfte es um Punkt achtzehn Uhr an der Türe. Aline öffnete und freute sich, Lorenzo zu sehen. Sie dachte, er kommt spontan vorbei, um sie zu besuchen, und redete wie ein Wasserfall. Es dauerte fast eine halbe Stunde und Mia tat, als ob sein Besuch sie nicht viel anginge, blickte jedoch immer wieder zu Lorenzo. Er zog sie an wie ein Magnet und ihre Vorfreude wuchs. Ebenso aber hatte sie ein mulmiges Gefühl in der Bauchgegend. Das müssen die berühmten Schmetterlinge sein, dachte sie. Schließlich verließen sie gemeinsam das Studio. Aline blieb der Mund offen stehen vor lauter Erstaunen und anschließendem Entsetzen. Sie blieb grübelnd alleine zurück und fragte sich, warum? Er hatte sie besucht und ging dann mit Mia weg?

Er spazierte mit ihr am Pool vorbei zum Strand hinunter. Es war Vollmond an diesem Abend. Der mäßige Wind strich raschelnd durch die großen Blätter einer Palme. Das Meer war relativ ruhig und rauschte Welle für Welle in weichen Bögen dem Strand entgegen. Der volle Mond leuchtete intensiv und spiegelte sich wunderschön auf dem Meer. Es war eine unglaublich romantische, fast kitschige Kulisse, und Lorenzo, ganz Gentleman, charmant und einfühlsam, begann mit einem leichten Smalltalk, fragte sie, wie ihr die Residenz gefiel.

„Es ist schön hier und sehr praktisch für mich." „Ich denke ich habe Glück gehabt, hier zu landen, obwohl ich bei Aline täglich den Boden putzen muss." Sie lächelte und blickte zum Mond hoch.

„Sie sehen heute Abend sehr hübsch aus." Er sprach leise und fuhr fort, von seinen Träumen und seinen nächsten Plänen zu erzählen. In diesem Augenblick wurde er für sie von Minute zu Minute immer attraktiver, aber auch gefährlicher. Sie hatten bereits eine gemeinsame Leidenschaft, eine Verbindung. Dann fragte er sie, wie und warum sie auf dieser Insel gelandet war. Er schien sich wirklich für sie zu interessieren. Mia erzählte in kurzen Worten ihre kleine Erfolgsgeschichte.

Lorenzo war jetzt auch ganz hingerissen von ihr und Mia erging es mit ihm nicht anders. Bereits am Morgen nach dem Dinner hatte sie es beim Aufwachen gespürt, dass mit ihr etwas passiert war, wollte es aber nicht so richtig glauben und auch nicht zulassen. War es so etwas wie Liebe auf den ersten Blick? Lorenzo sah sie an. Schaute ihr direkt in die Augen und dann, plötzlich, unter einer leuchtenden Sternschnuppe, küsste er sie völlig unerwartet. Ihr Atem stockte, ihr wurde schwindelig, ihr Herz blieb einen Moment stehen. Dann klopfte es doppelt so schnell weiter.

„Du siehst genauso aus wie meine Ex-Frau",

murmelte er verblüfft. Ein Stich durchfuhr Mia. Meinte er wirklich sie oder erinnerte sie ihn nur an jemand anderen? Sie schaute ihn an mit weit aufgerissenen Augen. Er war jetzt auch aufgewühlt und fassungslos, denn sie war genau derselbe Typ Frau. Ihr Aussehen und auch ihre ganze Art und Weise wie sie sich verhielt.

Sie gingen zurück und er wollte vom Weg ab den direkten Weg nehmen, mitten durch das Gras. Sie rebellierte lachend.

„Ich habe Angst vor den giftigen Tausendfüßlern …" Ich sehe doch gar nichts … „Es ist so dunkel hier." Da schnappte er sie kurzerhand und trug sie einfach über die Wiese. Mia lachte, war begeistert von seiner Dynamik und Stärke. Zugleich fragte sie sich, ob er beim Küssen an sie oder an seine Ex-Frau gedacht hatte. Er schien auch immer noch etwas verwirrt zu sein und hatte die Bodenhaftung verlassen, denn er stolperte fast auf der Treppe zu ihrem Zuhause. Mia war froh, dass es ihm vermutlich genauso ging wie ihr selbst. Sie war total aufgewühlt und hatte Gefühle in sich, die sie so nicht kannte … Sie verabschiedeten sich schnell und

Mia schloss die Türe ganz leise, senkte die Augenlider für einen Moment und schlich dann extrem leise ins Badezimmer mit immer noch heftig klopfendem Herzen.

Ihr kurzes Rendezvous war so total aufregend gewesen, dass sie an diesem Abend überhaupt nicht zur Ruhe kommen konnte. Sie lag in ihrem Bett und starrte in die Dunkelheit. Aline schlief zum Glück bereits, weshalb sie sich nicht traute, das Licht anzumachen, um sich mit Lesen abzulenken. Vielleicht ging das mit Lorenzo ein bisschen zu schnell? Sollte sie ihn erst einmal besser kennenlernen? Ihre Gedanken kreisten um ihn ohne Pause. Und Jean? Was wollte sie wirklich? Würde Lorenzo sie wiedersehen wollen? Und sie selbst, wollte sie sich auf diesen Mann einlassen? Morgen würde sie es wissen. Ein neuer Tag. Sie schloss die Augen, war trotzdem hellwach und ihr Herz schlug noch lange unruhig weiter.

Nach ein paar Tagen sahen sie sich wieder, und dann plötzlich nicht mehr. Lorenzo meldete sich nicht mehr, und Mia fragte sich verzweifelt, was sie falsch gemacht hatte. Aline war energisch gegen diese Meetings mit Lorenzo. Steckte Aline dahinter? Hatte sie ihm von Jean erzählt? Mia war sich zu neunundneunzig Prozent sicher und ziemlich wütend auf sie.

„Dann mach Schluss mit Jean", forderte Aline trocken, als Mia sie zu einem Gespräch aufgefordert hatte. Mia rollte genervt mit den Augen. Sie sollte Schluss machen, ohne zu wissen, was überhaupt los war? Oder wusste Aline etwas? Hatte sie mit Lorenzo gesprochen und ihm von dieser Verbindung abgeraten wegen Jean? Mia war schwer verknallt und verhielt sich auch so. Jeden Morgen, beim Aufwachen, war ihr erster Gedanke erneut Lorenzo. Und dann schwirrte er eigentlich den ganzen Tag in ihrem Kopf herum. Sogar während sie ihre Schmuckstücke kreierte. Und jetzt schien diese Geschichte schon wieder vorbei zu sein? Das konnte doch nicht sein?!

Mia rechtfertigte sich vor Aline: „Wir sind doch nur Freunde. Mehr ist da nicht." Aline schnaubte und bestand darauf, dass sie mit Jean Schluss machte. Eine ganze Woche verging, ohne eine einzige Nachricht von Lorenzo. Mia meldete sich vorsichtshalber nicht, denn sie wusste ja nicht, warum er sich nicht mehr mit ihr verabredete. Sie grübelte, ging jede Begegnung durch, besonders das letzte Gespräch, um einen möglichen Fehler zu finden – doch sie konnte keinen entdecken. Ihr letztes Treffen war angenehm gewesen, fast vertraut. Er hatte von sich erzählt, von seinen zwei Kindern und einem späten Nachzügler.

„Ja, drei Kinder", erzählte er sichtlich stolz, „und erst viele Jahre später erfuhr ich von einem zweiten Sohn, der von einer anderen Frau noch vor meiner Ehe geboren war."

„Also vier Kinder?", schlussfolgerte Mia. „Hmmm, da gibt es noch zwei kleine Mädchen", rückte er heraus, nach einer kleinen Pause.

„Ohlala, das werden ja immer mehr", lachte Mia und wischte ihre plötzlichen Bedenken beiseite. „Hast Du noch welche irgendwo auf diesem Planeten verstreut?" Lorenzo grinste und schüttelte den Kopf. „Nicht das ich wüßte".

„Ich habe nur einen Sohn", erzählte sie weiter, und dann sprach sie von ihrer Familie, von ihrer kurzen, gescheiterten Ehe. Seine Ehe sei auch gescheitert, gestand er ihr, zerknirscht. Da war eigentlich nichts, was ihn hätte abschrecken können. Oder doch? Eher hätte Mia einen Grund gehabt, bei sechs Kindern, dazu noch zwei kleine. Wie verbunden war er mit dieser Mutter? In ihr türmten sich etliche Fragen auf, die sie jedoch vorerst für sich behielt. Warum sollte sie jetzt bereits mit Jean Schluss machen? Warum ihm wehtun, obwohl das mit Lorenzo noch überhaupt nicht richtig angefangen hatte? Aber eins war dadurch klar: Aline und Lorenzo waren Freunde und höchstwahrscheinlich kein Liebespaar, eher Vertraute. Merkwürdig war, warum Mia eifersüchtig reagierte … Nach fast zehn Tagen hielt sie es nicht mehr aus. Sie musste wissen, was los war. Mutig griff sie zum Telefon.

„Hallo Lorenzo … geht es dir gut?" Eine kleine Pause entstand, Mias Atmung setzte aus – dann erzählte er ihr mit etwas gedämpfter Stimme,

„Ich bin krank seit Tagen und fühle mich überhaupt nicht gut." „Ach, du Armer, was hast du denn?"

„Ich komme gleich vorbei, wenn du magst“, antwortete sie, bekümmert und froh zugleich.

Also war es nicht sie, die etwas falsch gemacht hatte. Ihr fiel ein Stein vom Herzen – und sofort war da der Wunsch, ihm zu helfen, ihn gesund zu machen. Sie hatte noch eine Karotte, eine Kartoffel und eine Zwiebel. Sogleich kochte sie ein einfaches Süppchen für ihren kranken Freund und zog ihr kurzes, weißes Strandkleidchen an. Gerade als sie mit dem Suppentopf zur Tür hinaus wollte, kam Aline nach Hause. *So ein Mist,* dachte Mia. *Auf frischer Tat ertappt.* Alines ernster Blick wanderte von Mia zu dem Topf und wieder zurück.

„Wo gehst du hin?“, fragte sie mit schmalen, zusammengekniffenen Augen. Musterte sie skeptisch von oben bis unten. Mias lange, frisch gekämmten, blonden Haare fielen ihr lockig und sanft über die Schultern und Mias Wimpern waren sogar getuscht.

„Lorenzo ist krank … Ich bringe ihm nur eine Suppe.“ Aline verschränkte die Arme.

„Ach ja? Und dazu gehören frisch gestyltes Haar und ein sehr kurzes Minikleid?"

Oh, diese Aline ging ihr nun gehörig auf die Nerven. Sie antwortete ihr nicht und irgendwie ertappt, stieg sie die Treppen hoch zu seiner Suite auf den Hügel. Diese Frau mischt sich etwas zu viel in mein Liebesleben ein, dachte sie ärgerlich. Sie schluckte den Frust runter und konzentrierte sich auf den Suppentopf, bedacht darauf, dass nichts unterwegs verloren ging.

Mit klopfendem Herzen stand sie vor seiner Tür. Das waren die vielen Treppen, dachte sie, aber auch die vielen Schmetterlinge im Bauch, die sich jetzt plötzlich bemerkbar machten. Als Lorenzo die Tür öffnete, sah er wirklich krank aus: zerzaust, müde, mit dunklen Ringen unter den Augen.

„Hallo, was hast Du denn?", fragte sie mitfühlend, ging entschlossen an ihm vorbei und steuerte sofort in die Küche, stellte den Suppentopf auf den Herd. „Welchen Schalter soll ich nehmen und auf welcher Stufe?"

Lorenzo liebte Suppen und er hatte sich in diese Frau verliebt. Ihre Fürsorge und Liebe in diesem Moment wärmten sein Herz bis in den letzten Winkel. Wie hübsch sie aussah, ging ihm durch den Kopf, als sie vor meiner Türe stand. Er konnte nicht anders, es zog ihn förmlich zu ihr. Er folgte ihr in die Küche und schmiegte sich von hinten sanft an ihren Rücken. umschloss ihren Oberkörper mit den Armen. Mia war jetzt einer Ohnmacht nahe, denn sie spürte eine Woge der Liebe und Leidenschaft durch ihren Körper fließen. Sie spürte die Wärme seines Körpers. Sein Atem strich über ihre Wange und plötzlich hatte sie eine Gänsehaut, die sich über ihren ganzen Körper zog. Schwindel erfasste sie und Lorenzo wurde plötzlich sehr lebendig. Seine angebliche Krankheit und Müdigkeit verschwanden im Nu. Er streichelte mit seiner Hand über ihren Rücken hinunter bis zu ihrem Gesäß. Hier musste er zu seiner Überraschung feststellen, dass sie unter ihrem kurzen Kleid überhaupt keinen Slip trug. Den hatte sie wohl absichtlich vergessen.

Sie fielen übereinander her, wie es nur frisch Verliebte tun. Mia ließ es einfach geschehen. Sie dachte nicht an irgendwelche Konsequenzen, nicht an den nächsten Tag. Nur der Moment zählte. Völlig verliebt und glücklich verließ sie seine Suite. Sie kümmerte sich, soweit es ging, um ihre Arbeit und rief, nachdem Aline sie erneut ermahnte, Jean an. Sie telefonierten etwa eine Stunde. Jean war zu ihrer Überraschung sehr verständnisvoll. Trotzdem war es Mia nicht leichtgefallen. Ihr wäre es lieber gewesen, noch damit abzuwarten … Aber Aline ließ sie jetzt endlich in Ruhe, wenngleich sie immer noch beleidigt schien. Aber das wollte Mia an diesem Tag nicht auch noch hererausfinden. Dieser entscheidende Tag war aufregend genug gewesen.

Sie ließ sich lieber von Tagträumen entführen, besonders als sie über das Meer blickte und ein Pelikanpaar über sie hinwegflogen. In den frühen Morgenstunden hatte sie lächelnd festgestellt, dass sie wieder von ihrem Lorenzo geträumt hatte: Sie waren auf Reisen gewesen und lebten in einem großen, schönen Haus mit Pool. Der Tisch darin war üppig und wunderschön gedeckt und sie hatte eine ganze Truhe voller wunderschöner, langer Kleider. Ach, mit Lorenzo ist alles möglich, dachte Mia selig und kuschelte sich noch einmal in ihr Kissen.

Zu ihrem Liebesglück erhielt sie am kommenden Tag eine E-Mail von Karen aus Washington, D. C. Im vergangenen Sommer hatte sie Karen am berühmten Pampelonne Strand als Kundin kennengelernt und die vielen Schmuckstücke, die sie für ihre neue Boutique angefertigt hatte, waren in Washington rechtzeitig angekommen. Ihre erste Einladung fand im Yaca Hotel in Saint-Topez statt. Dort erzählte sie ihr zusammen mit ihrem Mann Bob auf der Terrasse mit Blick zum Pool von ihrer Idee eine Boutique aufzumachen in Washington D. C. Nun folgte eine Einladung zur Eröffnung. Mia war begeistert – aber sollte sie wirklich so viel Geld ausgeben, nur um dabei zu sein? Natürlich hatte sie auch einen schönen Betrag eingenommen durch diesen wunderbaren Auftrag, und ein Flug wäre sogar möglich gewesen.

Sie erzählte Lorenzo beim nächsten Treffen von ihrer interessanten Einladung. Und ein wenig stolz, dass ihre Präsenz als Designerin erwünscht war. Lorenzo überlegte nur kurz und sagte dann mit seiner verführerischen Stimme:

„Okay, was hältst du davon, wenn wir gemeinsam

nach Washington fliegen und dort ein paar Tage bleiben?" „Danach fahren wir mit dem Zug für vier Tage nach New York?" Er lächelte verschmitzt, schaute sie herausfordernd an und Mia hauchte ein entzücktes „Genial". Ein Strahlen zog sich über ihr ganzes Gesicht und ihr Herz hüpfte vor Aufregung. Sie fand seine Idee umwerfend gut, sie war total hingerissen und plante nun auch eine extra Überraschung für Lorenzo in New York. Einen Besuch in der Met Gala. Die Oper Aida von Puccini schien Mia genau das Richtige für Lorenzos Geburtstag.

Die Boutique-Eröffnung war elegant und ansprechend, mit wunderschönen, exklusiven Kleidern einer australischen Designerin und Mias Schmuck. Sie trug ihr kurzes, weißes Baumwollkleidchen und eine neue Kreation um den Hals. Eine lange Kette in Türkis mit einem aus Perlen gestalteten Herz. Beim Eintreten bekam sie Gänsehaut und Karen, ebenfalls ganz in Weiß gekleidet, schaute abwechselnd neugierig auf Lorenzo und auf Mia und starrte dann auf ihre Kette.

„Welcome in my Boutique, Mia and Lorenzo … I am happy you could come … „Oh, I would like to buy your beautiful necklace. Do you like the hotel?"

Karen überhäuft Sie strahlend mit Fragen und nach einem kurzen, netten Gespräch stellte sie beiden ihren Ehemann Bob vor. Er war etwas kleiner als sie, mit fast weißen Haaren. Trotzdem sah er recht jung aus, sportlich und sehr sympathisch.

Es kamen nicht zu viele Menschen zu der außerhalb vom Stadtkern gelegenen kleinen Boutique in Washington, D. C., so dass es sehr angenehm war. Es war eher eine exklusive Privat-Boutique mit spezieller Terminvereinbarung oder persönlicher Einladung.

Ein begnadeter Gitarrist spielte lateinamerikanische Musik und ab und zu einen französischen Chanson. Mia fühlte sich immer wohl in der Nähe von Musikern, und so saß sie dort und lauschte andächtig den Klängen, während Lorenzo sich mit Karen und Bob unterhielt. Sie waren beide begeistert von ihm. Mia sprach mit einigen Kundinnen und fühlte sich geschmeichelt von den Komplimenten, die sie lächelnd entgegennahm. Es war eine gelungene Veranstaltung, und sie war jetzt froh, diese Gelegenheit genutzt zu haben, noch dazu gemeinsam mit ihrer neuen Liebe.

All das passierte in ihrem Leben, da sie ihrer inneren Stimme folgte, Gottes feiner Anweisung. Es war unglaublich prickelnd, wie sie, eine Strandverkäuferin, in solch einen exklusiven Rahmen eingeladen wurde. Mia fühlte sich sehr dankbar und auf genau dem richtigen Weg.

Sie übernachteten in einem wunderschönen, antiken, exklusiven Hotel. Das hübsche Zimmer mit allem Komfort bot einen romantischen Blick in den französisch angelegten Garten. Karen konnte es für einen besonderen Preis über den Hotelmanager organisieren, den sie gut kannte. Mia war ihr sehr dankbar und umarmte sie fest beim Verlassen der Veranstaltung. Alle schienen bestens gelaunt zu sein und eine weitere kurze Verabredung für den folgenden Tag in einem Trendlokal zur Mittagszeit war bereits ausgemacht. Dann verbrachten sie ein paar aufregende Stunden im Bett und Lorenzo rauchte seine Zigarette im weißen Bademantel draußen auf dem Balkon, bis es ihm schrecklich kalt wurde und er wieder gerne ins warme Bett hüpfte, in Mias warme Arme. Alles war wunderbar aufregend und Mia gefiel die amerikanische Hauptstadt sehr gut.

Es war die Zeit der Kirschblüte und überall gab es Bäume, die wie mit rosa Zuckerwatte umhüllt waren. Auf den Trottoirs und auf den Straßen sammelten sich tausende von rosaweißen Kirschblütenblättern, und der Wind verteilte sie wie Schneeflocken. Eins landete sogar auf Mias Nasenspitze. Lorenzo küsste sie geschwind auf dieselbe und das Blütenblatt landete auf seinem Mund. Das war im National Mall, dem großen Park zwischen dem Kapitol und dem Washington Monument. Es war etwas frisch und Mia freute sich über Lorenzos Pullover, den er lässig über seine Schultern getragen hatte.

Beim Mittagessen mit Karen und Bob war es wieder Lorenzo, der weitgehend die Unterhaltung übernahm und beide sogar zum Schluss in die Karibik einlud. Das war für Mia total bequem. Ja, sie war ihm unsagbar dankbar dafür, denn es fiel ihr schwer, am Smalltalk teilzunehmen. Sie hörte lieber zu und verlor sich lieber in Tagträumen oder in der Verarbeitung des vergangenen Tages. Es war so viel passiert und ihre Seele konnte kaum noch mithalten. Sie sehnte sich nach einer Auszeit, nach Ruhe und Rückzug. Sie lehnte sich an ihn, er legte seinen Arm beschützend um sie, und Mia seufzte wohlig. Der anschließende Abschied verlief herzlich und total harmonisch. Auf jeden Fall wollte man sich wiedersehen.

In einer wohlhabenden Wohngegend Washingtons besichtigten sie ganz spontan ein Haus, wunderschön, ruhig gelegen. Alles war so geschmackvoll eingerichtet in Erdtönen zwischen schiefergrau und dunkler Schokolade, Cremetönen und hier und da etwas frischem Weiß. Eine meditative Ruhe ging von den Farben aus und die freundliche, helle Küche hatte einen Ausgang direkt in den Garten. Sie stellten erfreut fest, dass sie einen ähnlichen Geschmack für Inneneinrichtungen hatten und für die Welt der Musik ebenso. Er war so angenehm und weltoffen. Sie fühlte sich wohl mit ihm und er fühlte, wie durch ein Wunder, dasselbe.

„Sollen wir es kaufen?", scherzte er beim Verlassen.

„Ja, es gefällt mir und diese Stadt auch." Sie fühlte plötzlich den Wunsch, immer bei ihm zu sein, egal, wo er gerade in der Welt sein würde. Lorenzo muss ihre Gefühle wahrgenommen haben, denn er sprach leise weiter.

„Mia, was hälst Du davon, mit mir gemeinsam in meiner Suite zu leben?" … Mia schaute ihn mit großen Augen an. Sie war total perplex über sein rasches Tempo. Aber das war doch genau die Frage, die sie sich insgeheim gewünscht hatte. Schon bei ihrem ersten Besuch bei ihm dachte sie, wie überwältigend es sein musste, in seiner wunderschönen Suite zu wohnen mit der atemberaubenden Aussicht.

„Oh, what a wonderful idea", hauchte sie überaus glücklich und umarmte ihn überschwänglich. Innerlich jedoch zitterte sie vor lauter Aufregung. *Wird das gut gehen? Na ja, dann muss ich nicht mehr bei Aline wohnen,* dachte sie erleichtert. Er küsste sie zärtlich. Der Kuss besiegelte ihr Vorhaben. Verliebt zogen sie von dannen, Hand in Hand. Jetzt bereits mit einem Plan für die nächste Zukunft. Lorenzo konnte sich sehr gut vorstellen, mit Mia unter einem

Dach zu leben. Schon alleine wegen der guten Suppe. Nach einer angenehmen Zugfahrt über Philadelphia nach New York übernachteten sie in einem schicken Designhotel und danach in exakt derselben alten Jugendherberge in der 68. Straße, die sie Jahre zuvor so super fand. Es gab sämtliche Sportangebote, die man gratis besuchen konnte, wenn man im Hostel zu Gast war. Sogar ein großes Schwimmbad befand sich in einer der höheren Etagen. Und das Frühstück war reichhaltig mit einem riesigen Angebot von Bratkartoffeln, Würstchen, Speck, Cinnamon Rolls, Erdbeeren, Trauben … Jeder konnte etwas finden, das ihm schmeckte. Besucht wurde dieses Hostel von Jung und Alt. Mia war wieder begeistert von dieser günstigen Unterkunft unweit des Central Parks und nicht allzu weit zur Fifth Avenue.

An seinem Geburtstag sahen sie dann die Oper Aida. Lorenzo war zu Tränen gerührt, was Mia unglaublich schön fand. *Ein Mann mit Herz und Gefühl, dachte sie andächtig.* Hatte die Liebesgeschichte der Oper ihn an seine erste große Liebe erinnert? Weinte er gar heilende Tränen? Nach der Aufführung, beim Dinner, nahm er ihre Hand.

„Meine Kinder werden erstaunt sein, wie sich mein Leben verändert hat … und verändern wird." Dazu lächelte er sie glücklich und spitzbübisch an.

Sie spürte, dass es von Herzen kam, jedoch wusste sie nicht, was er genau meinte. In ihrer träumerischen Art interpretierte sie, dass vielleicht sogar eine Hochzeit möglich wäre, aber es war zu früh und völlig verrückt, um darüber nachzudenken oder zu reden. Mia stockte. Sie wollte ihn fragen …, doch sie schwieg. Sie verhielt sich lieber still. Schluckte und hielt sich eine Hand vor ihr Herz, um es zu beruhigen. War sie selbst denn auch bereit für eine feste Bindung? Jein, dachte sie, die kommende Zeit wird es zeigen.

Sofort am Tag ihrer Rückkehr setzten sie ihren Plan in die Tat um. Mia zog in Lorenzos traumhafte Suite ein, begleitet von Alines eifersüchtigen, grimmigen Blicken. Sie freute sich überhaupt nicht. Mia holte die letzten Kleinigkeiten aus der bescheidenen Zweier-WG und verabschiedete sich von Aline. Erst später erfuhr sie von Lorenzo, dass sie eine gemeinsame Wohngemeinschaft diskutiert hatten … Nun wurde ihr diese Möglichkeit vor der Nase weggeschnappt und Mia verstand im Nachhinein ihre Gefühle. Aber vielleicht war da auch mehr gewesen zwischen Aline und Lorenzo? Einmal beobachtete sie rein zufällig beide gemeinsam im Auto, unterwegs in Marigot. Das hatte sie seltsam berührt, ja, und sogar erneut eifersüchtig gemacht. Aber das war vor ihrer Reise gewesen und immerhin hatte er sich für sie entschieden. Trotzdem, ein Mann mit dieser Ausstrahlung wird immer von Frauen umlagert sein, grübelte sie. Ihr war klar, es würde kompliziert werden.

Dieser Mann war eine enorme Herausforderung und Lorenzo hatte Mia nicht alles über sich erzählt, aber er zog es vor, weiterhin besser nichts zu sagen. Die Tage am Anfang ihrer Begegnung, in denen er sich zurückgezogen hatte, waren für ihn nicht einfach gewesen. Er war sogar in eine Depression gefallen, da er, wie Mia, sehr eifersüchtig war und Aline ihm immer von Jean berichtet hatte. Es gab also einen anderen Mann. Dazu war Mia zehn Jahre jünger, bildhübsch und schien ihm unerreichbar zu sein. Auch fühlte er sich während der langgezogenen Scheidung von seiner Exfrau nicht imstande, eine neue Beziehung einzugehen. Die Scheidung lief nämlich immer noch und befand sich im zehnten Jahr! Er dachte auch und war felsenfest davon überzeugt, dass jede Frau fremdgeht. Könnte er für Mia überhaupt ein Partner in der Zukunft sein? Sollte er sich das Gefühls-Karussell noch einmal antun? Er überlegte hin und her und entschloss sich, schweren Herzens auf diese Beziehung zu verzichten. Er hatte genügend Herzschmerzen erlebt und sehnte sich nicht nach einer weiteren Tortur.

Einen Tag vor Mias Krankenbesuch begann er, einen Brief zu schreiben. Er wurde lang und länger. Er schrieb sich all seine Ängste und Bedenken von der Seele. Zum Schluss war es eher ein persönlicher Tagebucheintrag geworden. Er zerriss das erste Schreiben und verfasste einen neuen Brief, steckte ihn in ein Kuvert, schrieb für Mia drauf und plante, ihn am folgenden Abend unter der Türe zu Aline und Mias Studio durchzuschieben.

Ja, und dann kam alles anders. Er vergaß den Brief, vergaß all seine Bedenken, schmiss den Brief in den Mülleimer und stürzte sich in ein neues Abenteuer. Die Liebe schien stärker als seine Bedenken.

„Warum lasse ich es nicht auf einen Versuch ankommen?“, dachte er plötzlich mutig. Mia hatte ihn schon gehörig verzaubert und aus dieser Geschichte würde er nicht mehr so schnell herauskommen.

Mia richtete sich auf der Empore ein Tischchen für ihre Schmuckherstellung ein. Endlich konnte sie Entwürfe liegen lassen und sie erst am folgenden Tag fertig machen. Sie wusste, Lorenzo würde sie beruflich unterstützen, was er mit der Reise ja bereits bewiesen hatte, und das war ein beruhigendes Gefühl. Natürlich hätte sie am liebsten unten im Wohnzimmer mit dem imposanten Blick über die ganze Bucht an ihren Schmuckstücken gearbeitet, aber sie traute sich nicht, ihn zu fragen. Es war ja sein Zuhause. Sie wollte ihn auch unterstützen in seiner Arbeit als Verwalter und Besitzer von Immobilien und überließ ihm ihre Metallböcke, um einen Schreibtisch für ihn zu installieren.

Es fügte sich also alles bestens. Lorenzo war lange Zeit nicht mehr so glücklich mit einer Frau gewesen, genauso erging es Mia mit ihm. Alle anderen Männer interessierten sie nicht mehr. Mit diesem Mann wollte sie zusammenbleiben und vielleicht sogar noch einmal schwanger werden, vielleicht heiraten irgendwann … Sie fühlten sich beide euphorisch und super glücklich auf dem Weg in ein neues gemeinsames Leben.

Epilog

Mia lebte ein paar Jahre glücklich mit Lorenzo zusammen. Dann kam ein Bruch, da Mia für die Ehe bereit war, Lorenzo jedoch nicht, da er es eigentlich nie war, da er sich geschworen hatte, nie mehr zu heiraten, was er Mia verschwiegen hatte. Völlig enttäuscht und beleidigt zieht sie um in ein eigenes Studio. Sie startete ihr Kleingewerbe mit den notwendigen Papieren in Marigot mit einem Stand auf dem Markt und lernte einen anderen Mann kennen, der sie mit seinen Späßen aus ihrer Traurigkeit erlöst. Lorenzo war entsetzt und völlig wahnsinnig vor Eifersucht … bis er sich dann abwandte und auf Reisen begab, immer in der Hoffnung, dass sie zu ihm zurückkehrt.

Danksagung

Dank an das Universum und den lieben Gott, dass ich mir die Zeit nehmen durfte, um diesen Roman zu schreiben. Es hat mich immer glücklich gemacht, zu schreiben, und dieses Buch zog sich tatsächlich über mehrere Jahre. Dass es nun fertig ist, erfüllt mich mit großer Freude und auch ein wenig Stolz, da ich dieses Projekt zu Ende gebracht habe.

Lieben Dank an meine Schwester Kerstin Eisenschmidt und Björn Schumacher, die meine allerersten Testleser waren und mir viele wertvolle Tipps gaben. Danke auch an Dieter Scharff, der mir noch etliche wertvolle Gedanken für meinen Roman mit auf den Weg gab, die ich alle umgesetzt habe. Und Thomas Bütow möchte ich danken für seine Geduld. Er gab mir den Rahmen, damit ich an meinem Buch in Ruhe arbeiten konnte.

Meiner Freundin Elke de Mol möchte ich auch ganz herzlich danken, dafür, dass sie mir die entzückende kleine Wohnung in Saint-Tropez unter großen Mühen besorgt hat und für ihr Probelesen. Der Insel Saint Martin bin ich auch sehr dankbar, denn dort fand ich die richtigen Rahmenbedingungen für mein kleines Business und natürlich Sonne, Strand und Meer. Genau die richtige Inspiration für meine karibischen Kreationen.

Wenn sich irgendeine Leserin für diese Insel interessiert und ein kleines Business dort plant, bin ich gerne bereit, Auskunft zu geben. Eventuell sogar vor Ort. heikesxm@yahoo.de

Dieser Roman lehnt sich an eine wahre Geschichte an. Trotzdem weicht er ab und zu etwas spielerisch ab. Geplant sind zwei weitere Bände.

Über die Autorin

Heike Reiter ist eine sensible, emotionale, vielseitige, kreative Frau, die sich in verschiedenen Bereichen ausgetobt hat und eigentlich immer an irgendeinem kreativen Projekt arbeitet.

Zuerst war da die Malerei und dann ihre langjährige Arbeit in Werbeagenturen, in denen sie mit Bild und Text ihre Aufträge erfüllte, bis zum Posten einer Art-Direktorin, welcher dann leider oder zum Glück in ein Burn-out führte.

Danach wollte sie eigentlich mit der Malerei weitermachen und landete ungeplant beim Schmuck. Und zwar beim exklusiven Modeschmuck. Etwa weitere 15 Jahre war sie dann leidenschaftliche Schmuck-

Designerin an verschiedenen Orten wie Saint-Tropez, in Südfrankeich und Saint Martin in der Karibik.

Durch bedeutsame Einschnitte in ihrem Leben konzentrierte sie sich daraufhin intensiver auf das Schreiben, was sie eigentlich schon immer begleitet hat in Form von Werbetexten und dem klassischen Tagebuch. Die Ruhe und die Erfüllung Texte zu schreiben, machen sie glücklich und passen somit perfekt in ihre Lebensplanung. Das heißt, die Freiheit zu genießen, an den schönsten Plätzen dieser Welt zu leben und zu arbeiten.